NARRATIVA

932

Clare Leslie Hall

TERRA DI ANIME SPEZZATE

Romanzo

TRADUZIONE DI
EMANUELA DAMIANI

NORD

Titolo originale
Broken Country

ISBN 978-88-429-3634-3

In copertina: *Summer Romance*, 2023 (olio su tela)

Progetto grafico di labiancavolta

TERRA DI ANIME SPEZZATE

A Jake, Maya e Felix,
le mie tre stelle

PARTE PRIMA

Gabriel

L'uomo della fattoria è morto; è morto e tutti vogliono sapere solo chi l'ha ucciso. È stato un incidente o un omicidio? Un omicidio, dicono; con quel colpo d'arma da fuoco al cuore, così preciso, dev'essere stato per forza intenzionale.

Aspettano che io parli. Due paia d'occhi mi fissano implacabili. Ma come posso dire ciò che lui vorrebbe, le parole che abbiamo provato e riprovato nei minuti precedenti all'arrivo della polizia?

Scuoto la testa, mi serve altro tempo.

È vero quel che si racconta: ci sono momenti decisivi in cui si rivive una vita intera. Siamo ancora quel ragazzo e quella ragazza con tutto il futuro davanti, un glorioso sentiero di luce e stupefacente bellezza, di notti sotto le stelle.

Lui aspetta che io lo guardi, e quando lo faccio mi sorride per farmi capire che sta bene, appena un impercettibile cenno del capo.

Dillo, Beth. Dillo adesso.

Osservo di nuovo il suo viso, per me bello allora e adesso e sempre, un ultimo sguardo tra noi prima che tutto cambi.

1968

Hemston, North Dorset

« Gabriel Wolfe è tornato a vivere a Meadowlands », dice Frank a colazione, e il nome mi esplode davanti come una bomba. « Adesso è divorziato. Sono solo lui e il ragazzino in quel posto enorme. »

« Ah. » È l'unica parola che mi esce.

« È quel che ho pensato io », replica Frank. Si alza dalla sedia, fa il giro del tavolo per venire vicino e mi prende il viso tra le mani, poi mi bacia. « Non lasceremo che quell'idiota ci causi dolore. Non avremo niente a che fare con lui. »

« Chi te l'ha detto? »

« Non si parlava d'altro al pub ieri sera. Pare ci siano voluti due camion enormi per trasportare tutta la loro roba da Londra. »

« Gabriel odiava stare qui. Perché tornarci? » Il suo nome suona strano nella mia bocca. È la prima volta che lo pronuncio a voce alta dopo anni.

« Non c'è nessun altro a occuparsi della casa. Suo padre è morto da un pezzo, e sua madre è dall'altra parte del mondo. Nella merda di dingo fino al collo, si spera. »

Frank riesce sempre a farmi ridere.

«In ogni caso, che cosa gli è rimasto qui?» dice in tono noncurante, almeno in apparenza, ma io percepisco il pensiero taciuto che gli attraversa la mente. *A parte te.* «Finirà per vendere tutto e trasferirsi a Las Vegas o a Montecarlo, o dov'è che quelle...» – cerca faticosamente la parola giusta e s'illumina quando la trova – «... 'celebrità' si riuniscono.»

Frank passa tutte le ore del giorno e qualcuna anche della notte in giro per la fattoria, a occuparsi degli animali e della terra. Lavora più duramente di chiunque io conosca, ma trova sempre il tempo per notare la bellezza di un tramonto primaverile o il volo improvviso e frenetico di un'allodola, la sintonia con il tempo e con la natura è qualcosa che ha nelle ossa. È una delle molte cose che amo in lui. Frank non ha tempo per leggere romanzi o andare a teatro. Non riconoscerebbe un martini dry neanche se glielo gettassero in faccia. È l'esatta antitesi di Gabriel Wolfe, o almeno di quello che di lui leggiamo sui giornali.

Osservo mio marito mentre si appoggia alla porta per infilare gli stivali. Tempo venti minuti e la sua pelle sarà impregnata fino al terzo strato del lezzo di letame.

Un colpo secco dall'altra parte della porta fa sobbalzare Frank. «Porco diavolo!» esclama, e la spalanca così in fretta che suo fratello precipita nella stanza.

Le nostre mattine cominciano sempre così. Sempre.

Jimmy è ancora rubizzo per la birra di ieri sera, ha le palpebre semichiuse e una ciocca di capelli dritta sulla testa come se fosse fissata con il gel. «Aspirina, Beth? Mi sento un catorcio.»

Prendo la cassetta dei medicinali dallo scaffale in alto della credenza, dove giace principalmente per i mal di testa da sbornia di Jimmy. Un tempo era piena di paracetamolo per bambini e cerotti.

Ci sono cinque anni di differenza tra Frank e Jimmy, ma si somigliano così tanto che da lontano persino io fatico a distinguerli. Sono alti più di un metro e ottanta, con i capelli scuri, quasi neri, e gli occhi così blu che spesso la gente rimane senza fiato. Gli occhi della loro madre, dicono, ma io non ho mai avuto la possibilità di conoscerla. Entrambi indossano pantaloni di velluto a coste un po' consunti e camicie di flanella, che a breve saranno coperti dalle tute da lavoro blu scuro che sono la loro uniforme di tutti i giorni. Talvolta al villaggio li chiamano « i gemelli », ma solo per scherzo; Frank ha decisamente il piglio del fratello maggiore.

« Ma non avevi detto: 'Finisco questa pinta e chiudo la serata'? » chiede Frank, ridacchiando.

« La birra è la ricompensa di Dio per una dura giornata di lavoro. »

« L'hai letto nella Bibbia? »

« Se non è scritto nella Bibbia, dovrebbe esserlo. »

I due fratelli escono, e stanno ancora ridendo mentre attraversano il cortile. « A mezzogiorno saremo dagli agnelli. Ci vediamo là? » mi grida Frank.

Con gli uomini fuori a mungere e la cucina sgombra ci sono un sacco di faccende cui dedicarsi. Il bucato, una montagna di bucato: le tute dei due fratelli sono state a mollo e ora attendono sull'asse che io le strofini per bene. I piatti della colazione da lavare. Un pavimento che ha sempre bisogno di essere spazzato, non importa quanto spesso io passi la scopa.

E invece mi preparo un'altra tazza di caffè, infilo una vecchia cerata di Frank e mi siedo fuori al tavolino di ferro battuto, lasciando vagare lo sguardo oltre i nostri campi finché i miei occhi non trovano ciò che cercano: tre camini rossi di diverse altezze che fanno capolino sopra la lanugine verde delle querce in lontananza.

Meadowlands.

Prima

1955

Non mi rendo conto di sconfinare, sono persa nei sogni a occhi aperti, la mente piena di scenari romantici in cui sono l'indiscussa protagonista. Immagino me stessa accanto a una fontana con un'orchestra che suona mentre ricevo un'appassionata dichiarazione d'amore. In questo periodo leggo molto Austen e Brontë, ho la tendenza a romanzare.

Dovevo avere gli occhi fissi sul cielo, la testa quasi letteralmente tra le nuvole: la collisione arriva senza preavviso.

« Ma che diamine! »

Il ragazzo con cui mi scontro, la sua spalla che urta la mia, non è un eroe. Alto, snello e arrogante, sembra un Mr Darcy adolescente.

« Ma non guardi dove vai? Questa è proprietà privata », sbotta.

Trovo la faccenda della « proprietà privata » vagamente assurda, specie se accompagnata da un accento secco e snob come il suo. Il prato in cui ci troviamo, verde e ondulato, con le fioriture delle querce simili a nuvole, è l'Inghilterra nel pieno del suo splendore. È Keats, è Wordsworth. Dovrebbero poterne godere tutti.

«Stai sorridendo?»

Sembra così arrabbiato che quasi scoppio a ridere. «Siamo nel bel mezzo del nulla. Non c'è nessun altro qui. Come potrebbe avere importanza?»

Il ragazzo mi fissa per un momento prima di comprendere ciò che ho appena detto. «Hai ragione. Dio. Ma che problema ho?» Tende la mano, un'offerta di pace. «Gabriel Wolfe.»

«Lo so chi sei.»

Mi guarda con aria interrogativa, aspetta il mio nome. Io però non ho ancora voglia di dirglielo. Ho sentito parlare di Gabriel Wolfe, il celebre bel ragazzo della grande casa, ma è la prima volta che lo vedo in carne e ossa. Ha un viso armonioso: occhi scuri bordati di ciglia per le quali le mie amiche potrebbero uccidere, capelli castani ondulati che gli ricadono sulla fronte, zigomi pronunciati, naso elegante. Suppongo che la si potrebbe definire una bellezza patrizia. Ma indossa pantaloni di tweed ficcati nei calzettoni di lana. Drappeggiata sulle spalle come un mantello porta una giacca dello stesso tweed, con la cintura che penzola. Abiti da vecchio. Non è per niente il mio tipo.

«Che stavi facendo qui?»

«Cercavo un posto dove sedermi a leggere.» Dalla tasca del soprabito tiro fuori il libro, un volumetto di Emily Dickinson.

«Oh, poesia.»

«Sembri un po' deluso. P.G. Wodehouse è più il tuo genere?»

Lui sospira. «So cosa stai pensando. Ma ti sbagli.»

Sorrido di nuovo, non riesco a evitarlo. « Cos'è, leggi nel pensiero? »

« Pensi che io sia un idiota senza cervello dell'alta società. Un Bertie Wooster. »

Inclino la testa e lo studio. « Adorerebbe il tuo abbigliamento, devi ammetterlo. Direbbe che sei in ghingheri. »

Quando Gabriel ride, cambia completamente.

« Sono i vecchi pantaloni da pesca di mio padre. Li ho tirati fuori da uno scatolone di roba per il mercatino dell'usato. Non li avrei indossati se avessi saputo che ti avrebbero disturbata tanto. »

« È questo che stai facendo? Vai a pesca? »

« Sì, proprio laggiù. Ti faccio vedere, se ti va. »

« Credevo che stare qui fosse vietato a noi plebei. »

« Ecco, è proprio per questo che devi venire. Sono stato scortese e vorrei farmi perdonare. »

Rimango lì in piedi davanti a lui, incerta. Non voglio finire dentro qualcosa da cui poi è difficile uscire, io cercavo solo un posticino per sedermi e leggere.

Lui sorride di nuovo, con quel sorriso che gli trasforma il volto. È bello anche con indosso i vestiti da vecchio. « Ho dei biscotti. Per favore, vieni. »

« Che tipo di biscotti? »

Gabriel esita. « Quelli con la crema in mezzo. »

Fontana, orchestra. Lago, biscotti. Non è poi così diverso.

« Be', in tal caso... » dico, ed è così che tutto ha inizio.

1968

Di tutte le stagioni, la primavera al suo esordio, quando l'aria è ancora fredda, gli uccelli si alzano in volo e i campi si riempiono di agnelli, è sempre stata la mia preferita. Bobby andava matto per i nostri agnelli. Ogni anno nutriva con il biberon gli orfanelli e quelli rifiutati dalla madre, era il suo compito, non permetteva a nessuno di farlo al posto suo, tanto che una volta ha persino saltato la scuola per dedicarsi agli agnellini. Era un ragazzino allegro e vivace, per tutto l'inverno indossava pantaloni corti e non portava il cappotto, neanche quando la preside lo mandava a casa a recuperarlo. Un ragazzo d'oro, da piccolo cantava così tanto che lo chiamavamo Elvis. Era alto e snello, con capelli castani che stavano dritti sulla testa come quelli di suo zio.

Jimmy ha la radiolina accesa, la sento ben prima di arrivare al capannone. I Beatles a tutto volume: *Hello, Goodbye*. Non sarà molto bucolico, ma evidentemente funziona per il dopo sbornia di Jimmy. Lo osservo mentre attraverso il cancello all'estremità del campo: tiene una mano sul sedere di una pecora, e intanto ondeggia con i fianchi e muove a tempo il piede sinistro.

« Dov'è Frank? » domando.

Jimmy indica un punto in fondo al campo.

Restiamo tutti e due a guardare mio marito che salta

la staccionata. Un braccio possente sulla sbarra superiore e il corpo sollevato ad angolo retto, la supera con l'agilità di un atleta alle Olimpiadi. Glielo vedo fare quasi tutti i giorni, eppure mi suscita ancora un piccolo brivido di piacere, è qualcosa d'infantile in un uomo la cui vita è dominata dal duro lavoro.

Risale il campo verso di noi, agitando energicamente le braccia; anche se non lo sento, so già che sta fischiettando. Ecco, qui è dove più ama stare Frank.

La maggior parte delle nostre pecore ha partorito, al momento abbiamo quarantasei agnelli al pascolo e qualcuno nei box. Solo uno nutrito con il biberon e uno nato morto. Frank e Jimmy esaminano le pecore ancora gravide, i palmi sul ventre per controllare la posizione dell'agnello, un'occhiata al posteriore per scorgere i segni che annunciano il parto imminente. È più istinto che altro, il loro; potrebbero farlo a occhi chiusi. Jimmy è quello dall'anima più tenera, chiacchiera con le pecore mentre lavora, e quando ha finito dà loro un biscotto Rich Tea. Frank, invece, è più sbrigativo, ha la mente affollata di liste di cose da fare e da controllare, un cervello troppo pieno.

« Pensi che possiamo chiudere qui la riunione delle madri e andare avanti con il lavoro? » dice Frank, e Jimmy alza gli occhi al cielo.

« Sempre il solito prepotente brontolone, vero? » commenta, rivolto alle pecore.

Il gregge ha a disposizione un lungo campo in pendenza, ma le pecore non si allontanano molto, rimangono sempre raggruppate vicino alla stalla. Tra circa una settimana gli agnelli saranno più indipendenti, e allora cominceranno a saltellare qua e là sulle zampe affusolate ancora instabili. È il momento della loro crescita che Bobby amava di più. Era un bambino di campagna, sapeva bene come vanno le cose, eppure ogni anno gli si spezzava il cuore quando arrivava il momento di portare i suoi piccoli al mercato.

Non so chi di noi sente i latrati per primo. Ci voltiamo di colpo e vediamo un cane, un lurcher biondo a pelo lungo lanciato a tutta velocità nella nostra direzione. Un cane vagante, senza padrone al seguito, che punta i nostri agnelli.

« Vattene via! » Frank cerca di bloccarlo. È alto un metro e ottantacinque, forte e possente, ma il cane, velocissimo, gli gira attorno e si fionda nel gruppo delle pecore.

Gli agnelli gemono, lanciano belati terrorizzati; hanno solo pochi giorni di vita ma sentono il pericolo. Un cambiamento repentino nel cane. Occhi neri, denti sfoderati, corpo teso per l'adrenalina.

« Il fucile, Jimmy! Adesso! » urla Frank, e Jimmy corre verso il capanno.

È veloce, Frank, mentre insegue il cane con un ruggito primordiale, ma l'animale è più veloce di lui. Sceglie un agnello, con una mossa fulminea lo afferra azzannandolo al collo e gli squarcia la gola. Il rosso sconvolgente del sangue, un getto cremisi, forma una pozza sull'erba. Un agnello, due agnelli, poi tre, le interiora che escono come viscere in un sacrificio. Adesso le pecore si sparpagliano ovunque, incespicano, accecate dal terrore, e lasciano indifesi i neonati.

Corro verso il cane, urlando, cercando come posso di radunare gli agnelli, ma sento Jimmy che grida: « Via di lì, Beth! Spostati! »

E poi Frank mi afferra e mi stringe tra le braccia così forte che mi ritrovo schiacciata contro il suo petto, e riesco a percepire il battito martellante del suo cuore. Sento il colpo di fucile, poi un altro, e infine il rapido e indignato ululato di dolore del cane. È finita.

« Maledizione! » esclama Frank, tirandosi indietro e controllandomi il viso, un palmo premuto sulla mia guancia.

Ci avviciniamo al cane; tutti e tre richiamiamo le pecore e cerchiamo di calmarle: « Forza, ragazze! » Ma loro tremano e belano e si tengono a distanza dai cadaveri dei tre neonati.

Dal nulla, come un miraggio, un ragazzino risale di corsa il campo. È piccolo e magro, con i pantaloni corti. Avrà forse dieci anni. « Il mio cane », grida. Ha una voce così dolce e acuta.

« Cazzo! » esclama Jimmy.

Proprio in quel momento il ragazzino vede il mucchio di pelo insanguinato e urla: « Hai ucciso il mio cane! »

Ora è arrivato anche suo padre, ansante e rosso in volto, ma non molto diverso dal ragazzo che conoscevo. « Oh, Cristo, gli avete sparato. »

Frank indica gli agnelli massacrati. « Ho dovuto farlo. »

Credo che Gabriel non abbia idea di chi sia Frank, o almeno non sa con chi è sposato, poi si volta e mi vede. Per un istante, il panico affiora sul suo viso, ma si riprende subito. « Beth », dice.

Io, però, lo ignoro. Nessuno si sta occupando del bambino. È in piedi accanto al cane, le mani a coprirsi gli occhi come per oscurare l'orrore.

« Vieni qui. » In pochi secondi sono accanto a lui, le mani sulle sue spalle. E poi m'inginocchio e lo prendo tra le braccia. Lui comincia a piangere. « Piangi, piangi pure. Ti aiuterà, ti farà bene », gli dico.

Si accascia contro di me, gemendo; un ragazzino in pantaloni corti tra le mie braccia.

Ed è così che tutto ha inizio un'altra volta.

Il processo

Old Bailey, Londra, 1969

Nulla potrebbe prepararmi al supplizio di vedere l'uomo che amo che attende il verdetto, seduto laggiù sul banco degli imputati e affiancato da due agenti carcerari.

Un uomo accusato di un crimine inimmaginabile.

Non alza mai lo sguardo verso la galleria per cercare il mio volto e non guarda neppure i membri della giuria. Non li osserva, come invece faccio io, esaminandoli a uno a uno mentre, con il panico che mi sovverchia, mi chiedo se quella donna con i capelli grigi e l'espressione stanca crederà alla sua innocenza. Sarà quell'uomo di mezza età, vestito come un banchiere, abito gessato e camicia azzurra con colletto e polsini bianchi, a votare contro di lui? Quel giovanotto con i capelli lunghi fino alle spalle, che sembra più gentile degli altri, sarà nostro alleato? I sette uomini e le cinque donne che hanno in mano il suo destino sono perlopiù imperscrutabili. Mia sorella dice che è positivo che ci siano tante donne. Di regola sono più compassionevoli, sostiene. Mi sembra di arrampicarmi sugli specchi, ma una parte di me spera che le donne nella giuria possano comprendere la folle passione che ci ha fatto rischiare tutto.

Dopo che se n'è parlato per mesi, il processo è cominciato. Tutto in quest'aula di tribunale sembra sottolineare la gravità della nostra situazione: il soffitto alto e le pareti rivestite di legno; il giudice con la sgargiante toga rossa sul suo scranno dallo schienale alto, come un re sul trono che osserva la sua corte; sotto di lui, gli avvocati con le parrucche e le toghe nere, che sfogliano i documenti mentre attendono che il procedimento abbia inizio; infine, il cancelliere del tribunale che, pacatamente pomposo, in piedi davanti al banco degli imputati fa la sua agghiacciante proclamazione: « Lei è accusato dell'omicidio... »

La panca riservata alla stampa è zeppa di giornalisti in giacca di tweed e cravatta; tra loro neanche una donna. E poi c'è la galleria, dove siedo con Eleanor, assieme ai curiosi. Fino a non molto tempo fa condividevo la loro sete di drammi umani. Con quanta avidità ho seguito lo scandalo Profumo e il successivo processo a Stephen Ward. Ricordo come se fosse ieri le fotografie di Christine Keeler e Mandy Rice-Davies che lasciavano il tribunale, ricordo quant'erano eleganti e come la stampa riuscisse comunque a denigrarle e sminuirle.

È molto diverso quando sul banco degli imputati c'è la persona che ami. *Alza gli occhi. Ti prego, amore mio.* Cerco di comunicare telepaticamente, come abbiamo sempre fatto, ma lui guarda dritto davanti a sé con i suoi strani occhi vacui. L'unico segno che rivela l'angoscia che sta provando, che ha provato ogni minuto sin da quel momento, è la mascella rabbiosamente contratta. A un estraneo il suo potrebbe sembrare un atteggiamento ostile, ma io lo conosco bene. È solo così che può impedirsi di piangere.

Prima

Se dovessi raffigurare in un dipinto un classico lago inglese assomiglierebbe proprio a quello di Meadowlands.

La superficie è ricoperta di grappoli di ninfee, fiori grandi come pugni, bianchi o rosa, con sgargianti cuori gialli. In lontananza, due salici si allungano sull'acqua e tre cigni bianchi scivolano verso di noi in una fila perfetta, come se la distanza tra loro fosse stata misurata con un righello.

Gabriel si è sistemato con un plaid, un cesto da picnic e una sedia pieghevole di tela cui sono appoggiate due canne da pesca. M'indica la sedia – « Accomodati, sei mia ospite » – ma io scelgo di sedermi accanto a lui sul plaid. Dal cesto tira fuori un thermos di tè con motivo tartan e un pacchetto di biscotti Garibaldi.

Alzo le sopracciglia e lui sorride. « Pensavo che non saresti venuta se ti avessi detto che erano normali biscotti schiacciati con l'uvetta. »

Lo osservo mentre versa il tè in una tazza bianca con bordo blu. Ha delle belle mani, con dita lunghe ed eleganti. Senza chiedere aggiunge latte e zucchero e me la porge.

Sull'altra riva del lago, vicino ai salici, c'è una tenda color cachi dall'aspetto rétro, come quelle che si vedono nei film sui safari. Mi pare di scorgere Grace Kelly seduta davanti a quella tenda mentre sorseggia un gin tonic, con indosso una camicia bianca e pantaloni color cervo.

« A che serve la tenda? » gli chiedo.

« In estate mi accampo là. Ogni mattina mi sveglio e faccio una nuotata. Cuocio uova e bacon su un fornelletto. »

Mi sembra strano: un ragazzo che vive in una casa grande come Meadowlands e sceglie di sistemarsi alla buona in una tenda di tela.

Come tutti gli abitanti del villaggio sono stata a Meadowlands per la tradizionale festa d'estate. Ho mangiato fette di Victoria Sandwich nel tendone dove si serve il tè, mi sono legata a mia sorella per la corsa a tre gambe, sono arrivata penultima nella gara dell'uovo e del cucchiaio. Ho visto la madre di Gabriel, Tessa, vestita come una modella, in nero da capo a piedi, con un abito su misura più adatto a Parigi che a Hemston, un cappello a tesa larga, enormi occhiali da sole e le labbra scarlatte come unica nota di colore. In confronto a tutte le altre madri, con i loro semplici abiti stampati e i sandali, sembrava sempre esotica e intoccabile. Ricordo suo padre, Edward, vestito di tutto punto, con gli occhiali e molto più vecchio, che lancia coraggiosamente le palle contro le noci di cocco nel tiro al bersaglio.

Quello che proprio non riesco a ricordare è Gabriel.

« Perché non ti ho mai visto alla festa annuale del villaggio? »

« Ero sempre via, a scuola. Adesso non più, però; ho dato l'ultimo esame due settimane fa. Tre mesi a casa prima di andare all'università. Non so come farò a reggere. »

Indico il panorama che ci circonda. L'acqua scintillante e gli alberi che vi si affacciano, con i rami che si specchiano come piume dorate, i grappoli irregolari di bianco e rosa. « Quanto potrà mai essere dura? »

Lui mi lancia un'occhiata e fa spallucce. « Non è una storia strappalacrime, se è questo che intendi. Lo so quanto sono fortunato. Ma sono stato in collegio per gran parte della mia vita. Qui non conosco nessuno della mia età. Quello che voglio dire, insomma, è che non mi piace molto stare a casa. »

« Che mi dici dei tuoi genitori? Non vai d'accordo con loro? »

Lui fa « così così » con la mano. « Mio padre è tranquillo, colto, parla poco e passa la maggior parte del tempo chiuso nel suo studio a leggere. Non so bene come sia finito assieme a mia madre, mi sa che è stato un momento di follia. Non potrebbero essere più diversi. Lui non mi chiede mai niente, lei non mi lascia mai in pace. Vuole sapere ogni dettaglio della mia vita: chi sono i miei amici, a quali feste sono stato invitato, se ho o no una ragazza. Soprattutto quello. Ha una strana fissazione per la mia vita amorosa. E può essere una tipa difficile. Soprattutto quando beve, cioè il più delle volte. »

Ho conosciuto Gabriel quindici minuti fa, forse meno, ma posso già percepire le parole che non dice. Me lo immagino all'età di undici o dodici anni, seduto accanto a un albero di Natale alto e addobbato ad arte, circondato da regali, ma profondamente desideroso di qualcos'altro: scherzi, caos, chiacchiere.

Comincio a parlare della mia famiglia e colgo la malinconia sul volto di Gabriel. Gli racconto di mia sorella, che sta per finire il suo primo anno come segretaria in uno studio legale a Londra. Trascorrerà anche le sue giornate a occuparsi di uomini irascibili, ma la sera esplora Londra in tutto il suo splendore del dopoguerra. Mi scrive di jazz club di Soho e locali notturni, di passeggiate all'alba nel mercato dei fiori di Covent Garden, di risvegli ore dopo in una stanza piena di rose rosse.

A una ragazza di campagna, quella che sta facendo mia sorella sembra una vita di colore e ricchezza senza pari. Non vedo l'ora di raggiungerla.

Racconto a Gabriel dell'adolescenza passata affacciate alla finestra della camera di Eleanor, a dividerci le sigarette sgraffignate dal pacchetto di Benson & Hedges di nostro padre e a inventarci sogni a occhi aperti l'una per l'altra.

« Che cosa sognano le ragazzine? James Dean? Marlon Brando? »

« Cose un po' più elevate e intellettuali », ribatto subito sulla difensiva.

Ma Gabriel ha ragione, parlavamo soprattutto di ragazzi e di amore.

Lui alza gli occhi come se stesse esaminando la sottile scia di nuvole sopra di noi. « E c'erano dei comuni mortali in questi vostri sogni? Insomma, ti sto chiedendo se c'è qualcuno in particolare cui tieni.»

In realtà c'è, ma non ho intenzione di dirlo a Gabriel. Non c'è molto da dire. Un ragazzo che prende lo stesso mio autobus per andare a scuola e che mi sorride sempre. Un ragazzo alto, robusto e bello, che sembra troppo grande per la sua uniforme, come se prima o poi potesse scoppiarci dentro. La sua pelle è sempre bruciata dal sole perché nel fine settimana lavora nella fattoria di famiglia. Mi ha fatto sapere nella maniera tradizionale, cioè tramite i suoi amici che l'hanno detto ai miei, che un giorno vorrebbe invitarmi a uscire. Io gli ho fatto sapere che, se me lo chiedesse, probabilmente gli direi di sì.

Sembra più semplice eludere la domanda. «Più che altro immaginavamo l'una il futuro dell'altra. I sogni che intessevo per Eleanor erano sempre più elaborati di quelli che lei immaginava per me. Eleanor si annoia facilmente. Io, invece, riuscivo a perdermi così tanto nei dettagli che andavo avanti per ore, svolte sbagliate che portavano a quelle giuste, e le facevo sempre sospirare il suo lieto fine.»

«Sei una narratrice, allora. Scommetto che diventerai una scrittrice.»

«Io scrivo poesie.»

Non parlo mai a nessuno delle poesie che scrivo, probabilmente perché sospetto che siano pessime. Eppure non riesco a non scriverle, e riempio quaderni con versi, mezze frasi e gradevoli abbinamenti di parole quando invece dovrei lavorare a un tema sulla Rivoluzione russa.

Lui picchietta con il dito sul libro di Emily Dickinson posato tra di noi sul plaid. « Una poetessa. Me lo sentivo. »

« Una cattiva poetessa. Forse anche terribile. »

« Non dire così. Devi ingannare te stessa e convincerti di essere già quello che vuoi diventare. È quello che sostiene mio padre. Tu scrivi, quindi sei una scrittrice. »

C'è qualche istante di silenzio, poi confessa: « Anch'io scrivo ». E riconosco l'imbarazzo nella sua voce.

Sorridiamo, forse pensando la stessa cosa. Due aspiranti scrittori, due sognatori, due adolescenti soli che aspettano che la loro vita abbia inizio. Chi l'avrebbe mai detto che avevamo tanto in comune?

« Che cosa scrivi? »

« Un romanzo che ho ricominciato daccapo un sacco di volte. Crolla sempre allo stesso punto, più o meno dopo settanta pagine. »

« Di che cosa parla? »

« M'imbarazza dirtelo. »

« Per caso il protagonista è un ragazzo che vive in una grande casa e ha un gusto discutibile in fatto di vestiti? »

Gabriel pare avvilito e di colpo mi disprezzo. Perché mi comporto così? Non lo conosco abbastanza, il mio umorismo è fuori luogo.

« Scusami. Ti sto prendendo in giro e non dovrei. So meglio di chiunque altro quanto sia dolorosa la cosa. »

« Sull'aspetto autobiografico hai ragione. Il personaggio principale beve. Una donna bellissima infelicemente sposata con un uomo molto più vecchio. La sola cosa che voglio nella vita è scrivere romanzi. Una volta volevo essere Graham Greene. Poi ho letto *Lucky Jim* di Kingsley Amis e per me è cambiato tutto. È un libro così divertente, ma anche audace. È quello il tipo di romanziere che vorrei essere. Uno che rischia. Che sorprende la gente. Con un po' di fortuna, autore di bestseller prima di compiere trent'anni. Ecco. Ti ho confessato il mio segreto più intimo. Ora puoi ridere di me. »

« Io non voglio ridere di te », sbotto. « Voglio rimangiarmi ogni cosa cattiva che ho detto. Possiamo ricominciare daccapo? » Stavolta sono io a tendere la mano.

Lui la prende. « Sei una strana ragazza, Beth Kennedy. »

« Strana nel senso buono o cattivo? »

« Buono, decisamente. Il mio genere di strano. Ho un sesto senso per queste cose. »

Quando mi alzo per andarmene, la luce sta iniziando a calare. Abbiamo parlato per ore.

« Ti accompagno fino alla strada », dice Gabriel.

« Mi scorti fuori dalla tua proprietà? »

« Più che altro voglio centellinare gli ultimi minuti con te. »

A queste parole sento un'onda di piacere, ma non lo do a vedere.

« Quando torni? »

Mi piace che dia per scontato che ci vedremo di nuovo.

«Nel fine settimana?»

«Vieni venerdì sera. Il lago è magico di notte.»

C'è un brivido d'imbarazzo mentre ci salutiamo, forse dovremmo stringerci la mano, baciarci o qualcosa del genere, ma non facciamo nulla di tutto ciò.

«Allora arrivederci», dico.

«Il tweed finirà dritto nella spazzatura», mi grida dietro.

«Ottimo», grido di rimando.

Alla curva della strada mi volto per salutarlo con la mano, e sento i suoi occhi che mi seguono finché non scompaio alla vista.

1968

Nel corso degli anni ho fantasticato diverse volte d'incontrare di nuovo Gabriel Wolfe, ma riaccompagnarlo a casa in auto con suo figlio e il loro cane morto non era certo tra le scene che avevo immaginato. Leo è seduto dietro nella Land Rover; il cane è avvolto in un vecchio cappotto di Frank. Il suo pianto mi strazia.

Di tanto in tanto Gabriel tenta il difficile compito di consolarci entrambi e giustificare il cane. « È stato il suo istinto », dice al figlio. « Non potevamo sapere che l'avrebbe fatto. I lurcher sono stati allevati per cacciare e uccidere. Il signore ha fatto l'unica cosa che poteva fare. Doveva fermarlo. »

« Ha ucciso Rocket », protesta Leo.

« Oh, tesoro », replica Gabriel, con un lieve accento nasale che mi fa pensare alla sua moglie americana. « Doveva proteggere i suoi agnelli. »

Gabriel lo dice senza troppa convinzione, e io lo capisco. Come può chi non è del mestiere comprendere il reale costo della perdita delle pecore per un allevatore? Non è solo il denaro, anche se contiamo sulla vendita di ogni agnello per tirare avanti durante i mesi invernali. È lo strazio di vedere i tuoi animali assassinati. Il terrore profondo del gregge mentre vede i piccoli massacrati. Cinque mesi a nutrire e coccolare la pecora incinta, la gioia della nascita dell'agnellino, che non diminuisce anche se l'hai vista una miriade di volte, e tutto per poi perdere l'agnello a causa di una morte crudele e sanguinosa.

Nonostante questo, il dolore del bambino è duro da sopportare. « Mi dispiace », dico.

« Beth? »

Lancio un'occhiata a Gabriel. Gli anni non hanno minimamente intaccato la sua bellezza.

« Non è colpa tua. »

È surreale vederlo così: una persona normale, un padre alle prese con un figlio addolorato, invece dell'alter ego che mi sono abituata a guardare su giornali e riviste. Gabriel Wolfe, *enfant terrible* della scena letteraria. Negli anni dopo il nostro incontro, Gabriel è diventato ciò che più desiderava al mondo, uno scrittore stimato. Il suo primo romanzo, pubblicato quando aveva appena ventiquattro anni, è stato un bestseller; il suo sogno si è realizzato nel giro di sei anni. La combinazione della sua scrittura tagliente e del suo indiscutibile bell'aspetto attirava la stampa. Se nell'editoria c'erano le rockstar, allora Gabriel era Mick Jagger, e la sua graziosa e bionda moglie era Marianne Faithfull. E le nostre vite, la mia e la sua, erano finite esattamente agli antipodi. Adesso ero la moglie di un allevatore, le mie giornate erano piene di mattine gelide e della magia di un agnello che nasce all'alba.

Non ne avrei cambiato nemmeno un secondo.

Oltrepassiamo i cancelli di Meadowlands. La casa d'infanzia di Gabriel è ancora una delle più belle che io abbia mai visto. Ha l'aspetto e l'atmosfera di un castello in miniatura, con quella bella pietra che tende al giallo, gli scalini che portano a un grande portone di quercia, finestre ad arco con le cornici dipinte di blu chiaro. Ho sempre amato le finestre blu. Sono felice che non le abbiano cambiate.

Gabriel scende dalla Land Rover e porta quel povero fagotto che era il suo cane verso la casa, seguito dal figlio.

« Vi lascio soli », dico mentre si allontanano.

Gabriel si volta, perplesso. « Non so che fare con il cane. »

« Dovresti seppellirlo. » Penso a Bobby, il mio bambino così sensibile, e a ogni uccello, ogni coniglio che abbiamo seppellito... centinaia di piccoli funerali.

« Dove? »

« Qui direi che lo spazio non manca », rispondo, e lui mi lancia quell'occhiata in tralice di tanto tempo fa.

Come abbiamo fatto in fretta a tornare ai nostri ruoli del passato, lui il figlio del proprietario terriero e io l'aspra contestatrice.

Ma non siamo più quelli che eravamo. Lui è un padre, e io ero una madre, le nostre identità sono fuse tanto quanto un tempo erano separate. Non puoi mai tornare a essere chi eri dopo aver avuto un figlio, anche se quel figlio non esiste più.

« Io ho un'idea. Vieni con noi, Beth? » dice Leo. Lo chiede con grande cortesia, considerato che gli abbiamo appena ucciso il cane, e mi fissa con quei suoi grandi occhi marroni. Anche gli occhi di Bobby erano marroni; gli dicevo sempre che erano del colore del fango appena mescolato, e lui rideva.

« Forza, allora. Troviamo un bel posto. »

Attraversiamo il prato verde e perfetto, superando una casa sull'albero che ai miei tempi non c'era; Gabriel deve averla costruita per Leo. Penso a quanto sarebbe piaciuta a mio figlio, un bambino che si accontentava di scivolare lungo una pila di balle di fieno o di andare sul trattore con il papà, che non è mai stato viziato con i giocattoli ma che comprendeva ogni giorno, proprio come Frank, la meraviglia della nostra fattoria.

« Dove andiamo? » chiedo.

« Al lago », mi risponde Leo.

Gabriel mi guarda e sorride, ma è un sorriso malinconico, come se i ricordi fossero dolorosi anche per lui. Non mi posso permettere di pensarci. Quando, tanti anni fa, la mia relazione con Gabriel è finita, sono stata a pezzi per un po' di tempo, poi ho fatto quello che farebbe ogni donna con un minimo di rispetto per sé stessa: ho chiuso la porta su quella storia, su di lui. Mi sono addestrata a pensare a Gabriel come a qualcuno che apparteneva alla mia adolescenza, una prima cotta, poco di più della mia breve fissazione per il cantante Johnnie Ray. Rivedere Gabriel qui, nel posto in cui una volta significavamo così tanto l'uno per l'altra, potrebbe scuotermi nel profondo se lo permettessi.

Padre e figlio scelgono un posto sotto i salici.

« Se andate a prendere le vanghe, vi aiuto a scavare », dico.

Gabriel si allontana e io e Leo rimaniamo a guardare il lago.

Leo non piange più, ma fissa cupamente l'acqua. Chissà se si sente a disagio, da solo con un'estranea.

« Pensi che ti piacerà vivere qui? » gli chiedo.

« Ne dubito. Mi mancano i miei amici. E non mi piacciono i miei compagni di classe. Sono cattivi. »

« Chi è la tua insegnante? Mrs Adams? È simpatica, vero? »

« Credo di sì », risponde, con accento americano. L'accento va e viene, alcune parole suonano americane, ma nel complesso lui è perlopiù inglese. « Come fai a conoscerla? »

« Mio figlio andava nella tua stessa scuola. »

Ho avuto due anni per esercitarmi, ma non è mai facile aspettare la domanda successiva.

« Quanti anni ha? »

« È morto due anni fa. Ne aveva nove. »

« Quasi la mia età. » Leo prende le mie parole per un dato di fatto come solo un bambino sa fare. Poi, però, con un gesto così gentile e inaspettato che mi toglie il fiato, mi prende la mano. « Ti manca, vero? »

« Sì », rispondo, e forse Leo sente il fervore nella mia voce, perché per un istante mi stringe la mano.

Quando Gabriel torna con tre vanghe, una per ciascuno di noi, io e Leo siamo ancora fermi nello stesso punto. Non parliamo, ma tra noi c'è un senso di pace tutto particolare. Forse è la vicinanza di questo bambino, non il mio bambino, ma c'è una dolcezza, un'energia che mi riporta indietro Bobby.

Scavare è molto fisico e faticoso. Il terreno è troppo duro e non facciamo grandi progressi; poco dopo Leo rinuncia, si siede un po' più in là e rimane a osservarci.

Io e Gabriel scaviamo in silenzio per qualche minuto, poi dico: « Ho sentito che ora tua madre vive in Australia ».

Lui alza lo sguardo su di me. « Ci separano quindicimila chilometri. In fondo, Dio esiste. »

« Ma certo che Dio esiste, papà. Perché dovresti pensare il contrario? » salta su Leo.

« È solo un modo di dire. Scherzo. »

« A papà non piace molto la nonna », spiega Leo, con l'aria di chi confida un segreto.

« Chissà come mai. »

Avevo dimenticato la risata di Gabriel, il modo in cui lui ci si abbandona finché non diventa contagiosa, e non posso fare a meno di ridere anch'io, mio malgrado, o meglio, malgrado ciò che provo per sua madre.

« Beth aveva un figlio, papà », dice Leo. « Però è morto. Lei è ancora molto triste. »

La nostra risata si spegne all'istante.

« Oh, l'ho saputo. » Gabriel guarda ovunque tranne che verso di me. « Volevo scriverti, ma poi non ero sicuro che... non sapevo se tu... »

« Va bene così. Davvero. » Mi trovo spesso in questa situazione: dover gestire l'imbarazzo degli altri riguardo al mio dolore, alla mia perdita. Ma parlare con Gabriel di Bobby, un bambino che non ha mai conosciuto, mi farà male in una maniera molto particolare.

« Non va bene. Avrei dovuto scriverti, ho pensato così tanto a te, ma... »

« Gabriel? »

« Sì? »

« Basta. Per favore. »

« Come vuoi. Però posso dire una cosa? »

« A patto che non siano delle scuse. Le odio. » La mia voce suona più secca di quanto intendessi, ma gli interminabili « mi dispiace » logorano. Gli occhi dolci e tristi, il tono ossequioso... mi fanno venir voglia di urlare.

« C'è un modo in cui io e te possiamo essere amici? »

Tende la mano in un gesto che mi ricorda il nostro inizio. Guardando il volto ansioso di Gabriel, penso a quanto mi piace. Mi è sempre piaciuto. Nonostante tutto.

Al di sopra della tomba allungo la mano a stringere la sua. « Amici. »

Prima

Gabriel mi aspetta alla fine della strada privata, ma guarda dalla parte sbagliata, come se avesse dimenticato la direzione dalla quale provengo, e ciò mi permette di osservarlo per qualche secondo. Stasera indossa abiti scuri – un maglione blu, pantaloni grigi – e da una ventina di metri la sua silhouette è alta e slanciata. Non riesco a vedergli il viso, ma assorbo tutto il resto, la sua altezza, la corporatura snella, il modo in cui continua a passarsi una mano tra i capelli e tiene l'altra nella tasca dei pantaloni.

«Mi manca già il tweed», gli dico da lontano, e lui si gira.

Un istante dopo ci stiamo sorridendo. Sorrisi larghi e sciocchi. Questo significa che lui prova quel che provo io? La settimana appena conclusa è stata quasi insopportabile, avevo la testa piena solo di Gabriel e continuavo a ripercorrere ogni brano di conversazione che ricordavo, chiedendomi se mi ero immaginata quella sorta di connessione.

«Sei davvero diverso con i tuoi vestiti.» E con ciò intendo bello. Bello in modo quasi sconvolgente.

Siamo in piedi l'uno di fronte all'altra, separati da pochi centimetri, e sento l'impulso irrefrenabile di baciarlo. Solo per un secondo, solo per vedere come sarebbe, che cosa farebbe lui. E invece mi allontano. Ho la sensazione che, anche adesso, Gabriel possa leggere ogni pensiero che mi attraversa la mente.

« Non ero sicuro che saresti venuta », dice.

« Non c'era pericolo. »

Come ricompensa, ottengo il suo sorriso che si apre lentamente mentre lui elabora ciò che ho detto.

Con una dozzina di candele accese in vasetti di vetro, Gabriel ha creato un sentiero che scende verso il lago. Poco distante dalla riva, c'è un tavolino pieghevole coperto da una tovaglia bianca e apparecchiato con bicchieri da vino, posate d'argento e, al centro, una brocca di rose rosa pallido. Ci sono due sedie pieghevoli di legno con cuscini, e sulle spalliere un paio di coperte nel caso faccia freddo, il che è improbabile, visto che, a pochi metri, c'è un fuoco acceso in un braciere basso di ghisa. La luna ha iniziato la sua lenta ascesa, tingendo tutto di un bianco argentato: i salici, la superficie del lago, persino l'erba scintilla come se fosse di cristallo. È la cosa più romantica che io abbia mai visto: una scenografia creata solo per noi due.

« È meraviglioso. Ti sei dato un gran da fare. »

« Te l'ho detto, ho troppo tempo libero. Sfortunatamente, mia madre mi ha beccato mentre allestivo il tutto, così adesso è in trepida attesa d'informazioni. Ma non preoccuparti: le ho fatto promettere che non sarebbe venuta qui. »

« Non mi dispiacerebbe conoscere tua madre », dico, e Gabriel ride.

« Ti ricorderò queste parole dopo che l'avrai effettivamente conosciuta. »

Versa il vino nei bicchieri. Ci sono un'insalata di pollo e patate, pomodori e lattuga dalla serra. In un vasetto di vetro la vinaigrette è già pronta. E poi c'è Gabriel, che allenta la sciarpa a motivi cachemire che porta al collo prima di alzare il bicchiere con un sorriso.

« Agli intrusi che violano la proprietà privata », dice, e i nostri bicchieri si toccano.

È strana l'accozzaglia di storie che raccontiamo a qualcuno quando vogliamo che sappia tutto di noi, una specie di scorciatoia per conoscerci, come se qualcosa del genere fosse possibile.

Dico a Gabriel che la mia famiglia è irlandese, o almeno lo è mio padre, anche se è nato a Londra e la sua famiglia si è trasferita a Shaftesbury quando lui aveva otto anni. Non ha mai vissuto in Irlanda e non ha neanche un minimo accento, ma prova lo stesso nostalgia.

« Una volta mi ha detto che si sentiva completamente sbagliato in Inghilterra. Quasi che fosse stato sradicato dal suo habitat naturale. Gli ho chiesto come fosse possibile, visto che ha a malapena messo piede sul suolo irlandese. Mi ha detto che era questa la sensazione che aveva. Che doveva essere la sua eredità genetica e che era incisa nelle sue ossa, che gli piacesse o no. Lui sapeva solo che in Irlanda tutti i pezzi sarebbero di colpo andati a posto. »

Mia madre è una ragazza del Dorset, nata e cresciuta qui, proprio come me. Ha conosciuto mio padre a sedici anni e sta con lui da allora. Hanno frequentato la stessa scuola di formazione per insegnanti e si sono sposati subito dopo il diploma; le due figlie sono nate prima che compissero venticinque anni. Si adorano con una devozione semplice e incrollabile, e a volte penso che questo abbia alimentato in me ed Eleanor aspettative romantiche irraggiungibili. Come potremmo mai sperare di seguire il loro esempio?

Poi tocchiamo l'argomento religione. Cattolicesimo per me, altra eredità paterna, con istruzione dalle suore a partire dall'età di cinque anni.

«Come sono, le tue suore?»

«Qualcuna è a posto. Alcune possono essere piuttosto sgradevoli, specialmente la preside. Ha le sue preferite e io, purtroppo, non sono una di loro. Grazie a Dio ho ancora solo un anno da sopportare prima della libertà.»

Gabriel andrà a Oxford per studiare al Balliol College, dove hanno studiato suo padre e suo nonno prima di lui. Crede che avrà la stessa stanza del padre, affacciata sul cortile interno.

«Ti prenderebbero anche se fossi stupido?»

«Probabile. Il direttore è coetaneo di mio padre, sono ancora buoni amici.» Gabriel ride, forse aspettandosi che rida pure io.

Abbasso gli occhi sul mio piatto, sforzandomi di non dire nulla, ma mi sento bruciare d'indignazione. È tutto così facile per quelli come Gabriel, con il futuro tracciato fin dalla nascita.

«So che pensi che è ingiusto. Ma se volessi potresti

andare a Oxford, Beth. Al giorno d'oggi ci sono parecchi college che ammettono le donne. Potresti fare domanda al St Anne's, è diventato college solo di recente ed è piuttosto radicale, almeno per gli standard di Oxford. »

Nessuno della mia scuola è mai andato a Oxford o Cambridge. Pochissimi riescono ad andare all'università. Le ragazze che rimangono per il sesto anno spesso sembrano considerarlo una perdita di tempo, aspettano solo il colpo di pistola che le lanci verso una vita dedicata a crescere figli e prendersi cura della casa, come se queste cose fossero il Santo Graal.

« Tu ami la letteratura », insiste Gabriel vedendo che io non rispondo. « A Oxford avresti il miglior insegnamento del mondo. Non puoi neanche immaginare le biblioteche. Magnifici edifici pieni di prime edizioni. Conservano manoscritti originali di Gerard Manley Hopkins e Shelley. Pensa a tutti gli scrittori che sono stati lì prima di te. Cammineresti per le stesse strade di Oscar Wilde e T.S. Eliot. »

« Qualche donna? »

« Se è importante per te, ne troverò qualcuna. »

La sera inizia a farsi più fresca e spostiamo le sedie davanti al fuoco. Gabriel lo alimenta con altri ciocchi, ravvivando le braci con un attizzatoio e soffiando sulle fiamme finché non guizzano nell'aria. Le stelle paiono brillare più qui che nel nostro giardino sul retro; sono le stesse stelle, incastonate come gemme in un cielo blu scuro.

« Si sta facendo tardi. Tra poco devo andare. »

« Resta ancora cinque minuti. Dieci. La serata è passata troppo in fretta. »

Qualcosa cambia nell'atmosfera. L'espressione sul volto di Gabriel mi fa battere più forte il cuore. Si sporge in avanti dalla sedia e preme le labbra sulle mie. Un bacio esitante e gentile.

« Era tutta la sera che avevo voglia di baciarti. »

« Perché ci hai messo tanto? »

Gabriel ride, e io adoro il modo in cui la risata lo anima. Per la maggior parte del tempo ho la sensazione che stia osservando, ma quando ride abbassa la guardia.

« Ero nervoso, credo. Non ero sicuro che per te fosse lo stesso. » Gabriel mi prende la mano e mi attira verso di sé, facendomi sedere sulle sue ginocchia.

Ci baciamo ancora, e stavolta è tutto, la sua lingua cerca la mia, dapprima esitante e poi più decisa. Ci avvinghiamo l'uno all'altra, ci baciamo profondamente, le nostre dita s'intrecciano.

Non sapevo che un bacio potesse essere così, che ti ci potessi perdere, senza pensieri nella mente, con il corpo intero in fiamme al tocco e al sapore di un altro.

Gabriel mi accompagna da Meadowlands, al limitare del villaggio, fino al nostro cottage, proprio nel cuore dell'abitato. Fuori dal cancello ci baciamo di nuovo, un casto bacio sulla guancia nel caso in cui i miei genitori stessero guardando dalla finestra del piano di sopra.

« È troppo presto per dire che già mi piaci più di chiunque altra io abbia mai conosciuto? » chiede.

Mentre risalgo il vialetto di casa non riesco a smettere di sorridere.

Sentendo la chiave che gira nella toppa, mio padre esce tutto agitato dalla cucina. È chiaro che mi stava aspettando.

« Guarda che faccia », dice quando mi vede. « Santo cielo, credo che la mia bambina sia innamorata. »

« Papà, smettila », protesto ridendo.

Ma poi volo su per le scale stringendo dentro di me il brivido delle sue parole. Forse è proprio questo, questa sensazione mai provata prima, euforia, eccitazione, una felicità furiosa. Forse è questo l'amore.

1968

Frank mi ha lasciato un biglietto dicendomi di raggiungerlo al pub.

Metto su il bollitore e mi preparo una tazza di tè, ma non lo bevo. Sono inquieta, cammino su e giù, agitata da sentimenti che non voglio lasciar diventare pensieri. È soprattutto il ragazzino. La stretta della sua mano. Avevo scordato quanto i bambini, come gli animali, riescano a sentire il tuo dolore senza esserne impauriti. Io e Frank danziamo l'una attorno alla tristezza dell'altro. Qualsiasi coppia che abbia perso un figlio vi direbbe la stessa cosa. La vedi nell'altro, certo che la vedi, ma è come essere su un'altalena del dolore, e l'unica cosa che vuoi evitare è far cadere l'altro.

A volte, quando mi sento così, mi arrendo. Mi siedo e penso a Bobby, a tutto ciò che mi manca di lui, al bambino che era. Altre volte, come adesso, mi alzo, prendo il cappotto ed esco. Ho bisogno della distrazione degli altri, dell'addolcimento che solo l'alcol e la conversazione possono dare.

Il Compasses Inn, buio e sgangherato, con il tetto di paglia, il pavimento irregolare in ardesia e angoli bui, è il posto in cui il villaggio si riunisce il venerdì. C'è un pianoforte scassato davanti al quale all'orario di chiusura è sempre seduto qualcuno, il più delle volte persore che non sanno né cantare né suonare. L'arredamento, se si può usare questo termine, tende al cupo, con attrezzi agricoli dall'aspetto temibile appesi alle pareti: una falce arrugginita del Settecento, un aratro antico, persino una trappola da guardiacaccia. Si rimane regolarmente senza birra, le patatine finiscono sempre, il pavimento è appiccicoso di sidro. Non c'è posto migliore al mondo.

Frank e Jimmy sono seduti al bancone, con le pinte mezze piene davanti a loro. Do un colpetto da dietro sulla spalla di Frank e lui si volta con un gran sorriso, come se vedermi fosse la cosa più bella in assoluto. Una volta, mia sorella Eleanor mi ha sentita parlare al telefono con Frank e mi ha detto: « Non sembri sposata mentre parli con lui. Sembra che vi siate appena conosciuti ».

Sono fortunata, lo so bene.

La ragazza di Jimmy, Nina, è dietro il bancone. Stanno assieme da quando avevano diciannove anni. È una ragazza favolosa con capelli biondo ramato che stasera sono cotonati in un *beehive* perfetto. Adora vestirsi alla moda. Spesso io e Nina ridiamo dei cosiddetti *Swinging Sixties*, di come non ce ne sia traccia da queste parti. A guardare i clienti abituali del pub – uomini che fumano la pipa vestiti con calzoni di velluto a coste e donne che indossano anonimi pantaloni e semplici maglioni – non si avrebbe torto a pensare di essere finiti in una distorsione temporale. Nina, però, non è così: lei fa acquisti a Londra ogni volta che può, dilapidando lo stipendio in abiti all'ultimo grido.

Mi piace un sacco guardarla al lavoro. Si muove alla perfezione sulla linea sottile tra flirt e biasimo. Nessuno la importuna, nemmeno gli ubriachi. Anche se, a onor del vero, l'ubriaco che lei bistratta più spesso è Jimmy.

« Come stava il ragazzino? » mi chiede Frank non appena mi siedo accanto a lui.

« Era sconvolto. Probabilmente anche scioccato dopo aver visto gli agnelli massacrati in quel modo dal suo cane. È un bambino cresciuto in città, no? »

« E Wolfe? Com'era? »

Sento che mi osserva attentamente. Frank ha raccolto i pezzi dopo che io e Gabriel abbiamo rotto. Lui sa meglio di chiunque altro quanto tempo mi ci è voluto per riprendermi, quanto alto è stato il prezzo.

« Gentile », dico, e sorrido per l'insipienza della parola. « Cresciuto, diverso. Un padre, hai presente? »

« Sarà sempre uno snob testa di cazzo », commenta Jimmy.

Per quanto ne so, Jimmy non ha mai incontrato Gabriel prima di oggi, ma lo disprezza comunque per lealtà verso Frank. Il legame tra i due fratelli è feroce. Quando ho letto *Uomini e topi*, mi sono sentita quasi stordita per la sensazione di riconoscimento, come se Steinbeck avesse sbirciato nella mia vita. È offensivo da parte mia paragonarli a George e Lennie. Non lo direi mai ad alta voce. Non c'è nulla di semplice in Jimmy, eppure ha per Frank una devozione inscalfibile e infantile che talvolta sembra eccessiva. Ma in lui c'è soprattutto un'autentica dolcezza. Riesce ad affascinare chiunque, dalle signore tutte casa e chiesa al poliziotto del paese; saluta togliendosi il cappello, apre sempre la porta agli altri e di solito è quello che paga il primo giro, anche le volte che non se lo può permettere.

Stasera al pub c'è persino Helen; è la mia più cara amica dai tempi della scuola. Quando Bobby è morto, l'intero paese è rimasto in lutto per un paio di settimane, dopo di che è parso che tutti avessero dimenticato. O forse non volevano ricordare a me e a Frank la nostra perdita, scegliendo una conversazione leggera che contenesse il non detto come uno strato di limo sottostante. Potevi vedere l'ansia sui loro volti. *Di cosa possiamo parlare? Ma certo, del tempo!* Helen era diversa. Per il primo anno è venuta a casa nostra ogni settimana senza mai saltare una volta. Entrava da sola e lavava quel che c'era da lavare, puliva la cucina, cambiava i letti. Non parlava molto, ci lasciava tranquilli mentre lei lavorava in disparte, cucinando, riordinando, preparando il tè, aiutando silenziosamente le nostre vite a funzionare meglio. Non l'ho mai dimenticato.

Helen aspetta che Frank e Jimmy si mettano a parlare tra loro, poi dice, sottovoce: « Gabriel è tornato? Ma che diamine?! »

« E siamo già riusciti ad ammazzargli il cane. »

Scoppiamo in una di quelle risate che sono riservate solo ai momenti più inopportuni, proprio come facevamo a scuola.

« Posso ridere anch'io? » interviene Frank.

« Nulla d'interessante », replica Helen, pacata. « Ve l'ho detto che la nostra spaniel si è fatta mettere incinta?

L'avventura di una notte con un labrador, a quanto pare... Che sfacciata! Sei cuccioli. Ne resta solo uno cui trovare casa. Un maschietto bellissimo. »

« Lo prendo io », dico, e Frank ride sorpreso, baciandomi sulla guancia.

« Consultarsi non è qualcosa in cui mia moglie ama perdere tempo », commenta. « Perché no? Sarà bello avere un cucciolo alla fattoria. »

Ma dentro di me sta già prendendo forma un'idea. Conosco molto bene il potere terapeutico di un cucciolo, quasi un incantesimo. E c'è qualcuno che ne ha più bisogno di me.

Prima

Se un ordine di suore ha dato alla propria scuola il nome di Convento dell'Immacolata Concezione, ne consegue che dovrebbe essere fortemente contrario al sesso al di fuori del matrimonio e, molto probabilmente, anche nel matrimonio. Nel corso degli anni, suor Ignatius, la nostra attuale direttrice, l'ha demonizzato tanto che siamo predestinate o a sviluppare disturbi sessuali per tutta la vita o, come nel caso di mia sorella, a lanciarci su una via di selvaggia promiscuità nel momento stesso in cui veniamo liberate. Corre voce che un'ex alunna del sesto anno sia rimasta incinta non molto tempo fa; è stata frettolosamente buttata fuori dalla scuola prima ancora che la gravidanza diventasse evidente.

Il lunedì, come ultima lezione della giornata, abbiamo religione con suor Ignatius.

« Elizabeth. » Il mio nome pronunciato dalla direttrice sembra uno schiocco secco, ma sulle prime sono troppo persa nei miei pensieri per reagire.

Il mio corpo è in fiamme dall'ultima volta che io e Gabriel siamo stati assieme, non ci sono altre parole per descriverlo. Ho già baciato qualche ragazzo, però mai nessuno ha risvegliato in me un desiderio così acuto e insistente. Ora bramo cose mai immaginate prima, penso a lui che mi spoglia, alle sue dita che mi sfiorano la pelle, ai nostri corpi appiccicati, e ad altro ancora. Provo uno struggimento che non c'era, come se fossi stata catapultata in un universo sconosciuto; dove prima la lussuria non esisteva, ora è tutto quel che c'è.

« Elizabeth Kennedy! »

« Sì, sorella? »

« Fermati dopo la lezione, per favore. Vorrei dirti due parole. »

Dopo che il resto della classe è uscito, rimango in piedi accanto alla cattedra di suor Ignatius, in attesa.

« Ho sentito che stai pensando d'iscriverti a Oxford; è così? »

Quando ho detto alla mia professoressa d'inglese che speravo di poter studiare letteratura a Oxford, mi ha messa in guardia. Oxford non è fatta per « ragazze come te », ha detto. Non si è dilungata, ma ho capito il senso.

« Sì, è vero. »

« Sono sicura che la scuola sarebbe molto orgogliosa di avere una delle nostre ragazze laggiù. Sei abbastanza brillante, a patto che ti applichi. »

Non me l'aspettavo, ma non posso fare a meno di sorriderle.

« La scuola ti aiuterà in ogni modo possibile. » Detto ciò, fa un gesto per indicare che la conversazione è chiusa. « Ora va', Elizabeth, affrettati o perderai il bus. »

Durante il viaggio sull'autobus che mi riporta a casa la mia mente è piena di Gabriel. Sabato passerò tutta la notte con lui ed è difficile pensare ad altro. Ai miei ho detto che dormo da Helen. Non mi piace mentire, ma so che, se sapesse la verità, mia madre si preoccuperebbe. Mi direbbe che è troppo presto.

Dopo che ci siamo messi d'accordo, Gabriel mi ha detto: « Ti prego, non credere che abbia in mente di approfittare di te ».

Oh, spero che tu lo faccia, ho pensato, ma l'ho tenuto per me.

Sono così assorta che non mi accorgo che qualcuno si siede accanto a me, finché una voce non dice: « Ciao, Beth ».

È Frank Johnson. Per una volta non è seduto al suo solito posto in fondo al bus, con i suoi amici. Mi piace molto Frank. Sembra sempre più adulto degli altri ragazzi della mia età. Ci vediamo alle feste degli amici della scuola, o al ballo annuale del villaggio, e lui mi chiede sempre di ballare o si offre di andare a prendermi da bere. Per un po' ho sperato che la nostra amicizia potesse diventare qualcosa di più.

Quando Frank aveva tredici anni, sua madre è morta per un'emorragia cerebrale.

Stava dando una mano con la mungitura del pomeriggio, una mucca ha scalciato e l'ha presa in pieno sulla tempia. Gli incidenti accadono spesso nelle fattorie, lo sanno tutti; quello che mi aveva sconvolto era stato vedere Frank sullo scuolabus il giorno dopo.

Quel pomeriggio avevamo avuto lezione di arte,

due ore passate a incollare fiori pressati su carta di riso blu. La maggior parte delle ragazze aveva portato giunchiglie colte nel giardino, mentre io mi ero data la pena di saccheggiare campanule nel bosco. Quando mi ero alzata perché era la fermata dove dovevo scendere, ero passata accanto a Frank, seduto pallido e muto al suo posto. Avevo preso il mio quadretto dalla borsa e gliel'avevo dato, non c'era bisogno di parlare. Ricordo il suo sguardo sorpreso, poi un timido accenno di sorriso. Da quella volta siamo diventati amici.

« Volevo chiederti una cosa », dice Frank, e il mio cuore sprofonda per il terrore.

Quella cosa che ho voluto, sulla quale ho fantasticato per settimane e mesi, è arrivata troppo tardi.

« Credo che tu sappia di cosa si tratta. »

Oh, lo so, lo so bene, e più di tutto voglio impedire che accada.

« Beth. » Di nuovo il mio nome, l'inizio di un discorso che temo Frank abbia provato e riprovato. « Ho aspettato davvero troppo per dirtelo. Ti penso sempre. Vederti sullo scuolabus è il momento più bello della mia giornata. Sarei davvero molto felice se mi permettessi di portarti fuori questo fine settimana. »

Frank ha tenuto il suo discorso senza guardarmi, con gli occhi appena fuori dalla portata dei miei. Ma adesso mi guarda, e vede subito la mia espressione dispiaciuta.

« Oh », dice. « Non è quello che vuoi? Non so perché ho pensato che lo fosse. »

Metto la mano sul braccio di Frank, le mie dita si allungano sul tessuto nero e scadente del suo blazer di scuola. La sua mano è stretta in un pugno, con radi peli neri tra il polso e le nocche.

« È solo che... Mi dispiace... ho conosciuto una persona. »

Frank sembra affranto. « Ho aspettato troppo. »

« Mi dispiace », ripeto.

Voglio farlo sentire meglio, voglio riportare un po' di luce sul suo viso bello e sano. Ma Frank si alza e va verso la parte anteriore del bus e, quando l'autista si ferma, scende a chilometri da casa, come se non potesse sopportare di starmi vicino nemmeno un istante di più.

Per il resto del viaggio, è Frank a riempire i miei pensieri, mi piange il cuore all'idea della sua lunga camminata fino a casa e della bruciante umiliazione che deve aver provato per scendere dall'autobus. E, sotto sotto, a tormentarmi è anche un senso di rimpianto, rimorso o confusione per aver buttato via la possibilità di qualcosa di grande.

1968

Leo è nella sua casa sull'albero e, sentendo l'auto che si avvicina, scruta fuori per controllare chi è; vedendo che sono io, mi saluta con la mano e scende la scala di corda. È elettrizzante guardarlo, osservare la sua forma, la sua statura, un ricordo del ragazzino che abbiamo perduto; una parte di me vorrebbe che anche Frank fosse qui a vederlo. Da quando Bobby è morto, abbiamo passato pochissimo tempo in compagnia di bambini, e mai con uno della sua stessa età. È stata una nostra scelta e so perché l'abbiamo fatta, ma non mi ero mai resa conto di quanto facesse sentire soli vivere una vita senza bambini attorno.

Nel momento in cui tiro fuori il cucciolo dall'auto, Leo lancia un gridolino. « È tuo? »

« In realtà non appartiene ancora a nessuno. Diciamo che sta cercando casa. Ti piacerebbe prenderlo in braccio? »

Leo piega le braccia a formare una culla e il cane si mette subito comodo.

« Guarda com'è rilassato con te. »

« Facciamolo vedere a papà. È nel suo studio. »

Sono curiosa di sorprendere Gabriel al lavoro. Ci sono stati innumerevoli articoli di giornale nel corso degli anni, con foto in cui Gabriel appare pensieroso con una polo nera. « Rieccolo che si atteggia di nuovo da Hemingway », ha detto una volta Helen, mostrando una copia di *Vogue* che aveva sgraffignato dal parrucchiere e dove Gabriel era ritratto davanti alla macchina da scrivere, con un bicchiere di whisky accanto. Ho letto i suoi libri di nascosto, cercando tracce di qualcosa di familiare, del ragazzo che conoscevo. Le ho sempre trovate. Donne dalla lingua tagliente e con un debole per l'alcol, scene di sesso vivide e provocatorie che hanno forgiato la sua reputazione di scrittore audace, e che a volte mi hanno fatto piangere.

Entriamo in casa e arriva un'ondata di ricordi. L'atrio ha lo stesso odore di un tempo, cera per mobili e legno antico, e il legno è ovunque. Pannelli di quercia alle pareti, pavimento in parquet, una scala di legno circolare che ho sempre adorato, vissuta e scivolosa per chi indossa solo le calze.

Ed ecco lo scrittore in una stanza appena fuori dalla cucina, dove una volta andavamo a cercare le sigarette di suo padre. Gabriel ci dà le spalle e batte a gran velocità con due dita sulla macchina da scrivere; il bicchiere di whisky è al suo posto su una scrivania dove regna un caos di libri e fogli. Sbircio i dorsi dei volumi: W.H. Auden, Graham Greene e Henry James.

« Papà, guarda! » dice Leo.

Gabriel si gira e vede me e il cucciolo allo stesso tempo. Ha i capelli un po' arruffati, come se ci avesse passato le dita, e uno sbaffo d'inchiostro blu sulla guancia.

« Beth », dice. « E questo chi è? Oddio che carino. » Viene verso di noi per accarezzare il cucciolo.

Essere così vicini mi turba. Rivederlo suona nuovo ed eccitante in modo decisamente inappropriato. Nella mia mente, ho elaborato e dominato il riassestamento, dicendomi che il nostro passato non conta, che adesso siamo adulti e possiamo provare a essere amici, o almeno fare finta di esserlo. È il corpo a tradirmi.

« Come si chiama? »

« Non gli ho ancora dato un nome. »

« Ma lo tieni? » chiede Leo.

« Se nessun altro lo vuole, sì. Sto dando una mano alla mia amica Helen. »

Leo guarda Gabriel. Sorridono esattamente allo stesso modo. Un sorriso che si allarga piano piano finché, negli ultimi istanti, non riesce più a trattenersi e diventa una risata repressa.

« Che razza è? » domanda Gabriel.

« Per metà spaniel e sul resto non siamo sicuri al cento per cento. Dev'esserci qualcosa del labrador. A quanto pare è completamente svezzato e abituato a stare in casa. »

« Quindi potremmo averlo, se lo volessimo? »

« Sì. »

« Possiamo, papà? Per favore! »

« Perché no? Ma devi promettermi di occuparti di lui. »

Leo mette giù il cucciolo, che un secondo dopo fa pipì sul pavimento.

« Fantastico », commenta Gabriel, guardando me e Leo. « Meno male che è abituato a stare in casa. »

È una bellissima sensazione, la nostra risata improvvisa e condivisa.

« Se volete tenerlo, assicuratevi d'insegnargli a comportarsi come si deve con il bestiame. Questa è una zona di allevatori, mandrie e greggi ovunque. »

« Potrebbe succedere di nuovo? » chiede Leo, preoccupato.

« No, se viene addestrato nel modo giusto. Se vuoi ti aiuto. » L'ho detto senza pensare alle conseguenze.

Prima che io possa cambiare idea, Leo mi cinge la vita con le braccia e mi preme il suo viso sul petto. Per un paio di secondi rimango spiazzata. Chiudo le palpebre, imponendomi di non pensare a Bobby, e quando le riapro vedo Gabriel che mi osserva, con un sorriso dolce e triste sul volto.

« Ehi », dice Frank rientrando dai campi all'ora di cena. « Dov'è il nostro cucciolo? Non dovevi andare a prenderlo nel pomeriggio? »

« L'ho regalato al figlio di Gabriel. Ho pensato che l'avrebbe aiutato. »

Frank non dice nulla.

« Aiuterò Leo a addestrarlo. Non voglio che si ripeta quel che è successo. »

« Capisco. »

La conversazione tra me e Frank è sempre facile. Parliamo soprattutto della fattoria, il lavoro e la passione che condividiamo. Da quando suo padre, David, è morto lo scorso anno per un attacco di cuore – nei campi, esattamente nel modo in cui aveva sempre detto di volersene andare – Frank, Jimmy e io gestiamo la fattoria assieme. Ma questo è un territorio del tutto nuovo.

Il suo volto è severo, un'espressione seria e grave che non vedo spesso. Quello che vorrebbe dire è: *Non farti coinvolgere da questo bambino, Beth. Non è nostro figlio. Non lo riavremo mai più*. Invece dice: « Dovrei preoccuparmi del fatto che passi del tempo con Wolfe e suo figlio? »

E io vorrei dirgli: *Tu hai messo in pericolo la sua vita. L'hai fatto tu, non io*. Invece dico: « Non credo. Sei preoccupato? »

« No, se mi dici che non ce n'è bisogno. »

Gli prendo la mano e gli sorrido finché anche lui non accenna un sorriso riluttante. « Non ce n'è bisogno. Te lo prometto. »

Allora, all'inizio, credevo fosse vero.

Il processo

Quando ho preso posto nella galleria riservata al pubblico, tutte le teste si sono girate a guardarmi. Ho una nuova identità, adesso. La donna che ha amato due uomini, uno degno di pagine e pagine di giornale e l'altro un comunissimo contadino.

Dopo che la storia è esplosa, i fotografi hanno cominciato a intrufolarsi nella fattoria per scattare foto della nostra adorata, sgangherata casa con le finestre scrostate e il cortile in cui regna il caos, finché non li ho tenuti d'occhio dalla cucina e sono corsa fuori, urlando come una pazza. Il giorno dopo era proprio quella la foto scelta per i giornali. Ho imparato a mie spese a nascondere il volto e a non rispondere alle domande che mi lanciano addosso. *Perché l'ha fatto?* È la domanda che mi viene rivolta più spesso. Dai giornalisti, dagli abitanti del villaggio, all'inizio persino dalla mia famiglia.

Racconto loro la storia che abbiamo inventato, affinato, provato, perfezionato giorno dopo giorno, sperando che sia sufficiente.

Quanto sarebbe più facile se potessimo dire la verità.

Prima

L'interno della tenda di Gabriel è diverso da qualsiasi cosa io abbia mai visto, sembra di entrare in un universo parallelo. C'è un materasso matrimoniale con lenzuola e coperte e, sopra, un copriletto di velluto rosso dall'aspetto molto regale; me lo vedo sul letto a baldacchino di Luigi XIV. Tappeti di pelle di pecora ricoprono il pavimento, c'è un minuscolo comodino con una caraffa d'acqua e due bicchieri, e persino una piccola libreria piena di tascabili. Al soffitto della tenda, Gabriel ha spillato strisce di seta dai colori vivaci, e in ogni angolo ci sono candele accese dentro lanterne di vetro.

« Che ne pensi? » mi chiede.

« Sembra uscito da *Le mille e una notte*. Se fosse per me, non dormirei da nessun'altra parte. »

Gabriel si siede sul letto e mi tende una mano. « Vieni qui. »

Non ho fatto altro che immaginare questo momento, e ora che finalmente è arrivato mi blocco. « Non ci riesco. Sono troppo nervosa », dico con voce tesa.

« Non devi esserlo. Stiamo soltanto parlando. A un certo punto potremmo arrivare a tenerci per mano. Ma solo se lo vorrai. »

Mi siedo accanto a lui e, come promesso, Gabriel comincia a parlare. Mi racconta del suo cane, Molly, una labrador vissuta fino a sedici anni. « Era il cane più affettuoso che si possa immaginare, amava tutti, compresi un paio di ladri che erano entrati dalla finestra della cucina. Mentre loro rubavano l'argenteria di famiglia, lei scodinzolava. »

Prende un romanzo aperto a faccia in giù accanto al letto e me lo mostra. *Dalla parte di Swann*, il primo volume dell'opera di Proust *Alla ricerca del tempo perduto*.

« L'ho scelto solo per mettermi in mostra alle lezioni del prossimo semestre, ma è meglio di quanto pensassi. In certi punti è anche divertente. » Mi guarda per qualche istante, poi sorride. « A volte è quasi giorno quando mi addormento. Sono così preso a pensare a te. A tutte le cose che mi piacerebbe fare in tua compagnia. »

« Quali cose? »

Per tutta risposta, Gabriel mi prende il viso tra le mani e mi bacia. Un bacio lungo, lento e intenso. « Va meglio? » chiede ritraendosi.

« Sì. »

Ci stendiamo sul letto e ci voltiamo l'uno verso l'altra, i nostri visi distanti solo pochi centimetri.

Con un dito, Gabriel traccia una linea sul mio volto, dalla fronte al naso, e si ferma appena sopra il labbro superiore. « Pensavo a questa fossetta. Al fatto che è della misura perfetta per la punta del mio dito », dice. Mi prende la mano. « Non pensare che, solo perché ti fermi per la notte, dobbiamo fare qualcosa più di questo. »

« E se io volessi farlo? »

« Allora ne discuteremmo. »

« Lo voglio. »

Gabriel mi guarda, quasi ridendo, poi il suo viso cambia e il desiderio che vedo in lui accende qualcosa in me. Una sorta di audacia, un bisogno.

« Lo voglio davvero. »

Se potessi, congelerei questo momento: noi due che ci guardiamo in preda al desiderio, consapevoli e allo stesso tempo inconsapevoli di quello che sta per succedere.

Continuiamo a baciarci, e sono io ad andare oltre, sbottonandomi la camicetta e allungando una mano a prendere la sua per posarmela sul seno.

Tutto viene fatto lentamente. Togliamo i miei vestiti, uno per uno. Poi i suoi. Noi due nudi l'uno nelle braccia dell'altra, l'elettricità che si sprigiona. Ci prendiamo il tempo per guardare e apprezzare i reciproci segreti senza vestiti. I suoi muscoli tonici sotto la pelle liscia e abbronzata, la linea di peli neri che corre dall'ombelico all'inguine, la sorpresa di trovarlo eccitato, il suo sussulto quando gli sfioro il pene con un dito.

Il suo tocco è esitante e curioso mentre traccia disegni sulla mia pelle, ma poi i nostri corpi iniziano a guidarci, e il percorso è assolutamente chiaro. È l'istinto che mi fa sollevare i fianchi per incontrare i suoi, e sento la durezza della sua erezione premere contro di me prima che lui si ritragga.

« No, Beth, non dovremmo farlo », sussurra.

« Perché? » sussurro io di rimando.

« Lo sai perché. »

« Solo per un secondo? »

Preme la sua punta dentro di me. Iniziamo a muoverci lentamente l'uno contro l'altra e ben presto ci arrendiamo. Non era pianificato; era inevitabile. Ed è bellissimo, finché Gabriel non spinge più a fondo e io strillo per il dolore.

« Oddio, mi dispiace. » Cerca di allontanarsi, ma io lo stringo con le cosce.

« Resta », sussurro.

E lui resta.

Che cosa posso dire di questi momenti in cui ci limitiamo a guardarci, concedendoci di assaporare la sensazione di lui dentro di me, di noi due connessi nel modo più intimo? L'avevo immaginato tante volte, ma non è affatto come pensavo. Il mio cuore è così pieno di sentimenti, emozioni cui non so dare un nome, né gioia né dolore, ma qualcosa che sta nel mezzo. *Questo siamo noi*, penso. *Questo siamo noi.*

Dopo qualche istante mi muovo ancora contro di lui, solo un po'.

« Tutto bene? Ti sto facendo male? Vuoi che ci fermiamo? » chiede.

« Gabriel, per favore, smetti di parlare. »

« Ci provo. »

Ci sorridiamo. Una parte di me ancora non riesce a credere che stia accadendo, è come se guardassi il tutto dal di fuori.

Il dolore comincia a trasformarsi in qualcosa di più piacevole, una sorta di struggimento. Sembra che ci adattiamo perfettamente l'uno all'altra, e troviamo un ritmo lento e gentile, dondolandoci avanti e indietro nel nostro letto improvvisato. Neanche per un istante i suoi occhi lasciano i miei.

« Rimarrei qui per sempre, se potessi », dice piano.

Dopo, ci stupiamo del fatto che era la prima volta per tutti e due, e che, nonostante questo, sembrava che sapessimo esattamente cosa fare. Rimaniamo stesi, vicini, mentre i battiti del cuore rallentano; siamo così stretti che non riesco a vedere il suo volto quando lui dice: « E comunque ti amo. Credo di averti amata dal primo momento che ti ho vista ».

« Sì », rispondo, perché ci credo, so che è vero.

Questa è una storia d'amore, ed è di gran lunga migliore di tutte quelle che ho immaginato in passato. Se mi è concesso un desiderio, uno solo, allora è questo: desidero che la nostra storia abbia un lieto fine.

1968

La prima volta che parto per andare da Leo, Frank, Jimmy e io siamo nel campo delle pecore. Abbiamo nutrito e abbeverato le femmine adulte e controllato gli agnelli, rivedendo l'elenco di quelli che saranno venduti per primi all'asta della prossima settimana.

Benché abbiano un abbeveratoio pieno d'acqua fresca e secchi di cibo, alcune rimangono raggruppate attorno a Jimmy, belando e dandogli testate sulle gambe per attirare la sua attenzione. È sempre così, Jimmy è la loro rockstar.

« Via, sciò, adesso, Mrs Tiggywinkle, abbiamo del lavoro da fare », dice Jimmy, con una pacca sulla groppa della sua preferita.

È stato Bobby a iniziare la tradizione di dare un nome alle pecore, e Jimmy insiste per mantenerla.

« Porco diavolo », dice Frank, con un'occhiata all'orologio. « Hai ragione, com'è che sono già le tre e mezzo? Le mucche saranno doloranti. Beth, ci dai una mano? »

« Mi spiace, devo andare. Addestramento cucciolo. »

Frank si gira. Aveva dimenticato che oggi sarei andata a Meadowlands. E capisco, dal modo in cui il suo volto cambia, passando dal risentimento a una pacatezza forzata, che non si sentirà mai a suo agio a proposito di me e Gabriel.

Lo vedo che registra il mio abbigliamento: non indosso la sua vecchia camicia di flanella, i pantaloni di velluto a coste e gli stivali di gomma che porto di solito, ma un dolcevita nero e un paio di jeans scuri che Nina ha scartato e che, con la leggera svasatura alla caviglia, sono comunque più alla moda di qualsiasi altro capo io possieda. Arrossisco sotto il suo sguardo, mi sento in imbarazzo e troppo elegante.

« Perché perdi tempo con quel pagliaccio? » vuole sapere Jimmy. Anche lui ha visto l'espressione di Frank.

« Perché, Jimmy, a volte è bello prodigarsi per gli altri. » Mi accorgo che il mio tono è troppo sulla difensiva, troppo impermalito.

« Anche se l'altro è uno stronzo? »

Frank interviene prima che io abbia il tempo di ribattere. « Sta scherzando, Beth. »

« Sto scherzando solo per metà », lo corregge Jimmy, e restiamo a fissarci in cagnesco per un istante, ma è tutto, e subito dopo sorridiamo entrambi. Non riesco mai a rimanere arrabbiata a lungo con mio cognato.

Decido di andare a Meadowlands a piedi anziché in auto, ho bisogno di tempo per pensare. Ho detto a Frank che non ha motivo di preoccuparsi per queste visite pomeridiane, per il fatto che passo del tempo con Leo ma, inevitabilmente, vedo anche Gabriel. E ripeto le stesse cose a me stessa. Ma il mio corpo e la mia mente si rifiutano di ascoltare durante i dieci minuti di camminata tra casa mia e casa loro. Ho lo stomaco annodato per la tensione, sento il sangue che pulsa, mi pulsa nelle vene, un tamburo che batte un ritmo ansioso. Ci sono cose accadute allora di cui nessuno è a conoscenza, e vivo nel terrore che quei segreti possano venire alla luce. E poi c'è qualcosa di ancor più snervante: un crescente senso di eccitazione all'idea di rivedere Gabriel.

Busso alla porta, scacciando dalla mente il ricordo di quella volta che sono stata qui, con il cuore che batteva all'impazzata, per ragioni molto diverse.

È Gabriel ad aprire, e vedendomi sorride. Indossa jeans e una camicia bianca fuori dai pantaloni, e sopra un maglione nero sbrindellato e pieno di buchi. Sembra che non si faccia la barba da giorni. Cerchi neri sotto gli occhi. Mi chiedo come se la stia cavando, da genitore single che deve comunque rispettare gli obblighi legati al suo lavoro di scrittore. A giudicare da quel che vedo, non molto bene.

« Beth. Vieni, entra. Qualcuno è molto felice di vederti. »

Leo arriva di corsa nell'atrio con il cagnolino in braccio.

« Gli hai già dato un nome? » chiedo.

« Hero. »

« Mi piace. Gli sta bene. »

« Una tazza di tè prima che iniziamo? Stavo giusto per prepararlo », dice Gabriel.

« No, grazie. E non preoccuparti di venire con noi. Usciremo in giardino, tu continua pure a lavorare. »

Qualcosa attraversa il volto di Gabriel e mi chiedo se magari non vedesse l'ora di avere la compagnia di un adulto, tanto per cambiare. Pazienza. Sono determinata a passare il minor tempo possibile con lui. Lo devo a Frank, a me stessa.

« Va bene, vi lascio soli », replica, in tono piatto.

L'ondata di delusione mentre lo guardo allontanarsi è forte quasi quanto il mio sollievo.

In giardino, io e Leo cominciamo con il comando « seduto », e ogni volta che ci riesce premiamo Hero con un cubetto di cheddar o un pezzetto di prosciutto, leccornie che mi sono portata da casa. Impara in fretta, così passiamo al « resta ». Prima faccio una dimostrazione, facendo sedere Hero e mostrandogli il palmo mentre ripeto: « Resta ». Poi ci prova Leo, e ogni volta il cucciolo rimane fermo, anche quando noi cominciamo ad allontanarci piano piano, un passo alla volta.

« Sarà un gioco da ragazzi », dico.

« È un genio? »

« Credo che potrebbe esserlo. Ma per oggi dobbiamo fermarci qui. Anche i geni hanno bisogno di riposo. »

« Non te ne andrai di già? Devi proprio? » protesta Leo.

Capisco che ha parlato senza pensare. E, in un lampo, vedo la sua solitudine. « Che ne dici di mostrarmi prima la tua casa sull'albero? »

Sembra felicissimo.

L'interno della casa sull'albero è una rivelazione. È uno spazio piuttosto grande, alto abbastanza da poter stare in piedi, largo circa due metri e mezzo, con un'ampia finestra aperta che si affaccia sul parco. Le pareti sono state dipinte di azzurro cielo e il pavimento è ricoperto da giganteschi cuscini di velluto i cui splendidi colori ricordano le pietre preziose: verde smeraldo, rubino, il blu scuro dello zaffiro. Ci sono una pila di fumetti e libri di Tintin, candele, una lampada a cherosene rétro, una scatola del domino, mazzi di carte, una tavola del Ludo.

« Vorrei avere anch'io una casa sull'albero come questa. È una vera e propria tana. Hai mai dormito qui? »

« Papà dice che lo faremo in estate. Lui adora il campeggio. Da ragazzo si accampava vicino al lago. » Il mio cuore fa un salto, ma lo ignoro. « L'abbiamo dipinta in un fine settimana. Abbiamo cenato quassù e giocato a carte a lume di candela. È stato fantastico. »

Colgo la malinconia nella voce di Leo. « Devi invitare un po' di amici. Adorerebbero questa casetta. »

« Sì, forse. »

« Come ti trovi a scuola? »

« Tutto a posto, credo. »

« Dal tuo tono, non sembrerebbe. » Lo vedo riflettere se dirmi la verità o no. « Non va meglio? Credevo che iniziassi ad ambientarti. »

« La detesto da morire. » All'improvviso sembra arrabbiato.

« È successo qualcosa? »

« Sono sempre nei guai. Ogni giorno finisco dalla preside. Oppure mi mandano fuori dall'aula. »

« Perché? »

« Mi arrabbio. A volte grido contro gli altri bambini.

Ieri ho picchiato un ragazzo. Diceva cose cattive e gli ho dato un pugno. È successo. Non volevo farlo.»

«Tuo padre lo sa?»

«Non tutto. Solo quello che gli dice la maestra.»

«Sembra dura. Non c'è da stupirsi se odi la scuola. Ti sentirai meglio quando ti ci sarai abituato un po'.»

«Ne dubito.» Pare tanto triste, questo ragazzino; non è giusto che sia così infelice.

«Ti va una partita a Ludo prima che io vada?»

«Sì», dice, e il suo viso s'illumina mentre prende la scatola.

Sono felice di fargli compagnia, eppure c'è sempre una leggera sensazione di dolore che punzecchia gli angoli della mia mente. Non sono neanche sicura che sia la solita cosa, che riguardi Bobby. Sento che sto già cominciando ad affezionarmi a questo bambino, pur avendo promesso a Frank, e a me stessa, che non mi sarei lasciata coinvolgere. E sembra un po' pericoloso aprire il mio cuore così, anche solo una fessura. Sapendo che dovrei fermarmi. Sapendo che non lo farò.

Prima

In agosto, per una splendida settimana, i genitori di Gabriel vanno in vacanza nelle Highlands.

« Caccia al gallo cedrone », spiega. « E sì, è crudele, ma guarda cosa otteniamo in cambio: questo posto è tutto nostro per sette giorni. »

Gabriel spesso disprezza l'eredità di famiglia, ciò che un giorno sarà suo, ma percepisco il suo orgoglio mentre mi fa fare il giro della casa. Il grande atrio da solo sembra sontuoso come una sala da ballo, con le pareti rivestite di pannelli di legno scuro e un enorme lampadario di cristallo che pende dal soffitto come un inno a un'altra epoca. L'ambiente odora di cera per mobili e fiori freschi, e qualcos'altro di meno definito: un ricco e secco sentore di muffa, come se persino l'aria fosse stata filtrata per accrescere la raffinatezza.

Difficile non farsi intimidire dalla bellezza della casa, e non soltanto per la dimensione e la magnificenza, ma per il modo in cui è arredata: cornici dorate, arazzi, mobili laccati e argenteria ovunque, il tutto contraddistinto da una lucentezza specchiata. Mentre attraverso le stanze conto quattro vasi di fiori, e non sono giunchiglie ficcate in una brocca, ma artistiche composizioni in vasi di porcellana. La madre di Gabriel ha la passione per le composizioni floreali; la mia siede accanto al fuoco fino a tarda notte a correggere temi e preparare le lezioni per il giorno dopo.

Nel salone osservo le foto di famiglia sul pianoforte. Tessa Wolfe, in abito da sposa negli anni '30, è meravigliosa, più di qualsiasi star di Hollywood, ed è facile capire da chi Gabriel abbia preso il suo bell'aspetto. L'abito è una colonna di seta color avorio, abbinato a un copricapo con le piume e lunghi guanti bianchi. In lei c'è qualcosa di freddo e inquietante, quasi minaccioso, persino nel giorno delle nozze. Il suo mezzo sorriso sembra sprezzante, come se odiasse il fotografo, gli invitati, forse addirittura il marito.

La foto che amo di più è quella di un Gabriel sui nove anni, in pantaloni corti e camicia bianca, seduto a gambe incrociate con il braccio attorno al collo di un labrador nero e cicciotto. Non riesco a smettere di guardarla, di guardare il suo sorriso, i suoi occhi scuri e sinceri. In questa foto c'è qualcosa che mi fa sciogliere.

In una settimana di sole ininterrotto, passiamo le giornate a giocare a tennis e a nuotare nel lago. Ci facciamo più audaci, sapendo di avere la casa tutta per noi. A parte la « domestica », Mrs W, che viene la mattina per le pulizie, siamo completamente soli. Nel pomeriggio prendiamo il sole nudi, facciamo l'amore all'aria aperta e in ogni stanza della casa, imprimendo la nostra passione sugli arredi antichi: un divano di pelle Chesterfield, una scrivania con intarsi dorati.

Mentre uscivo di casa, mia madre mi ha colto di sorpresa porgendomi un diaframma che aveva chiesto al medico di famiglia. Non avevamo parlato del fatto che andassi a letto con Gabriel, ma avevo trascorso così tante notti con lui al lago che doveva averlo intuito.

« Non sei arrabbiata? »

« Sembrate fare abbastanza sul serio entrambi. Gli uomini hanno delle amanti prima del matrimonio, perché le donne non dovrebbero? »

« Tu non sei come le altre madri. »

Lei è scoppiata a ridere e mi ha dato un bacio. « Ringrazio Dio per questo. »

Qualcosa cambia in questa settimana di liberazione, che sembra lunga il doppio delle sue ore reali. Il tempo non ha più importanza, si stende davanti a noi come se fosse un elastico. Tanto per cominciare, dormiamo pochissimo. C'è la novità del trovarsi nudi in un vero letto, nel quale possiamo tornare in qualsiasi momento della giornata. Dico a Gabriel che siamo diventati come uno di quei vecchi orologi meteorologici in cui l'uomo e la donna sbucano fuori a orari diversi: quando uno di noi due dorme, l'altro è immancabilmente sveglio e brucia di desiderio.

Viviamo questa settimana come una sola persona. Facciamo il bagno assieme, immersi fino al collo nel bagnoschiuma dal profumo delizioso che lui ruba dalla stanza di sua madre. Questo, per me, è il massimo del lusso. A casa ci limitiamo a una « serata bagno » due volte alla settimana, facendo scaldare l'acqua per riempire la vasca di stagno, e io ed Eleanor facciamo rigorosamente a turno per chi deve entrare per prima.

Io e Gabriel cuciniamo pasti sempre più bizzarri via

via che gli ingredienti freschi finiscono e ci tocca affidarci alla dispensa. Consommé con prosciutto in scatola, riso che facciamo cuocere troppo e finisce per avere la consistenza della colla, patate arrosto con piselli. Abbandoniamo i rispettivi libri così da poter leggere lo stesso, adeguando il ritmo mentre scorriamo la pagina, e talvolta fermandoci per parlare di quel che abbiamo appena letto, così in sintonia che spesso diciamo la stessa cosa nello stesso istante.

« Comincia a sembrare che condividiamo un cervello », dice Gabriel. « Come faremo a tornare nel mondo reale? »

Il mio momento preferito è la sera, quando beviamo vino attingendo dalla cantina di suo padre e mettiamo i dischi sul grammofono. Ascoltiamo Dickie Valentine e Chuck Berry e Bill Haley and the Comets. Mettiamo in continuazione *Rock Around the Clock*, la hit dell'estate, e Gabriel cerca d'insegnarmi a ballare il *jitterbug*, impartendo seccamente le istruzioni come un maestro di balli da sala: « Sotto il braccio ora, due passi indietro e gira! » Immancabilmente finiamo per crollare sul divano ridendo a crepapelle.

È in queste sere, con la lingua resa più sciolta dal vino, che iniziamo a parlare come mai avevamo fatto in precedenza. Confesso a Gabriel che c'era qualcuno che mi amava prima di lui e che temo di avergli spezzato il cuore.

Gira voce che Frank Johnson ha mollato la scuola e ha scelto di lavorare a tempo pieno alla fattoria invece di finire gli esami dell'ultimo anno.

«Non puoi decidere di chi innamorarti», mi dice Gabriel, con un bacio. «Ma poveretto, chiunque egli sia. Io non la vorrei, una vita in cui tu non ci sei.»

«Non pensi che io sia un mostro senza cuore?»

«Penso che tu sia completamente e assolutamente meravigliosa.»

Una sera, Gabriel mi confida un segreto.

Qualche anno fa, sua madre gli ha detto che aveva una storia. L'uomo era giovane, più o meno della sua età, e bello, ma praticamente squattrinato. A lei non importava. Nel giro di qualche settimana si erano innamorati e lei aveva deciso di lasciare il padre di Gabriel. Ma solo se Gabriel fosse andato con lei.

«Aveva un'aria così felice mentre mi parlava di lui. Come una ragazzina innamorata. Era euforica. Un lato di lei che non avevo mai visto. Proprio come noi.» Tace per un momento, come se le parole fossero troppo difficili da dire. «Io le ho detto che se fosse andata via non mi avrebbe più rivisto. Una minaccia stupida e futile, non lo pensavo davvero. Ero solo preoccupato per mio padre. Lei è rimasta a causa mia e credo che il dolore abbia spezzato qualcosa dentro di lei. È cambiata quasi dalla sera alla mattina. Ha cominciato a bere durante il giorno. A essere piena di amarezza. A essere inutilmente crudele con mio padre e, ogni tanto, anche con me. A volte penso di averle rovinato la vita.»

Per qualche momento non dico nulla, cerco di trovare le parole giuste. Sono sconvolta da ciò che mi ha raccontato, non solo per la relazione di sua madre, ma per il risentimento verso Gabriel e suo padre dopo che la storia è finita. Appare una donna egoista e cattiva.

« Non devi pensare quelle cose. Non eri tu responsabile della felicità di tua madre. »

Gabriel mi attira a sé. « Non le bastava essere infelice, doveva rendere infelici anche me e mio padre. Odiavo stare qui, finché non sei arrivata tu. »

« Non mi lascerai, vero? » mi dice Gabriel la nostra ultima notte assieme.

È molto tardi o molto presto, una luce spettrale inizia a filtrare dalle tende di velluto della sua camera.

Sono mezza addormentata, persa in quella piacevole foschia in cui sogni e realtà si confondono.

« Beth? »

« Mmm? »

« Prometti che non mi lascerai. »

« Ovvio. »

« Allora promettilo. »

Apro le palpebre. « Ma parli sul serio? »

Lui annuisce. « Molto sul serio. »

« Prima tu », ribatto, e lui scoppia a ridere.

« Sempre competitiva. Persino quando dormi. »

Lui promette, poi tocca a me, e non significa niente, non davvero, sono solo sciocchezze, le tipiche cose che dicono gli innamorati, ma per un attimo, prima di riaddormentarmi, ho la sensazione che il nostro futuro sia scritto.

1968

Gli uomini sono fuori a lavorare, e io trascorro la mattina in casa cercando di portare a termine le infinite faccende domestiche che mi sono imposta.

Tenermi occupata è la sola cosa che funziona. Dopo la morte di Bobby mi parlavano di meditazione, mi prestavano libri della biblioteca sul buddismo e sull'antica arte dello yoga. E io pensavo: *Ma credete davvero che qualche minuto di respirazione profonda possa modificare il mio dolore?* Nei primi mesi d'agonia pura, quando ancora vedevo Bobby ovunque e da nessuna parte, non riuscivo nemmeno a leggere. Per tutta la vita avevo trovato conforto nei libri. Da bambina mi facevo assorbire così tanto dalle mie storie preferite che talvolta i personaggi mi sembravano più vividi dei miei amici. E anche da adulta ero ancora in grado di perdermi nei mondi fittizi, e avvertivo come uno strattone quand'ero costretta a tornare alla vita reale. E poi, di colpo, non avevo più l'energia o la capacità mentale per nulla. Non riuscivo ad ascoltare la radio. Non riuscivo a portare avanti una conversazione con nessuno se non con me stessa, e anche in quel caso solo su argomenti superficiali. Ma quello che riuscivo a fare era lavorare. Lavorare duro. È stato mio suocero, David, a rimettermi al lavoro nella fattoria, aveva capito che la fatica fisica, anche per dodici ore di fila, era uno sfogo necessario per il mio dolore. Faccio tutto quello che fanno gli uomini: mungere le vacche, radunare le pecore, riparare staccionate, sollevare balle di fieno. Io, Frank e Jimmy, i lavoratori più instancabili che si possano incontrare.

Suona il campanello, mentre sono in ginocchio su un davanzale e sfrego furiosamente un vetro con carta di giornale e aceto bianco. È seccante dover scendere per aprire la porta, ma lo faccio: in genere la gente di campagna fa così. Viviamo una vita più gentile e educata rispetto alla gente di città, o almeno è quel che ho sempre immaginato: ci salutiamo, ci prestiamo cose, ci scambiamo informazioni utili.

Quello che non mi aspetto spalancando la porta è trovarmi davanti Gabriel.

« Ciao », dico, cercando di avere un tono indifferente, anche se il mio battito cardiaco dice altro.

« Disturbo? »

« Assolutamente no. Vuoi accomodarti? » Le maniere di campagna, radicate e inevitabili.

Gabriel entra e si guarda attorno nella stanza con aperta curiosità, e io mi domando che cosa veda. È la classica cucina di una fattoria, credo. Un grande tavolo di rovere che apparteneva ai nonni di Frank e ha visto pasti, liti e risate di tre generazioni. Un assortimento di sedie da tavola, alcune dipinte da me, altre in vecchio legno scuro. L'imponente camino a un'estremità della stanza che suscita sempre tanta ammirazione; ha un che di medievale, come se mancassero solo grossi calderoni neri appesi davanti al fuoco. La credenza con il grazioso servizio di porcellana blu e oro che abbiamo ereditato dai genitori di Frank e che non usiamo praticamente mai. Un quadretto incorniciato con fiori pressati, lo stesso che ho regalato a Frank sull'autobus tanti anni fa, e che ora sta sbiadendo sotto il vetro. E infine, grande come un poster, una foto di Bobby nel giorno del suo terzo compleanno, con il mento impiastricciato di cioccolato e gli occhi strizzati nel suo caratteristico sorriso.

Guardo Gabriel mentre lo osserva.

«Tuo figlio? Beth, è identico a te.»

«Così dicono.» Forse la mia voce è troppo brusca, ma non posso farci niente. «Volevi qualcosa?»

Lui esita, come preso in contropiede dai miei modi diretti. «Sono terribilmente in ritardo sulla consegna e mi sono reso conto che ho bisogno di qualcuno che si occupi di Leo per un paio d'ore al giorno. Un lavoro pagato, ovviamente. Andare a prenderlo a scuola e tenerlo occupato mentre io scrivo. Prenderesti in considerazione la cosa?»

«Io ho già un lavoro. Mando avanti la fattoria con Frank e Jimmy.»

«Il fatto è che lui ti adora. Sarebbero solo due ore. Già adesso passi sovente quel tempo con lui. L'unica differenza è che ti pagherei.»

Gabriel ha ragione: nelle ultime settimane ho trascorso sempre più tempo a Meadowlands. L'amicizia spontanea di Leo – la sua risata pronta, le sue chiacchiere, la sua curiosità – mi ha dato conforto più di qualsiasi altra cosa. È iniziata con l'addestramento del cane. Ben presto mi sono ritrovata a indicargli i fiori selvatici e insegnargli a distinguere gli uccelli in base ai colori e ai versi. Tutte quelle cose che un ragazzino di città cresce senza conoscere.

« Non mi farebbe piacere prendere soldi da te. »

« Li prenderesti dal mio editore, non da me. Ho avuto un sostanzioso anticipo per questo libro, vorrei essere generoso. »

Gabriel Wolfe come mio datore di lavoro... che effetto farebbe? E come posso ragionevolmente aspettarmi che Frank accetti?

Fa qualche passo verso di me, ed è così vicino che riesco a sentire il profumo legnoso e cedrato del suo dopobarba. Vedo i muscoli che fremono nella sua mascella. « Posso dire qualcosa? »

Annuisco, perché non mi fido a parlare.

« Per Leo, e per me, ha fatto una grande differenza averti attorno. Vorrei solo che non sentissi di dovermi evitare. Lo so che è imbarazzante con tutto quello che è successo. Quello che sto cercando di dire è che sarei davvero felice se potessimo essere amici. »

« Lo siamo. »

« No che non lo siamo. Entri a malapena in casa. Scappi via non appena compaio. Non ti fermi mai per una tazza di tè. »

« Ho un sacco di cose da fare qui. »

« Beth. Guardami. Per favore. »

Obbedisco, e diventa una specie di gara di sguardi, con noi due che ci fissiamo a lungo finché la cosa non diventa comica. Sorridiamo entrambi. In questo momento mi sento Beth Johnson, la moglie del contadino. Non c'è nulla di Beth Kennedy, l'adolescente che tanto tempo fa si è follemente innamorata dell'uomo che ho davanti. Mi dico: *Forse possiamo farcela. Forse, dopotutto, andrà bene.*

«Devo parlarne con Frank. Decidiamo ogni cosa assieme.»

«Sì, certo. E grazie.»

Mentre ceniamo, io e Frank parliamo della fattoria, del debito che aumenta, della sua preoccupazione per l'incombente incontro con la banca. L'attività di un piccolo proprietario terriero non paga, non è qualcosa che si fa per denaro. Facciamo un po' fatica, però mai abbastanza da decidere di vendere tutto; la fattoria è la nostra comune passione, di Frank, di Jimmy e mia.

«Indovina cos'ho visto prima», dice Frank. Mi osserva attentamente, con un'espressione che non riesco a decifrare. «I gheppi sono tornati.»

«No.»

«Sì, invece. Non avevo il binocolo, quindi non saprei dire se le uova si sono già schiuse, ma non credo. Sono appena arrivati, ne sono sicuro.»

Per tre anni di fila una coppia di gheppi ha nidificato su uno dei nostri frassini, e Bobby ne era ossessionato. Frank gli aveva costruito una postazione di avvistamento di fronte all'albero, usando una scala di legno e un barile di birra come sedile; lui ci passava le ore, con il binocolo puntato sul nido, contando i pulcini via via che le uova si schiudevano. Ogni giorno, dopo la scuola, andavamo alla postazione e aspettavamo che il maschio volasse via in cerca di cibo, cosa che prima o poi faceva sempre. Il nostro momento preferito era quando i pulcini erano un po' più grandicelli, abbastanza da poterli vedere mentre aspettavano il ritorno del padre, con i beccucci rosa aperti. Eravamo sempre tristi nel momento in cui, più o meno a sei settimane, lasciavano il nido, ed entusiasti quando ritornavano la primavera seguente. L'anno in cui Bobby è morto i gheppi hanno smesso di tornare.

« Domani vengo con te a dare un'occhiata », gli dico.

Continuiamo a mangiare, ma la conversazione che devo iniziare mi tormenta, e alla fine non riesco più a trattenermi. « C'è qualcosa che devo dirti, e non ti piacerà. Ma sono soldi in entrata. »

Frank ride. « Se sono soldi che entrano, mi piacerà. »

« Gabriel mi ha chiesto di badare a Leo dopo la scuola. Un paio d'ore al giorno. A volte starei a Meadowlands, ma mi piacerebbe portarlo qui. Adorerebbe la fattoria. Va matto per gli animali. »

« No, Beth. »

Il cambiamento sul suo viso, lo detesto. Passi anni a guardare una persona dall'altra parte del tavolo, una sera dopo l'altra, ne conosci ogni sfumatura. Dalla piega della bocca, dal dolore nei suoi occhi so quello che Frank sta pensando. Siamo sull'orlo di un precipizio, non c'è bisogno che me lo dica.

« Non abbiamo bisogno della sua carità. Mi sorprende che tu l'abbia anche solo preso in considerazione, dopo tutto quel che è successo. »

« Direi che non è carità, è un lavoro. Se non lo faccio io, lo farà qualcun altro. Ma io intendo farlo. Per i soldi, sì. Ma soprattutto per via del bambino. Mi aiuta, Frank. »

« È pericoloso quello che stai facendo, Beth », risponde, piano.

E io non posso che annuire. « Non voglio che questa cosa si metta tra noi », dico, ma lui alza le spalle.

Si è già messa tra noi.

Prima

Vista da vicino, Tessa Wolfe è stupefacente. I capelli e gli occhi sono scuri, come quelli di Gabriel, ma i suoi lineamenti sono più fini: un naso delicato, labbra che potrebbero essere sottili ma sono dipinte di un rosso scarlatto provocante, un collo slanciato su cui brilla una fascia di diamanti che quasi sicuramente sono veri. Non ho mai visto da vicino tanta bellezza o, per quel che conta, gioielli così sontuosi, e il massimo che posso fare è cercare di non fissarla.

Secondo Gabriel, è anche sulla buona strada per essere ubriaca.

« Limitati a essere d'accordo con lei su tutto e sarai a posto », mi ha sussurrato quando sono arrivata per una cena che ho temuto fin dall'istante in cui mi è stata proposta.

« Morivo dalla voglia di conoscerti », dice Tessa, indicandomi la sedia accanto alla sua. « E Gabe ti ha egoisticamente tenuta per sé per tutta l'estate. »

« Mossa molto saggia, se volete sapere la mia », interviene Edward Wolfe, facendo l'occhiolino mentre mi stringe la mano. Mi è subito simpatico, e vorrei essere seduta accanto a lui invece che accanto a Tessa dall'altra parte del tavolo.

Non ho mai visto una tavola apparecchiata in modo

così elaborato, con un numero spaventoso di bicchieri, coltelli e forchette. Sembra eccessivo per una cena per quattro persone e, quando il cibo viene portato in tavola da una ragazza del villaggio, ci sono cose di cui non ho mai sentito parlare. Salmone affumicato e filetto alla Wellington, che si rivela essere un intero filetto di manzo cotto nella pasta sfoglia e servito quasi crudo al centro. Il razionamento è finito solo l'anno scorso e, a parte l'introduzione dello zucchero e un po' più di carne, a casa la nostra dieta è cambiata pochissimo.

La ragazza che serve a tavola, Sarah, ha un paio d'anni più di me; siamo andate tutte e due alla scuola elementare di Hemston. Mentre si avvicina e aspetta che io prenda una fetta di manzo, mi sento decisamente fuori posto.

« Ciao, Sarah. Come stai? » le chiedo sottovoce. Lei, però, si limita a un breve cenno del capo e distoglie lo sguardo.

« Ho sentito che farai domanda a Oxford, giusto? » mi domanda Edward. « Ottima scelta. In quale college? »

« Al St Anne's, voglio studiare inglese. »

« Oh, uno dei nuovi college », commenta Tessa.

« In realtà, il St Anne's ha un'ottima reputazione », la corregge Edward. « Naturalmente, ai miei tempi, non c'erano donne a Oxford. Sono quasi invidioso di Gabriel. »

Tessa non si dà per vinta. « Probabilmente le altre ragazze saranno state in collegio. Spero che non ti sentirai tagliata fuori. »

«Per l'amor del cielo, mamma, non essere così snob», dice Gabriel, e io vedo le sue guance prendere un colore vivido.

«Oh, secondo mio figlio sono un'incorreggibile snob.» Tessa lo dice con orgoglio. E io colgo qualcosa che mi spiega la sua personalità meglio di quanto non sia stato capace di fare Gabriel. Non credo che sia nata in questo ambiente, per quanto si ostini a fingere il contrario. Un ambiente che è stata sul punto di abbandonare e non ha abbandonato, ed è per questo che conta così tanto per lei. È un premio di consolazione, e lo custodisce gelosamente.

Mi aspettavo che la serata sarebbe stata dura, ma pensavo che Gabriel mi sarebbe stato vicino, pronto a salvarmi. E invece attacca una lunga conversazione con suo padre, lasciandomi sola a respingere le domande inopportune di Tessa Wolfe. La sento girarmi attorno, affamata di qualcosa, ma non so dire cosa.

«I tuoi genitori lavorano entrambi, vero? Suppongo che tua madre percepisca di essersi persa molto della tua infanzia.»

«Non proprio. Insegnano, quindi abbiamo sempre trascorso le vacanze scolastiche assieme.»

«Dove vi piace andare per le vacanze?»

Sembra una specie di test, questo, e io non ho la risposta giusta. Sta cercando di farmi dire il Sud della Francia, o qualsiasi altro luogo in cui va la gente di classe. Ma noi passiamo le nostre estati a casa e i miei genitori le riempiono di gite in giornata sulla costa, visite ai musei, spedizioni in biblioteca ogni due settimane per prendere tutta la nostra quota di libri. Se piove, accendiamo il fuoco in soggiorno e leggiamo tutti e quattro e, a pensarci ora, sento il placido appagamento di quelle giornate.

Tessa non sembra notare il mio silenzio. Si riempie di nuovo il bicchiere e spara un'altra domanda. « Parlami di te e Gabe. Lo ami molto? Non è necessario rispondere, è tutto lì, nei tuoi occhi. E lui è terribilmente affezionato a te, questo lo so. » A voce bassa, come se si stesse confidando, dice che Gabriel è il tipo di ragazzo che fa amicizia facilmente. « Il problema è che a volte finisce per voler fare troppe cose. Immagino che quando sarà a Oxford sarà molto preso dalla sua vita sociale. »

« Sarò molto presa anch'io a studiare per gli esami. »

Tessa si avvicina tanto che i nostri volti sono a pochi centimetri l'uno dall'altro, sento il suo intenso profumo floreale e il vino nel suo alito. Abbassa la voce fino a farla diventare poco più di un sussurro. « Forse quello che sto cercando di dirti – e spero sia utile – è che Gabriel tende a mettere sé stesso al primo posto. È per questo che fa le cose con tanto successo: è molto concentrato su ciò che vuole. E poi, quasi all'improvviso, passa ad altro. L'ho visto succedere con i suoi amici. Probabilmente è colpa mia che l'ho messo al centro del mio universo. L'ho trattato come se fosse un dono di Dio quand'era piccolo. E lo faccio ancora. »

Mi consolo con le cose che Gabriel mi ha detto di sua madre. Che è un'ubriacona cattiva, che è ossessionata dalla sua vita perché detesta la propria.

Vedo pure che Tessa non conosce veramente Gabriel, non come lo conosco io. Per esempio, non sa niente del suo desiderio di scrivere, della paura di non essere mai abbastanza bravo, di essere costretto a dedicarsi a qualcosa che odierebbe, come il settore bancario o quello legale, le professioni che sua madre ha in mente per lui. Tessa non ha la minima idea che Gabriel non vuole ereditare Meadowlands, che la pressione di essere figlio unico lo deprime e che ha il terrore di ritrovarsi con la responsabilità di doversi occupare di sua madre dopo la morte del padre.

« Per voi va bene se adesso noi andiamo al lago? » chiede Gabriel, interrompendo finalmente la conversazione con suo padre.

« Ma certo », risponde Edward, alzandosi a metà dalla sedia. « È stato splendido conoscerti, finalmente, Beth. »

« Prima lasciatemi dare una mano a lavare i piatti », dico, pensando a Sarah in cucina e sentendomi in colpa e in imbarazzo per aver gustato il cibo raffinato mentre lei mi serviva. Mi alzo e comincio a impilare i piatti, spostando coltelli e forchette su un lato, ma Tessa allunga la mano per fermarmi.

« Qui non sparecchiamo, lasciamo che siano le ragazze della mensa scolastica assunte per la serata a farlo. »

Esco dalla stanza con gli occhi che mi bruciano, stringendo un unico piatto tra le mani. Forse Gabriel non ha sentito, forse trova più semplice lasciarsi scivolare addosso le frecciatine denigratorie della madre. Nel mio petto la rabbia sta montando.

Nell'angolo in fondo alla cucina, Sarah è in piedi davanti al lavello, con una pila di piatti accanto. Quando entro, non si volta.

Esito, chiedendomi se peggiorerò le cose avvicinandomi per parlarle, ma prima che io possa decidere arriva Tessa.

« Non preoccuparti dei piatti, grazie, Beth. La nostra ragazza è perfettamente in grado di fare da sola, non c'è davvero bisogno. » Abbassa la voce, e in un sussurro aggiunge: « Prima che tu vada, due parole veloci, se posso. Ti comporti in modo assennato e prendi precauzioni, vero? »

Io la fisso, troppo inorridita per parlare. Non c'è possibilità che Sarah possa udire, dall'altra parte della stanza, ma mi sento comunque mortificata.

« Non c'è bisogno di fare quella faccia, niente mi scandalizza. E ti sono molto grata per aver tenuto occupato Gabe per tutta l'estate. Si annoia terribilmente a casa. Spero davvero che tu non ti sia compromessa. »

A salvarmi dal dover rispondere è Gabriel, che entra in cucina e dà la buonanotte a sua madre.

Fuori, cade una pioggerella sottile e il cielo è diventato blu elettrico, con nastri di luce ai bordi. Una volta, in riva al lago, siamo stati sorpresi da un temporale. Ci siamo baciati finché i nostri vestiti non sono diventati completamente zuppi e poi ce li siamo strappati di dosso e abbiamo danzato e piroettato e abbiamo fatto il bagno sotto la pioggia come gli dei del tempo. Non mi sono mai sentita così libera.

Gabriel mi prende la mano. « Sei molto silenziosa. È stato terribile? »

Per un momento non oso parlare, non mi fido di me. Ci sono così tante emozioni che mi turbinano nello stomaco che è difficile capire come mi sento. Arrabbiata, umiliata, insicura. Miserabile, piena di vergogna. Non mi pento di un solo momento del tempo che ho trascorso con Gabriel né delle cose che abbiamo fatto, ma sua madre è stata bravissima a instillarmi il seme del dubbio. E se avesse ragione? E se Tessa conoscesse suo figlio meglio di me?

« Tua madre mi ha fatta sentire così dozzinale, come una puttanella che ti sei scelto per l'estate. » Le parole mi escono come veleno. « Stupida per aver pensato a Oxford. Arrogante per aver creduto che io e te fossimo più di un'avventura, una storiella senza importanza. » C'è un peso che mi schiaccia il petto, lacrime che ho bisogno di versare nel chiuso della mia stanza. Provo un'improvvisa e dolorosa solitudine. Io non appartengo a questo posto, non c'entro niente con queste persone. « E tu mi hai abbandonata. »

L'espressione di Gabriel è incredula, poi quasi divertita. « Era solo una cena. Non ti pare una reazione un po' eccessiva? »

Alla fine, la rabbia esplode, e non c'è modo di controllarla. « Tu non capisci. E perché dovresti? Guardati. »

« E questo che vorrebbe dire? »

Sembra ferito, ma non basta a impedirmi di dare voce al fiume di pensieri che ho nascosto a tutti, soprattutto a me stessa. « Tutto ti viene dato su un vassoio, con un maledetto cucchiaio d'argento incluso! Nessuno ti dice che non sei abbastanza bravo. Non abbastanza ricco. Non abbastanza elegante. Ti accolgono a braccia aperte ovunque tu vada. Puoi fare tutto quello che vuoi. Andare a letto con chi ti pare. E ti fanno anche l'applauso. Non ti faranno mai sentire piccolo o indegno, non dovrai mai sopportare lo scherno che mi ha riservato tua madre stasera. »

« Posso dire una cosa? »

« Sì. »

« Mi dispiace », dice Gabriel, e io scoppio a piangere. Mi prende tra le braccia, mi preme il volto contro il suo petto. Odora di detersivo per il bucato, di sapone e del dopobarba che usa sempre. Si tira leggermente indietro, quanto basta per guardarmi. « Hai ragione. » I suoi occhi sono troppo lucidi, capisco che anche lui è sull'orlo delle lacrime. « La verità è che a volte ho paura di lei. Può essere così crudele se vuole. Ma avrei dovuto proteggerti. Mi perdoni? »

Ci baciamo, la sua bocca calda sulla mia, la sensazione delle sue mani che si chiudono sulla mia nuca mentre mi stringe a sé. *Questo siamo noi*, penso. Non le persone che eravamo dentro casa, ma il ragazzo e la ragazza che hanno passato un'intera estate assieme, promettendosi amore sotto cento cieli stellati.

1968

Conosco Jimmy da quand'era un tredicenne arrabbiato al quale Frank, quando riusciva a trovare il tempo, faceva da padre e da madre. La prima volta che ho incontrato David, il padre di Frank, non si era ancora ripreso dalla morte di sua moglie avvenuta anni prima, e aveva lasciato che il figlio più piccolo crescesse allo stato brado.

Sonia è mancata che Jimmy aveva appena otto anni. Un minuto prima era lì, un minuto dopo non c'era più, e lui era troppo piccolo per capire e assimilare quella perdita. Frank dice che è con l'adolescenza che sono cominciati i problemi. Jimmy era stato mandato a casa da scuola perché aveva introdotto alcolici nell'istituto e, dopo una rissa particolarmente violenta durante una pausa pranzo, gli era stato chiesto di andarsene. Era stato Frank a convincere la direzione scolastica a riprenderlo. Jimmy era orfano di madre, aveva detto, e la sua reazione al lutto era, talvolta, la violenza. A quell'epoca, si aveva la sensazione che il carattere turbolento di Jimmy nascondesse il fatto che non gl'importava nulla di sé.

Jimmy e Nina verranno a cena alla fattoria stasera, e sento che sarà un sollievo sia per me sia per Frank: da quando ho iniziato a badare a Leo, le conversazioni serali tra noi sono diventate tese e forzate, e tutti e due facciamo del nostro meglio per non pronunciare il nome di Gabriel, che suscita disagio in Frank, o di Leo, che gli causa dolore, così come lo causa a me, semplicemente perché non è il ragazzino che vorremmo. Io mi ci sto abituando, però: ogni giorno Leo diventa sempre più sé stesso ai miei occhi, e il *mio* bambino, il *nostro* bambino, svanisce un pochino di più sullo sfondo.

Ho preparato un pasticcio di pollo e prosciutto, il piatto preferito di Jimmy e Nina, e Frank ha portato a casa due bottiglie di vino rosso, regalo di un vecchio amico agricoltore, il che di per sé è un evento. Di solito non abbiamo vino in casa.

Frank stappa la bottiglia con fare cerimonioso e versa il vino in due bicchieri.

Quando Jimmy e Nina arrivano, stiamo ascoltando l'album *Aftermath* dei Rolling Stones. Nina strilla: « *Adoro* questa canzone! » È la prima traccia, *Mother's Little Helper*, e Nina entra nella stanza ballando, con i lunghi capelli che ondeggiano dietro di lei mentre esegue un volteggio perfetto. Indossa un miniabito con uno sgargiante motivo grafico rosa, giallo e verde, le gambe sono fasciate in collant turchesi e ai piedi ha un paio di Mary Jane di vernice. Mi piace molto l'attenzione che Nina dedica al proprio aspetto; è come un fiore raro e ricercato nell'ambiente un po' sciatto della nostra cucina.

Nina abbraccia Frank e poi viene verso di me, fermandosi per annusare l'aria come un segugio. « Non dirmi che hai preparato il pasticcio! »

« Certo che sì, sciocchina. »

« Ti adoro, Beth Johnson. Te l'ho mai detto? »

« Molte volte. E idem per me. »

Ci abbracciamo vicino alla stufa, e i suoi capelli mi frustano il viso. Profuma di shampoo Pears e crema per il viso Nivea.

« Mi sa che stasera reggiamo il moccolo », commenta Jimmy rivolto al fratello.

« E dov'è la novità? » replica Frank.

Non appena ci sediamo a tavola, Nina dice: « Raccontaci del nuovo lavoro, Beth ».

È sempre stata una che prende il toro per le corna. Afferro l'occhiata che si scambiano i fratelli, il lampo di disprezzo sul viso di Jimmy. Detesterà Gabriel finché Frank non gli dirà di smettere; è così che funziona con loro.

« Mi piace davvero. È diverso, sai? Pensavo che andare a scuola sarebbe stato troppo duro, invece mi è d'aiuto. Sto affrontando cose che ho evitato per due anni – il parco giochi, le maestre, le altre mamme – ed è più facile di quanto pensassi. Anzi, mi ci sono già abituata. E Leo è completamente diverso da Bobby. So che eravate preoccupati che passare del tempo con Leo potesse riportare tutto a galla. E a volte è così, ma io sento che sto facendo qualcosa di utile, qualcosa che fa la differenza per lui e per me. Mi dispiace per Leo. Suo padre lavora troppo, e sua madre ha cominciato una nuova vita in America senza di lui. È triste e solo. »

Mentre parlavo non ho mai distolto lo sguardo da Frank, sto dicendo tutto questo per lui. E quello che il suo viso mi restituisce è comprensione. Ha capito.

Sorrido, sollevata, e lui allunga una mano a prendere la mia. Siamo sempre stati bravissimi a comunicare senza parole.

Mentre la seconda bottiglia si avvia verso la fine, mi accorgo che la tensione è sparita dal volto di Frank. È lievemente arrossato e gli occhi hanno un nuovo bagliore. Sembra felice, più giovane. Com'era una volta.

« La sbronza di vino ti fa bene », commento, e lui mi bacia, piuttosto deciso, sulla bocca. Un bacio che in realtà è un punto, e dice: *Okay, ora basta.*

« Ma guardatevi, piccioncini del cavolo », sbotta Nina, ma è felice di vederci così. Il nostro rapporto significa molto per loro due. « Come avete fatto a capire che eravate destinati a stare assieme? Eravate così giovani. »

« Io lo sapevo già a tredici anni », risponde Frank. Non c'è bisogno di raccontare la storia dei fiori pressati, il mio quadretto è appeso sulla parete della cucina, così familiare che quasi non lo vedo neanche più. « Per Beth ci è voluto un po' di più. »

« Ma, una volta convinta, ero convinta », ribatto, e mi appoggio contro di lui, la testa sulla sua spalla. Non è solo la mezza sbornia, in Frank trovo rassicurazione ogni volta che ne ho bisogno. Lui è mio, io sono sua e siamo assieme da sempre. È questo che mi racconto.

« Voi due sapete come va, no? » dice Frank. « Dai, non avete mai avuto occhi per nessun altro. Quanti anni sono, adesso? Cinque? Sei? Che cosa state aspettando? »

E poi succede la cosa più strana e inattesa.

Nina si alza da tavola e s'inginocchia davanti a Jimmy.

Ci rendiamo conto tutti nello stesso momento della sua posizione, con un ginocchio a terra. Jimmy lancia un'occhiata a Frank – *Sta succedendo davvero?* – poi la sua espressione passa dall'imbarazzo allo stupore.

« Jimmy Johnson, amore della mia vita, mi vuoi sposare? Diventerò una vecchia zitella se aspetto che sia tu a chiedermelo. »

Jimmy si tira Nina in grembo e si baciano come se non ci fosse nessun altro nella stanza. Io e Frank ci fissiamo a occhi sgranati mentre aspettiamo.

« Questo è un sì? » domanda Nina quando si staccano. « Non l'hai detto. »

« Ovvio che è un sì, cavolo! Sei tutto ciò che ho sempre voluto. Chiedilo a loro. » Fa un gesto verso me e Frank; li stiamo ancora fissando stupefatti. « Sono innamorato di te dalla primissima volta che ti ho vista. Avevo troppa paura a chiedertelo, magari avresti detto di no. »

Nina alza gli occhi al cielo. « Il tuo problema, Jimmy Johnson, è che non ti rendi conto di che buon partito sei. Sei l'uomo migliore che conosco. E neanche male da guardare. »

Un attimo dopo ci stiamo abbracciando tutti, e vedere i due fratelli, quei due giganti, stretti in un abbraccio mi commuove quasi fino alle lacrime. Vorrei che David fosse qui. Desiderava tanto vedere il suo figlio più piccolo sistemato, si preoccupava sempre per lui, anche se non lo diceva.

Nina continua a tenere le braccia al collo di Jimmy. Non riesco a distogliere gli occhi da loro. Quand'è l'ultima volta che ho guardato bene Nina? Nina, che è come se avesse un radar per i mutamenti d'umore di Jimmy e riesce sempre a neutralizzare i peggiori senza il minimo sforzo. Nina, la cui bellezza va di pari passo con la sua vivacità, la sua voglia di ridere, di ballare, di trovare il lato migliore delle cose. Nina, che potrebbe avere chiunque, ma è cotta di Jimmy da quando aveva diciannove anni.

« Matrimonio, quindi? Facciamolo qui », propongo.

Nina scoppia a ridere. « Oh, questa parte me l'ero dimenticata. »

« Inviteremo tutti », dice Jimmy. « Tutto questo cavolo di villaggio. Sarebbe anche ora di dare una festa. »

L'idea di un matrimonio a Blakely Farm ci avvolge come una nuvola di entusiasmo. Alzando gli occhi, vedo che Frank mi fissa. Sorride appena e fa un lieve cenno con il capo. Stiamo pensando la stessa cosa, lo so. Questo matrimonio è ciò di cui abbiamo bisogno. Questo matrimonio farà bene a tutti noi.

Prima

Sono nella camera da letto di mia madre e mi sto vestendo per una cena a Meadowlands. C'è anche mia sorella, stravaccata sul letto, a dispensare consigli di moda e commenti acidi sulla famiglia Wolfe.

« Dici che è troppo? » chiedo, osservandomi nel lungo specchio dalla cornice dorata.

Indosso un top che lascia le spalle scoperte, prestato da Eleanor, e una gonna a ruota che io e la mamma abbiamo cucito con grande cura negli ultimi quattro giorni. Mia madre mi ha prestato una cintura alta di vernice bianca ed Eleanor mi ha fatto le onde ai capelli con i bigodini della mamma. E poi il trucco, anche questo preso in prestito da mia sorella: rossetto rosso, fard sulle guance.

« Oh, Beth, sei adorabile », dice la mamma quando mi volto.

« Stai benissimo », conferma Eleanor. « Anche se quella donna spaventosa ti dirà sicuramente che i tuoi abiti sono del tutto fuori moda. »

Mi sa che è stato un errore raccontare alla mia famiglia come si è comportata Tessa la prima volta che l'ho incontrata.

Gabriel è stato a cena da noi qualche sera fa. Ha sfoderato la sua versione più affascinante: ha parlato con mia mamma delle sorelle Brontë, che lei adora; con mio papà di Dublino, dove Gabriel è stato in vacanza da bambino; e a Eleanor ha chiesto tutto della vita notturna londinese.

Non è servito. Dopo che Gabriel è andato via, Eleanor ha detto: « È a posto, credo. Molto bello. Ma come fai a sopportare quella voce? Terribilmente snob, no? »

Al mio arrivo, la cena è già iniziata.

« Eccoti, cara Beth », mi saluta Tessa quando entro nella sala in cui sono riuniti Gabriel, i suoi genitori e gli amici americani in visita. « Quella sciocca ragazza ha servito la zuppa prima che fossimo pronti. Abbiamo quindi dovuto cominciare senza di te. »

Edward si alza. « Ecco il tuo posto, accanto a me. Lascia che ti presenti. »

Gli ospiti sono Richard e Moira Scott e la loro figlia, Louisa, che ha appena finito il primo anno al St Hilda's, a Oxford. Gabriel non mi ha detto nulla su questa serata se non che nel fine settimana sarebbe arrivata una noiosa ragazza americana di cui si sarebbe dovuto occupare, e che gli avrebbe fatto piacere se gli avessi dato una mano.

Lo osservo mentre ascolta Louisa, la testa inclinata verso di lei, e il mio primo pensiero è che si sta dimostrando assai disponibile e per nulla costretto. Forse non gli avevano detto quanto fosse carina, anche se « carina » non rende giustizia al suo incarnato bianco e rosa, agli occhi scintillanti, alla bocca che si curva all'insù come se fosse sempre sul punto di sorridere. È perfetta come una bambola: orecchie delicate, nasino elegante, bocca che sembra un bocciolo di rosa, quasi un prototipo della bellezza classica.

Pensavo di essere vestita troppo elegante per la serata, ma la mia mise è niente in confronto a quella di Louisa. Abito di satin nero senza spalline, filo di perle attorno al collo aggraziato e appena un accenno di solco tra i seni in mostra per la festa di famiglia.

È interessante vedere madri e figlie assieme, specie quando sono l'una lo specchio dell'altra, come Louisa e Moira Scott. Per Louisa sono un buon presagio la pelle liscia di sua madre, senza nemmeno una ruga, e il corpo snello fasciato da un abito nero stretto. Buoni geni, ottima struttura ossea. Denti bianchi e forti tipicamente americani. Ridono molto, forse per mostrare quei sorrisi perfetti.

Louisa mi saluta con la mano dall'altra parte del tavolo. « È bello conoscerti. Gabriel mi ha detto tutto di te. »

« E Louisa mi ha aggiornato su Oxford. »

« Alcuni dei miei migliori amici a Oxford sono poeti e drammaturghi. Sono sempre alla ricerca di altri scrittori. »

Con improvvisa chiarezza comprendo due cose: Louisa e Gabriel si avvicineranno molto, e io mi sentirò tagliata fuori.

Per cortesia o intenzionalmente vengo distratta da Richard Scott, che siede di fianco a me dall'altra parte rispetto a Edward. Non ho mai conosciuto una persona così curiosa, fa un sacco di domande sulla mia famiglia, sulla mia scuola, sui miei autori preferiti; vuole sapere che tipo di musica mi piace, se sono una ragazza di campagna convinta o se riesco a immaginarmi a vivere in città.

Mi tratta come un'adulta, chiedendomi cosa penso di Anthony Eden, il nuovo primo ministro, e se mi è dispiaciuto che Churchill se n'è andato.

Io ripeto quello che ho sentito dire dai miei genitori, che Churchill un tempo era un brillante politico ma che per lui era giunto il momento di andare in pensione, e che Eden aveva atteso a lungo. I miei non sono sostenitori del partito dei Tories, ma tengo la cosa per me.

Parliamo della recente impiccagione di Ruth Ellis. Come tutti quelli della mia età, sono rimasta sconvolta dalla condanna a morte. « Era una madre », dico, e forse Richard sente la mia voce che trema, perché mi dà un buffetto sulla mano. « E il suo ragazzo era violento. È stato così ingiusto. »

Di tanto in tanto riesco a lanciare un'occhiata veloce a Gabriel e Louisa, ancora immersi nella conversazione. Vedo come lei lo guarda: non esattamente adorante, ma con piena e rapita attenzione.

Con un po' di domande mirate riesco a scoprire qualcosa sugli Scott. Vivono in California, sulle colline di Hollywood. Immagino una grande casa bianca con una piscina scintillante, una fila di auto sportive parcheggiate fuori, Marilyn Monroe che passa per un aperitivo al tramonto. Richard è un produttore cinematografico, tra gli ultimi film che portano la sua firma ci sono *Sabrina* e *La finestra sul cortile,* e li ho visti entrambi.

« Conosce Alfred Hitchcock? » domando. La mia voce è quella tipica di chi è attratto dalle celebrità, ma non posso farci niente.

« Sì. Be', per quanto lo si possa conoscere. Se ne sta molto sulle sue. »

« Com'è lavorare con lui? »

Richard beve un sorso di vino. « 'Impegnativo' è probabilmente il modo migliore per dirlo. Non è una persona facile. »

« E conosce Marilyn Monroe? Ho cercato davvero di non chiederlo, ma non ho potuto farne a meno. »

Richard ride. « Oh, chiedi, chiedi pure. L'ho incontrata. Hollywood è un mondo davvero piccolo, tutti vanno alle stesse feste. Ma non direi che la conosco. Non abbiamo mai lavorato assieme e lei ha un entourage che la protegge. »

« Papà? » interviene Louisa dall'altra parte della tavola. « Gabriel sta scrivendo un romanzo. Gli ho detto che probabilmente conosci qualcuno cui farlo leggere. »

« Posso farlo. Di che cosa parla? »

Ecco com'è fatto Gabriel. Se fossi io a dover presentare un'idea a un produttore di Hollywood davanti a persone che conosco, compresi i miei genitori e la mia ragazza, andrei in pezzi. Gabriel è l'esatto opposto. Si prende il tempo necessario per riflettere su cosa dire, organizzare i pensieri mentre noi attendiamo.

« Lo descriverei come una storia d'amore alla rovescia. Invece della ragazza che non vede l'ora di sposare il ragazzo, è il contrario. La ragazza vuole esplorare la propria sessualità e vivere liberamente come un uomo. Continua a rifiutare le proposte di lui e va a letto con chi le pare, mentre lui rimane ad aspettarla sperando che torni. »

« Mi piace », commenta Richard. « Sovverte il solito tema. Come finisce? »

Prima che lui possa dire altro, interviene Tessa. « Non ci sono premi per chi indovina a chi è ispirata l'audace eroina. » Lascia che il suo sguardo si soffermi su di me, eloquente. « Beth, rispondimi sinceramente: se ti arrivasse l'offerta di un ottimo matrimonio la rifiuteresti? »

Di colpo cala il silenzio. Attraverso il tavolo vedo Gabriel che mi osserva e so cosa sta pensando: *Non farla innervosire. Per favore, lascia perdere.* Ogni volta che Tessa beve, Edward e Gabriel camminano su una fune molto sottile.

Decido di eludere la domanda. « Che cos'è un ottimo matrimonio? Credo che probabilmente avremmo idee diverse in merito. »

Il tuo, per esempio, Tessa, è più malriuscito e distruttivo di qualunque altro io abbia visto.

Al di là del tavolo, Gabriel mi guarda e scuote la testa. E io mi rendo conto che, ancora una volta, mi lascia ad annaspare. A difendermi da sola. Quando si tratta di Tessa, Gabriel non è in grado di tenerle testa. E non vuole nemmeno che io rovini le sue chance con Richard Scott. È così che funzionano le cerchie ristrette:

incontri le persone giuste, le porte si aprono, ti fanno entrare. Ti unisci al club. Ti sentirai a tuo agio. Almeno finché quell'ubriacona di tua madre non ti rovina ogni cosa.

«Il matrimonio è l'ultimo dei miei pensieri, a dirla tutta. Questa carne è deliziosa, Tessa. Tenerissima.»

Non posso fare a meno di notare che, quando la cena è finita e Louisa inizia a impilare i piatti che ha vicino, Tessa la ringrazia. «Rimani pure comoda, Louisa. Abbiamo una ragazza in cucina che si occupa dei piatti. Io e Beth andiamo a prendere il pudding.»

Un'altra ragazza del villaggio ha servito la cena, quindi non c'è bisogno che io dia una mano, a meno che non sia una scusa di Tessa per parlarmi a tu per tu. Lo stomaco mi si stringe per l'angoscia.

«Louisa sembra adorabile», dico non appena entriamo in cucina.

«Sì, vero? Lei e Gabriel si sono intesi da subito. Sapevo che sarebbe stata il suo tipo.»

«È stata una buona idea, quella d'invitarli. Per lui sarà bello iniziare l'università con un'amica.»

Sto dicendo esattamente quello che Tessa vuole sentire. Ma è inutile. Mi fissa con occhi scuri e riflessivi e un sorrisetto di commiserazione. «Cara Beth, io mi preoccupo per te.»

«Oh, davvero? Non vedo perché.»

«Spero che riuscirai a superarla quando lui ti lascerà.»

«È solo un semestre, poi tornerà.»

Ride. «Credi che durerà tanto?»

Sono così sconvolta dalla sua cattiveria che non riesco a trovare nulla da dire.

«Sono affezionata a te, Beth, e spero che tu non abbia buttato via tutto per una storiella estiva. Hai lasciato che mio figlio si approfittasse di te, non è vero?»

Sento il viso avvampare per la rabbia. Ogni giorno, gli uomini vengono ammirati per le loro prodezze sessuali, per le tacche delle loro «conquiste» sulla spalliera del letto. Le donne che osano fare lo stesso, invece, vengono derise e disprezzate, spesso proprio dalle altre donne.

Tessa non ha sentito di che cosa parla il romanzo di Gabriel? Non ha compreso il suo tentativo di portare allo scoperto l'atteggiamento dei due pesi e due misure così tanto radicato che la gente non prova neanche a metterlo in discussione? Suo figlio ci arriva, ma lei no.

«I ragazzi come Gabriel di solito non si mettono con ragazze come te. Non è mia intenzione essere scortese. Anzi, il contrario. Sto solo cercando di avvertirti, affinché tu non rimanga ferita.»

Per il resto della serata, non riesco a scrollarmi di dosso le insinuazioni di Tessa. Guardo Gabriel e Louisa e li vedo come i perfetti opposti: lui così scuro e alto, lei bionda e minuta. Belli, intelligenti e di buona famiglia, sono la coppia ideale, come due protagonisti di Henry James destinati a innamorarsi.

1968

Ogni giorno a Meadowlands il telefono suona alle sei in punto del pomeriggio. Per me è il segnale che è ora di tornare a casa e lasciare che Leo parli con sua madre, che chiama dalla California per dargli la buonanotte. Presto verrà a trovarlo, e Leo praticamente non parla d'altro.

Corre a rispondere al telefono. « Ciao, mamma! » Sembra così felice di sentirla.

Non riesco neanche a immaginare quanto a sua madre si stringa il cuore a essere dall'altra parte dell'Atlantico, sentire la voce del figlio senza però poterlo vedere. Mi chiedo come faccia a sopportarlo.

Gabriel mi ha detto che il solo motivo per cui ha la custodia temporanea di Leo è che sua moglie si sentiva talmente in colpa per essersi innamorata di un altro che ha lasciato a Leo la scelta. In America con lei o in Inghilterra con il padre? Per il momento, ha scelto l'Inghilterra.

Ascolto distrattamente mentre Leo racconta alla madre la giornata, le dice che nell'ora d'inglese ha scritto una storia, e che un bambino della classe è stato mandato fuori per aver detto una parolaccia.

« Cazzate », dice Leo, proprio mentre Gabriel entra nella stanza.

« Bei modi », commenta suo padre.

Poi ci voltiamo entrambi allarmati quando Leo strilla: « Stai scherzando? Non vieni più? »

Tace per qualche secondo, in ascolto, e sebbene ci dia le spalle io leggo la disperazione in ogni curva del suo corpo.

« Questo non è un motivo, è una scusa, tu non vuoi venire », urla, mollando il telefono e uscendo di corsa dalla cucina.

Gabriel comincia a rimproverare la sua ex: « Perdio, non hai pensato di dirlo prima a me, così avrei potuto informarlo più dolcemente? Davvero non puoi venire? »

In quel momento, la porta d'ingresso sbatte.

Io sono combattuta tra lasciare Leo solo con la sua rabbia e inseguirlo. A volte ho la sensazione che sia appeso a un filo e la sola cosa che gli ha permesso di andare avanti fosse il pensiero della visita di sua madre.

Lo trovo seduto in riva al lago. Mi avvicino, ma non alza la testa.

« Me ne vado, se è quello che vuoi. » Leo non dice nulla. « So che non vedevi l'ora che arrivasse. »

« Le importa solo del bambino. »

« Perché non può venire? »

« Per via del bambino, ovviamente. Sta mettendo i denti. Sta troppo male per prendere l'aereo. È solo una scusa. »

« Immagino che possa essere difficile. I neonati non sono molto bravi quando si tratta di viaggiare. »

« Potrebbe lasciarlo a casa. »

« Più facile a dirsi che a farsi con un bambino piccolo. Hanno bisogno di molte cure. »

« Pensavo che tu fossi dalla mia parte. »

Non sembra nemmeno lui: ci sono come degli spigoli nella sua voce, e qualcos'altro, un tono cupo che mi fa pensare che Leo stia trattenendo le lacrime.

« Io sono assolutamente dalla tua parte. E anche lei. È solo questo che sto cercando di dire. »

« Tu non avresti mai abbandonato tuo figlio in un Paese straniero. Ho visto la tua faccia quando guardi la sua foto che tieni nella borsetta. »

Le sue parole sono un pugno che mi toglie il fiato. Porto sempre con me una foto di Bobby, e durante il giorno la guardo così tante volte che quasi nemmeno mi rendo conto di farlo. Ma pensare che Leo, un bambino che cerca di nascondere che gli manca sua madre, osserva me, una donna adulta che cerca di nascondere che gli manca suo figlio, mi sconvolge. E per me è ancor più ovvio perché io e Leo ci siamo intesi da subito, ma sembra anche sempre più pericoloso. Non è reale. Devo tenere la cosa sotto controllo.

« Guarda, c'è il tuo papà », gli dico, e restiamo a osservare Gabriel che attraversa a passo svelto il prato verso di noi.

Si siede accanto a Leo, gli cinge le spalle con un braccio. « Mi dispiace davvero. »

« Non ne voglio parlare. »

« D'accordo. »

Gabriel non dice altro, e io penso quanto sia delicato il suo non tentare di farlo stare meglio, e limitarsi ad accettare invece la sua delusione e la sua tristezza che per il momento non si possono far passare. Dopo qualche istante, Leo poggia la testa sulla spalla del padre.

Un uccello piomba in picchiata con una virata spettacolare, sfiorando la superficie del lago prima di atterrare sull'erba.

« Guarda, una poiana! Creature bellissime, vero? » dice Gabriel.

« È uno sparviero, papà. Le poiane sono più grandi, e hanno le penne marroni, non grigie. »

Gabriel gli dà un pugno leggero sulla spalla. « Ma non mi dire! Che altro hai imparato a mia insaputa, ragazzino di campagna? »

Il lago è circondato dal bosco; è un rifugio per gli uccelli, specie all'inizio dell'estate. Leo e io li abbiamo identificati osservandoli con un binocolo che apparteneva a Bobby.

« Bobby conosceva i nomi di centinaia di uccelli. Io finora ne conosco solo qualcuno », dice Leo.

« Bobby? » chiede Gabriel, poi si riprende. « Il figlio di Beth. Certo. »

È strano che a volte io parli a Leo di Bobby? Prova curiosità per lui, forse perché ha dieci anni, uno in più di Bobby quand'è morto. Mi piace raccontargli le cose che facevamo assieme. Mi piace che Leo stia imparando a conoscere Bobby, anche solo un pochino. E parlare di lui mi aiuta a tener vivo il suo ricordo.

Ascolto Leo che racconta a Gabriel delle cose che sapeva fare Bobby. Mungere le mucche, cinguettare come un merlo. A sentirlo parlare sembra quasi orgoglioso di Bobby, un ragazzino che non conoscerà mai. Mi sento commossa per quante cose ha assimilato.

Poi, però, Gabriel si volta a guardarmi e vedo la domanda nei suoi occhi. *Perché lo fai? Perché parli a Leo del tuo bambino morto?*

Prima

L'estate svanisce piano piano e Hemston si trasforma con il cambio di stagione: gli alberi sfoggiano orgogliosamente colori che vanno dall'oro ramato al rosso intenso al giallo, e Gabriel non è qui.

All'inizio scrive con costanza, lettere che traboccano di desiderio e sembrano poesie. Poi, mentre il semestre avanza e lui è sempre più immerso nella vita universitaria, le sue lettere cambiano, il calore si attenua, sembrano scritte di fretta, o peggio, per dovere. C'è una cosa che mi tormenta, e cioè quanto spesso nomina Louisa Scott, perché a quanto pare sono diventati molto amici. Gabriel è stato assorbito dalla sua cerchia, un gruppo di gente dedita all'arte e alla letteratura che io immagino analizzare le opere di Jean-Paul Sartre fumando e sorseggiando Campari.

Passo il tempo a studiare per il mio colloquio d'ammissione al St Anne's a novembre, declinando ogni invito alle feste e leggendo giorno e notte finché gli occhi non mi bruciano e sono costretta a chiudere i libri.

« È troppo », dice mio padre, mentre cerca di convincermi a fare una passeggiata con lui, giusto per cambiare aria.

« Lasciala in pace. Manca solo qualche settimana », dice mia madre.

Per me nutre quasi più ambizioni di quante non ne nutra io. Quando lei ha finito la scuola negli anni '30, le donne non andavano a Oxford, non ha avuto questa possibilità, lo so perché mio padre la prende in giro su questo: è come se attraverso me volesse vivere la vita che non ha potuto avere. « Verremo a trovarti così spesso che ti stuferai di vederci », mi dice ridendo.

« Non potrei mai stufarmi di voi. Faremo gite in barchino sul fiume e prenderemo il tè del pomeriggio, e passeremo un'intera giornata all'Ashmolean Museum ad ammirare frammenti di ceramiche. »

Passano quasi due mesi prima che finalmente io e Gabriel ci rivediamo. Aspetta che io termini il mio colloquio, seduto su un muretto all'esterno del college a leggere. Quando mi vede, balza in piedi, spalanca le braccia e il suo libro finisce a terra. « Eccoti! » dice, avvolgendomi nel suo enorme cappotto di lana. « Non sei abbastanza vestita. »

« Ho in mente di esserlo ancora meno », ribatto, e poi ridiamo, corriamo per le vie, sempre più veloci finché non arriviamo al suo alloggio.

Non appena ci chiudiamo la porta alle spalle, cominciamo a strapparci i vestiti di dosso. Siamo nudi, sul suo letto, sento la sua pelle contro la mia dopo tutto questo tempo, le mie dita disegnano un percorso attraverso il suo petto, il ventre, le anche, i punti che adoro e che più mi mancavano. Le labbra di Gabriel premono senza sosta sul mio collo, mi dice che gli sono mancata, e quanto mi desidera, e tutto è come sempre. C'è quella brama disperata che ricordo così bene, il non voler aspettare benché Gabriel dica che sarebbe meglio, poi la sensazione di lui dentro di me, così intensa, il piacere quasi insopportabile, il modo in cui grida il mio nome – « Beth, Beth » – e poi, dopo, rimaniamo stesi, abbracciati così stretti che quasi non riusciamo a respirare.

« Quante volte pensi che possiamo fare l'amore in ventiquattr'ore? Vogliamo scoprirlo? » mi chiede.

Mi sento così felice sapendo che quello che avevamo, che ancora abbiamo, era vero, e mi chiedo perché ne ho dubitato, perché ho letto e riletto le sue lettere cercando la prova che aveva smesso di amarmi.

« Voglio farti conoscere Oxford », dice ore dopo, mentre siamo ancora a letto.

La luce se n'è andata. Fuori dalla finestra, Oxford appare spettrale contro il cielo blu scuro.

« C'è una festa di compleanno alla quale potremmo andare. Ma preferirei tenerti tutta per me. »

« La festa di chi? »

« Thomas Nicholls, Tom. È al secondo anno. »

Mi accorgo di qualcosa, una leggera esitazione, che mi suscita qualche domanda sulla sua riluttanza ad andare alla festa. Si sente in imbarazzo a presentare me, ancora una liceale, ai suoi amici letterati? Oppure c'è qualcosa, o qualcuno, che mi vuole tenere nascosto? Nella mia mente, sto passando al setaccio i pochi dettagli in cerca di briciole di verità nascoste.

« Dove abita Tom? »

« In Magdalene Street. Divide la casa con Louisa. »

Louisa. Basta il nome a farmi venire un brivido, come se il mio corpo avesse immagazzinato le settimane di dubbi e sospetti e fosse pronto a riattivarsi in un attimo. Come se le ore passate a fare l'amore e le innumerevoli dichiarazioni appassionate – « Ti amo, mi sei mancata » – svanissero nel nulla.

« Preferirei rimanere a letto. Ma poi cosa dico ai miei genitori? Si aspettano un resoconto dettagliato delle mie ventiquattro ore a Oxford. »

« Hai ragione. » Gabriel butta indietro le coperte e salta fuori dal letto. « Possiamo fermarci una mezz'ora e poi sgattaiolare via e cercare un posto per cenare. »

All'inizio trovo la festa elettrizzante. Tom e Louisa dividono una casa che sembra fin troppo grande per due studenti e c'è gente ovunque, raggruppata nel salotto con un pianoforte nero e lucido, che fuma sulle scale, che grida per farsi sentire nella cucina dove andiamo a cercare i padroni di casa. *Ecco come sarà*, mi dico, mentre osservo tutto: un ragazzo in completo di velluto viola, una coppia che pomicia apertamente, e in modo sconveniente, contro lo sportello del frigo.

Tom, biondo e un po' goffo in tweed e occhiali, sta versando champagne da una bottiglia. « Ecco qua. » Ci passa due bicchieri pieni quasi fino all'orlo. « Tempismo perfetto. Questa è roba buona. E chi abbiamo qui? Hai fraternizzato di nuovo con le matricole, Gabe? »

Gabriel è stato risucchiato dal gruppo di amici del

secondo anno di Louisa; dubito che passi molto tempo con quelli del suo anno. E chiaramente non ha parlato di me a Tom. *O non ne ha parlato con nessuno?* La paranoia fa le bollicine nel mio stomaco.

« Lei è Beth. Ha fatto un colloquio al St Anne's oggi. »

« Benvenuta, Beth. Mi piace il tuo vestito. »

Ci facciamo largo a fatica attraverso l'atrio letteralmente stipato fino alla relativa calma del salotto, dove Gabriel sembra conoscere tutti. Lo salutano, lo baciano sulle guance, lo abbracciano e gli danno pacche sulle spalle mentre lui mi presenta: « Lei è Beth. È qui per il colloquio d'ammissione. Siamo cresciuti nello stesso paesino ».

Sorrido alle varie Gloria, Claudia e Imogen con i loro twin-set da ragazze ricche e il filo di perle, e per tutto il tempo mi chiedo perché non mi abbia presentata come la sua ragazza.

« Gabe, sei venuto! »

Sono impegnata in una conversazione con Claudia o Imogen e non mi posso sganciare, anche se riconosco immediatamente la voce alle mie spalle. Calorosa. Americana. Però ascolto, anche mentre rispondo a domande sul mio colloquio – « Abbiamo parlato più che altro dei romantici » – e il mio orecchio attento afferra le voci che si sono abbassate.

« Avevi detto che non potevi venire. »

« Ho pensato che a Beth andasse. »

« Spero non sia una situazione imbarazzante. »

« Tutto a posto, non ci fermiamo molto. »

« Gabe, a proposito di quella sera... »

«Puoi ripetere, Beth? Non ho capito bene...» dice Claudia o Imogen, e io mi perdo il resto della conversazione.

All'improvviso mi ritrovo tra le braccia di Louisa, e tutto in lei mi distrugge: il modo in cui è vestita, la sigaretta con il bocchino nero e oro, gli occhiali – *occhiali* – tondi con montatura nera che riescono a farla apparire ancora più bella di come la ricordavo.

Prima che partissi, Helen, la mia amica piena di talenti, mi ha fatto una sorpresa regalandomi un abito a pois che ha cucito per me, un finto Christian Dior della linea New Look, copiato da un modello di *Vogue*. Un po' scollato, aderente sul busto, gonna a ruota. Adoravo questo vestito, indossandolo mi sentivo una persona diversa. Adesso, guardando Louisa, vorrei farlo a brandelli.

Il suo top nero lascia le spalle scoperte, e rivela una pelle liscia e dorata e un accenno di solco tra i seni; lo ha abbinato a un paio di pantaloni a quadretti bianchi e neri, stretti in vita da una cintura dorata. Come appollaiato sulla parte posteriore della testa porta un berretto marinaro bianco e oro. Ha un aspetto favoloso.

«Dimmi del tuo colloquio. È andato bene?» mi chiede, sorridendomi con i graziosi occhi verdazzurri.

Sono così stufa della domanda, così stufa di me.

A dire il vero, il colloquio non sarebbe potuto andare meglio. Dei due assistenti che interrogavano, una era donna, e ci siamo intese da subito. Nel giro di pochi minuti abbiamo abbandonato *Il racconto della donna di Bath* di Chaucer e la tragedia shakespeariana e ci siamo ritrovate a parlare delle poesie delle nostre autrici preferite.

La professoressa Gilbert mi ha consigliato di cercare le opere delle poetesse americane moderne Anne Sexton e Mary Oliver, e di una giovane ricercatrice di Cambridge che ha appena scoperto, una certa Sylvia Plath. Accompagnandomi fuori dall'aula, mi ha detto: « Abbiamo un gruppo di scrittura creativa molto attivo. Sono convinta che te la caverai molto bene qui ».

In qualche modo racconto qualcosa di tutto ciò a Louisa. « Oh, anche tu scrivi? » fa, toccandomi il polso. Si porta una mano al petto e chiude le palpebre. « Il romanzo che Gabe sta scrivendo... è bellissimo. Divertente, sconvolgente, coraggioso. Quello che ci si aspetterebbe da lui, immagino. L'hai letto, vero? »

Riesco a fare un sorriso. « È piuttosto evasivo su quel che scrive. Lo siamo entrambi. »

« Per caso state parlando di me? » Gabriel sorride e si mette tra noi due.

Non appena lo vede, Louisa s'illumina in volto. Gli posa un palmo sul petto, un gesto irritante tanto è confidenziale. « Stavo giusto raccontando a Beth del tuo splendido romanzo », dice, tornando a guardare me.

Io, però, non sto guardando Louisa. Sto guardando Gabriel, l'acceso rossore sulle sue guance. Sembra a disagio. O colpevole. Anche dopo che Louisa ha tolto la mano.

Quando, poco dopo, io e Gabriel lasciamo la festa, nella mia mente infuria una battaglia. Vorrei gridargli contro: *Perché non hai detto ai tuoi amici che sono la tua ragazza? E perché sei arrossito mentre Louisa ti toccava? C'è qualcosa tra voi? Qualcosa che dovrei sapere?*

Gabriel lancia un'occhiata all'orologio. «I ristoranti saranno quasi tutti chiusi. Però c'è un indiano che è aperto fino a tardi.»

«Pensi che io sia una campagnola, una paesanotta?»

«Certo che no», risponde, con espressione accigliata. «Da dove esce, questa?»

Oh, non saprei, stare in una stanza piena di voci aspre e snob, ragazze vestite di cachemire, ragazzi che stappano bottiglie di champagne come se fosse limonata. Soldi e popolarità, e io che non ho nessuno dei due, il pesce fuor d'acqua con l'accento del Dorset. «La tua amica Claudia, o quale che sia il suo nome, continuava a chiedermi di ripetere. Sembrava trovare difficile capirmi.»

«Che cavolo di assurdità.» Gabriel si ferma. Si tende in avanti e mi bacia la fronte, poi gli occhi, il naso, la bocca. «Adoro il modo in cui parli. È una delle cose che mi mancano di più.»

Inspiro l'aria della notte di Oxford, l'immagine di lui, il più bel ragazzo del mondo.

«Che ne dici se saltiamo il ristorante e torniamo nella mia stanza?» chiede.

«Dico 'grazie al cielo'.»

Restiamo a guardarci. Gabriel ha quell'espressione, quella che conosco da prima, e tutto si rimpicciolisce e restiamo solo io e lui. Un'espressione che mi dice che io sono abbastanza; anzi, di più, sono tutto. Devo solo continuare a crederlo.

«Vorrei che tu vedessi quel che vedo io, Beth. Vali quanto mille delle ragazze in quella stanza.»

1968

« Quando pensi di conoscere una persona... » dico, mentre svoltiamo in un lungo viale bordato di alberi e l'hotel si staglia davanti a noi. È una grande casa in mattoni rossi ai confini del Devon e Frank ha organizzato il nostro soggiorno come sorpresa per il mio compleanno.

« Non compi trent'anni tutti i giorni », replica, frenando davanti all'edificio.

Tutto nell'hotel ci elettrizza. Il modo in cui la nostra sgangherata valigia blu viene portata dal facchino che ci accompagna nella nostra stanza. Le bottiglie di whisky e gin che ci aspettano su un vassoio d'argento. Il letto più grande che abbiamo mai visto. Dopo che il facchino se n'è andato, Frank ci si stende di traverso, per sottolinearne le dimensioni.

Picchietta con una mano sul materasso. « Vieni qui. »

Rimaniamo distesi in silenzio, le dita intrecciate, ad ammirare gli intricati stucchi del soffitto.

« Sono preoccupata, non sarà troppo costoso? » mi esce di getto, e mio marito si acciglia.

« Ti ho detto che non ti devi preoccupare dei soldi. Ho venduto quel vecchio rimorchio che non usavamo mai, quindi abbiamo un po' di denaro extra. Non parlarne più, hai promesso. »

Lo bacio. « Va bene. Che faremo di noi con tutto questo tempo libero? »

Frank sorride. « Io un paio di cose le avrei in mente. »

« Oh, davvero? »

Inizia a sbottonarmi la camicetta con le sue dita forti e sicure. « E non ci servono i vestiti. » Mi toglie la camicia, la gonna, la biancheria intima, poi si puntella su un gomito per guardarmi. « Ti ho detto quanto sei bella? »

« Non di recente. »

« Allora sono un idiota. Perché sei bella. Molto. »

Frank sa esattamente come toccarmi. Chiudo le palpebre mentre le sue dita esplorano esperte la mia pelle. So come va, gli piace prendersi tutto il tempo, ma un'improvvisa voglia s'impadronisce di me. Non voglio aspettare. Gli slaccio la cintura, gli abbasso i pantaloni strattonandoli. Frank ride.

« Rallenta. Che fretta c'è? »

« Ho bisogno di te. »

È sufficiente. Si toglie i vestiti e si allunga sopra di me, le mani ai due lati del mio viso, ed entra lentamente e a fondo. È tutto ciò che voglio.

« Grazie a Dio. Ringrazio Dio per te », dice.

Dopo, non ci disturbiamo a rivestirci e restiamo a letto tutto il pomeriggio. Frank chiama il servizio in camera per ordinare il tè; a portarlo è lo stesso ragazzo di prima, che evita educatamente di guardare me nel letto e Frank nudo sotto l'accappatoio dell'hotel.

« Pensa che siamo qui per un fine settimana sconcio », dico dopo che se n'è andato.

Frank slaccia l'accappatoio e salta nel letto accanto a me. « Ma è così. Non te l'avevo detto? »

Riempiamo fino all'orlo la vasca da bagno di epoca vittoriana ed entriamo, l'uno di fronte all'altra, rabboccando l'acqua calda fino ad avere la pelle arrossata e raggrinzita. Ogni tanto parliamo, ma perlopiù restiamo in silenzio, ci limitiamo a sorriderci attraverso il vapore. Ultimamente c'è stata molta tensione tra noi, e questo pomeriggio la sento svanire. Per questo breve lasso di tempo siamo di nuovo noi.

A cena, ci teniamo per mano attraverso il tavolo e sorseggiamo una costosa bottiglia di vino che il cameriere ha consigliato, troppo intimiditi per chiedere qualcosa di più economico.

« Chi se ne frega! È il tuo compleanno. » Frank fa tintinnare i bicchieri.

Ordina una bistecca, ed è cotta proprio come piace a lui, rosolata fuori e al sangue all'interno. Io scelgo filetti di sogliola, una delizia al limone morbida e burrosa; come contorno ci sono patate saltate e fagiolini: cibo semplice cucinato alla perfezione.

« Che cosa ti ricorda tutto questo? » chiede Frank.

« La nostra luna di miele? »

Rivedo noi due, adolescenti con tutta la vita davanti, ignari di quello che i dieci anni successivi ci avrebbero scagliato addosso. Per entrambi era la prima volta che passavamo la notte in albergo. Questa è la seconda.

Il vino costoso finisce in fretta. Il cameriere ci chiede se vogliamo un'altra bottiglia e Frank dice di sì.

« Quando mai lo rifaremo? Mi piace ubriacarmi con mia moglie. »

Probabilmente la seconda bottiglia è un errore.

Cominciamo a ricordare i momenti felici con Bobby. Il trattore giocattolo per il suo quarto compleanno, che avevamo impacchettato con cura con tanti fogli di carta. Bobby l'aveva guardato a malapena ed era scoppiato a piangere. « Perché non posso avere un vero trattore? Questo non ha nemmeno il motore. » Il giorno in cui abbiamo tolto le rotelle alla bicicletta, poco dopo quel compleanno, e lui ha pedalato per il cortile per un'ora senza fermarsi un attimo. Per un po' l'abbiamo chiamato « Lone Biker », ciclista solitario. Bobby che insisteva per andare a mungere le mucche la mattina di Natale prima di aprire i regali nella calza. Si riempiva le tasche di mele per le mucche e biscotti per le pecore. « È Natale anche per loro », diceva.

Stasera riesco a sentire perfettamente la sua voce, non mi accade spesso. I miei occhi sono pieni di lacrime, e anche quelli di Frank. Siamo sul filo del rasoio, lo sappiamo entrambi, ma è importante, questa cosa che ci lega così stretti, eppure non ne parliamo mai. Qualcosa nell'essere lontani dalla fattoria e da tutti i ricordi l'ha reso possibile.

« Vorrei... » inizia a dire Frank, ma s'interrompe, e vedo il dolore sul suo volto.

Ci sono tante cose che tutti e due vorremmo a proposito del giorno in cui Bobby è morto. Così tante cose che avrebbero potuto fare la differenza se le avessimo fatte. Ma non le abbiamo fatte.

Di colpo, capisco che è il nostro essere uniti che c'impedisce di guarire. È come un'immagine esterna, come se stessi guardando da fuori noi due che vacilliamo avanti e indietro sulla nera roccia di dolore che condividiamo.

« Anch'io », dico. « Tutto quello che vorresti tu lo vorrei pure io. Ma non lo riporterà indietro. Dobbiamo provare a lasciarlo andare. »

Allunghiamo la mano a cercare quella dell'altro nello stesso momento.

« Andrà tutto bene? » chiede Frank, e vedo quanto gli costa dirlo. Frank, che non parla mai di sentimenti, fallimenti o qualsiasi cosa tocchi corde troppo sensibili, e di sicuro non fa mai una domanda come questa, che potrebbe finire per avere la risposta sbagliata.

Non so bene cosa dire. Andrà tutto bene? Arriverà un momento in cui non ci struggeremo per il nostro bambino perduto? Un momento in cui il senso di colpa che sta in agguato negli angoli, aspettando il momento giusto per assalirci, potrà placarsi e diventare qualcosa di più facile da sopportare?

« Lo spero. » È la risposta migliore che riesco a trovare. Frank annuisce, come se fosse ciò che si aspettava di sentire.

« Tempo al tempo », dice, e facciamo una risatina triste, perché prendiamo sempre in giro le persone che sparano questo luogo comune come se fosse davvero qualcosa di profondo.

Stiamo ancora sorridendo quando il cameriere dalla faccia arcigna viene a chiederci se desideriamo il caffè, magari con un digestivo; lui raccomanda il cognac. Tutti e due diciamo subito « Sì » e il cameriere elargisce il suo primo sorriso della serata.

Prima

Il mattino dopo, osservo Gabriel mentre si veste per andare a lezione, buttandosi addosso i vestiti che si è tolto la sera prima: pantaloni di velluto a coste, maglione nero con parecchi dei miei capelli lunghi e scuri appiccicati, e sopra una giacca di tweed.

« Visto? Mi mancavano questi », dice, tenendo un mio capello tra pollice e indice.

Arriva sulla porta, poi torna indietro per un ultimo bacio, fa scorrere le mani sul mio corpo sotto le lenzuola. « È una tortura lasciarti. Per i prossimi sessanta minuti non penserò a Sir Gawain, poco ma sicuro. »

« Non puoi saltarla? Solo questa volta. »

Mostra un fascio di fogli a righe coperti dalla sua grafia. « Purtroppo questa settimana tocca al mio saggio. Non muoverti, non starò via molto. »

Dopo che se n'è andato, m'infilo una delle sue camicie e metto a scaldare il bollitore sul fornelletto da campeggio che si è portato da Meadowlands. Tutte quelle mattine in riva al lago, quando preparava il caffè e cuoceva le uova strapazzate con il bacon... sembra una vita fa.

Porto la tazza di tè alla scrivania di Gabriel, sotto la finestra che dà sui giardini. Guardo un ragazzo che taglia per il prato, arruffato, terrorizzato, forse in ritardo per la lezione delle nove. A meno che io non faccia un disastro agli esami finali, l'anno prossimo toccherà a me. Mi abbandono a questa fantasia per qualche istante, mentre sorseggio il tè. Sarò nella mia stanza del dormitorio al St Anne's, ma Gabriel avrà il suo alloggio. Vedo noi due mentre la sera prepariamo esotici banchetti con manzo alla Stroganoff e *coq au vin* per i nostri amici, che immagino come un insieme più variegato rispetto alla gente che ho conosciuto ieri sera. Poeti e scienziati, storici e musicisti. Ragazzi e ragazze che hanno frequentato diversi tipi di scuole superiori e che hanno lavorato duro per arrivare qui.

Sua madre aveva ragione. Sono più a mio agio con i miei simili. A modo mio, sono altrettanto snob.

Un quaderno verde cattura la mia attenzione, e quasi senza pensare lo prendo in mano. Sto per aprirlo quando mi rendo conto di quel che sto facendo: probabilmente è il romanzo di Gabriel, il romanzo che a Louisa è stato consentito leggere.

Comprendo profondamente quanto sia terrificante far leggere la tua opera a qualcuno prima che sia pronta. E pure che non sarà mai pronta se non la mandi là fuori, rischiando fallimento e umiliazione. Leggere gli scritti di qualcuno è come avere accesso diretto ai suoi pensieri più intimi. E lui ha scelto di rivelarli a Louisa, non a me.

Apro il quaderno e subito mi accorgo che non è il romanzo di Gabriel. È il suo diario.

25 settembre

Beth mi manca tanto che mi sento male. Qui non c'è nessuno come lei.

30 settembre

Com'è possibile stare con una persona tutti i giorni di un'intera estate e poi non vederla più? Mi sento come se mancasse un pezzo di me. Dicevamo sempre che condividevamo un cervello. Be', metà del mio cervello è persa.

Chiudo il quaderno con un colpo secco. Leggere il diario di qualcuno è il peggiore degli inganni, il più basso, il più meschino. Non permetterò a me stessa di farlo. I minuti passano, e la tentazione di dare un'altra occhiata mi brucia in gola. Inutile: non resisto. È così che dev'essersi sentito Adamo addentando la mela. Un attimo prima ci sono purezza e innocenza, un minuto dopo sono immersa in un mondo in cui vorrei non essere mai entrata.

Con il passare delle settimane il mio nome compare sempre meno, sostituito da quello di Louisa, anzi, « L ». Ci sono anche altri nomi: Richard, Claudia, Nigel, Imogen. Parla di lezioni belle e altre insipide, feste e concerti e serate al pub. Feste nei fine settimana, sicuramente con pernottamento nelle splendide residenze di campagna dei suoi amici.

Comincio a saltare le pagine, cercando solo il nome che scotta e, come previsto, nelle ultime due settimane trovo quello che cerco.

A fine ottobre Gabriel scrive:

Sono rimasto sveglio fino a tardi a parlare con L. Le ho detto tutto, tutti i dubbi che ho avuto, e quanto mi sono sentito in colpa. Lei è stata meravigliosa, come sempre, non so come farei senza di lei. Dio, mi sento malissimo per questa cosa, ha finito per passare la notte con me. Stamattina mi è toccato farla sgattaiolare dalla porta sul retro. Posso solo pregare che nessuno l'abbia vista e che Beth non lo scopra.

E poi, infine, un pezzo scritto quattro giorni fa che mi uccide.

Louisa è innamorata di me. Che cosa devo fare? Beth arriva fra tre giorni per il colloquio d'ammissione. La mia vita è un casino.

Come ha potuto fare l'amore con me se prova questi sentimenti per lei? E se ha questi dubbi su di me? Rivedo Louisa alla festa, la gioia sul suo viso quando Gabriel ci ha raggiunte. Il modo in cui gli ha messo la mano sul petto. Un gesto involontario. Intimo. D'intesa. Come se l'avesse già toccato prima. E rivedo Gabriel arrossire mentre lo guardavo, il rossore colpevole del traditore.

Rileggo i brani. Le parole ora sembrano prove incontrovertibili.

La portata di tutto questo è troppo grande da capire, da accettare. Gabriel e Louisa. Louisa e Gabriel. Lei *lo ama*. Lui è stato a letto con lei. Come ho potuto essere così cieca, così stupida? E perché ho aperto il suo diario? Persino ora, mentre il mondo mi crolla addosso, vorrei poter rimettere indietro l'orologio, tornare all'inconsapevolezza di poco fa.

Cammino su e giù per la stanza, senza sapere che fare di me. Per Gabriel e Louisa io sono solo una stupida ragazzina delle superiori per la quale lui una volta provava qualcosa, e insieme contano i minuti che mancano alla mia partenza.

Con la coda dell'occhio vedo una sciarpa rosa pallido appallottolata in un angolo della stanza. La prendo, ne inalo l'inebriante profumo fiorito e la getto sul pavimento.

Ci metto un attimo a vestirmi con i miei indumenti, ficcando l'odioso abito a pois nella borsa. Prima di andarmene mi soffermo alla scrivania di Gabriel, con il cuore che galoppa mentre penso a cosa scrivere.

È finita, Gabriel.
Non posso più rivederti.
Tu sai perché.
Beth

Alla stazione, il mio autobus non è ancora arrivato. C'è un gruppetto di persone in attesa, e mi confondo tra loro, le braccia a cingermi il corpo, sconvolta. Il mio respiro è troppo rumoroso, troppo affannato, mi sento come se mi mancasse l'aria. *Gabriel e Louisa. Una coppia perfetta. Staranno benissimo assieme.* Tutto quello che temevo si è avverato, come se l'avessi evocato.

E poi Gabriel è qui, entra di corsa nella stazione, agitato.

« Cos'è successo? » mi chiede quando mi raggiunge. Mi prende tra le braccia e per un attimo, un benedetto momento di oblio in cui tutto è com'era prima, piango con il viso premuto contro il suo petto muscoloso, inalo il suo profumo – limone, cedro e fumo di sigaretta – così intensamente familiare e non più mio.

Mi tiro indietro di scatto. « So di Louisa. »

Il suo viso non tradisce nulla. « Che cosa sai? »

« Lei *ti ama*. Sei stato a letto con lei. Ho letto il tuo diario, Gabriel. Non disturbarti a negare. »

« Hai letto il mio diario? Come hai potuto...? » Gabriel urla tanto che la gente attorno a noi si volta. Nei suoi occhi c'è una furia che non ho mai visto.

« Sono contenta di averlo fatto. Perché tu non avresti mai avuto il fegato di dirmelo. Cos'avevi intenzione di fare, prenderci per i fondelli tutte e due? Tua madre mi aveva messa in guardia. Ha detto che usi le persone, poi te ne vai quando ti stanchi di loro. Mi aveva avvertito che ti saresti stancato di me appena arrivato a Oxford. Avrei dovuto darle ascolto. »

È la cosa peggiore che potessi dire.

La sua rabbia si trasforma di scatto in qualcosa d'altro: freddezza, un'occhiata di profondo disprezzo... per me o per lei?

« Gabriel », imploro, sapendo di essermi spinta troppo oltre, ma lui si volta. Non sopporta di guardarmi.

Il mio autobus arriva, la gente sale, il motore si avvia. Il guidatore si sporge dalla portiera. «Vieni, tesoro?»

Guardo Gabriel, sperando che dica qualcosa per trattenermi, sperando che ci sia un modo per far sì che questa non sia la fine per noi.

«Meglio che tu vada. Hai ragione, è finita», dice, sempre senza guardarmi.

Un cuore infranto è piuttosto banale – una ragazza che versa fiumi di lacrime non sorprende nessuno –, eppure mentre salgo sull'autobus tutti hanno un'espressione preoccupata.

«Vediamo di portarti sana e salva a casa, piccola», dice l'autista.

Guardo Gabriel mentre l'autobus lascia la stazione. Il suo volto è inespressivo, ma da come serra la mascella, dalle dita che passano veloci sotto i suoi occhi so che anche lui sta piangendo.

Passerà molto tempo prima che lo riveda.

PARTE SECONDA

Bobby

Prima

Bobby è nato sul pavimento della cucina nel bel mezzo di una tempesta. Per tutto il giorno il vento ha fatto tremare così furiosamente le finestre della fattoria che in certi momenti mi sono chiesta se avrebbe finito per buttarle giù.

Verso la fine della gravidanza le mie giornate erano lente, e mi sembrava di riuscire a fare pochissime cose. Un po' di pulizie svogliate, la cena per la famiglia preparata con tutta calma, faccende che richiedevano qualche minuto si protraevano per ore.

La prima volta che sono arrivata alla fattoria – un posto logoro e non amato che ospitava tre uomini schivi e riservati – sono rimasta sconvolta dalle condizioni in cui era, in cui erano tutti. Avevano bisogno di me, tutti e tre, solo che non se n'erano resi conto. C'era David, il padre di Frank, ancora sofferente per la perdita della moglie. David aveva fatto del suo meglio per tirare su i figli senza Sonia, ma il suo meglio era quasi nulla. Frank aveva imparato a cucinare perché il padre non era capace, e sei mesi di panini al formaggio cominciavano a stancare. Aveva imparato a lavare i loro indumenti, iniziato ad assistere Jimmy nei compiti di scuola. Faceva anche le pulizie, ogni tanto, ma la prima volta che sono entrata sono rimasta sconvolta dal sudiciume incrostato - anni di polvere e ragnatele - che lui non aveva notato o di cui non gl'importava.

Non mi ero mai aspettata di trovare soddisfacente la vita domestica. Quando io e mia sorella eravamo piccole, mia madre odiava cucinare e pulire, ed era stata così fortunata da aver sposato un uomo che l'amava tanto da farlo al posto suo. Quel che ho scoperto è che la trasformazione della fattoria e degli uomini che ci vivevano è stata più gratificante di quanto non mi aspettassi. Pensavo di essere destinata a una vita tra i libri: prima l'università, poi, con un po' di fortuna, una carriera da poetessa. Non ho rinunciato al mio sogno di diventare una scrittrice, prima o poi, ma Frank è arrivato esattamente al momento giusto e mi ha catapultata in un mondo nuovo e insospettato nel quale ogni giorno è istruttivo a modo suo.

Rinunciare al mio posto a Oxford ha fatto male, anche per la delusione inflitta a mia madre. Ma che altra scelta avevo? Passare due anni nella stessa città di Gabriel e Louisa? Niente al mondo mi avrebbe convinta a ingoiare l'orgoglio e fare una cosa simile. Poco dopo è arrivato Frank, il ragazzo bello e semplice che mi aveva sempre amata da lontano.

Se la gente è rimasta sorpresa quando, nel giro di poco, sono passata da una relazione all'altra, non ha detto nulla. Perché io e Frank, in un certo senso, ci conoscevamo da sempre. Forse mi sono innamorata di lui perché era l'esatto opposto di Gabriel. Sono stata attratta prima di tutto dalla sua gentilezza e dalla sua sincerità, non esiste un uomo più onesto e trasparente. Mi ha restituito la fiducia in me stessa con sincera devozione.

Come la maggior parte delle donne, ho pianificato tutto per il parto: nel momento in cui mi si romperanno le acque o sentirò la prima fitta di dolore telefonerò a mia madre a scuola. La segretaria è stata avvertita che, qualunque cosa mia madre starà facendo in quel momento, la dovrà interrompere. Se starà arbitrando una partita di netball, la partita finirà lì. Se starà tenendo una lezione d'inglese, abbandonerà la classe e gli alunni dovranno arrangiarsi. Il tragitto dalla sua scuola alla fattoria richiede meno di quindici minuti; per arrivare all'ospedale, avessimo mai bisogno di raggiungerlo in fretta, ci vuole mezz'ora. La prima volta, mi hanno detto, le doglie possono durare ore, spesso un'intera giornata o più, quindi c'è tutto il tempo per arrivare all'ospedale. Ho imparato la procedura. So come cronometrare le contrazioni così da sapere di quanto sono dilatata. In un mondo ideale, dovremmo trascorrere la prima parte del travaglio alla fattoria e poi Frank ci dovrebbe portare in ospedale per le ultime ore.

Le acque si rompono alle tre del pomeriggio, quando mi alzo dalla sedia per preparare una tazza di tè. È una sensazione stranissima. Non una secchiata di liquido che scroscia sul pavimento, come mi aspettavo, ma un rivolo che inizialmente mi allarma, perché non ho ancora capito di cosa si tratti. La prima contrazione, come da manuale, arriva quasi subito dopo.

Fa sorprendentemente male per essere una prima

contrazione. Non è uno spasmo. E, peggio ancora, proprio mentre mi riprendo, rendendomi conto che il travaglio non sarà quella quisquilia che speravo, ne arriva un'altra. Non può essere normale, vero? Contrazioni così ravvicinate? Barcollo fino al telefono - so il numero della scuola a memoria -, prendo la cornetta, la porto all'orecchio... la linea è morta, si sente solo un crepitio. Urlo nella cucina vuota. Com'è possibile? Solo più tardi verrò a sapere che un palo del telefono è stato abbattuto dalla tempesta, interrompendo la linea per chilometri attorno a noi e, soprattutto, bloccando la strada per la fattoria. Non possiamo uscire e nessuno può entrare.

Per cominciare, cerco di rimanere calma. Mi ritiro sulla mia poltrona, con le gambe stese e allargate, cercando di respirare tra una contrazione e l'altra, come mi hanno insegnato. *Immagina di soffiare una pallina da ping-pong in una piscina.* Che frase assurda, non riesco a immaginare né una pallina da ping-pong né una piscina. E il dolore è così intenso che fatico a respirare, figurarsi controllare quelle espirazioni lunghe e delicate.

Il travaglio veloce non lascia spazio al pensiero o alla pianificazione o persino alla comprensione. Ti afferra. Ti catapulta da un mondo all'altro, dove sei semplicemente una macchina del parto, un ammasso di donna primordiale che urla, suda e si contorce. Sono così scollegata da tutto questo che, all'inizio, non mi rendo conto che i gemiti, i muggiti profondi e acuti allo stesso tempo - ho sentito le vacche in travaglio, è la stessa identica cosa - provengono da me.

Quando Jimmy torna a casa da scuola, io sono a quattro zampe sul pavimento della cucina, sto singhiozzando, gridando, cercando d'impedire al mio corpo di fare quello che vuole, e cioè spingere fuori il bambino.

In un istante Jimmy attraversa la stanza. « Oh, mio Dio, Beth! È il bambino? »

« Ovvio che è il cazzo di bambino. » Una parola che non ho mai usato prima, ma mi fa sentire bene. Ci sta.

« È caduto un palo e blocca la strada. Non possiamo uscire. Vado a cercare Frank. »

« No! » È un grido, il mio, un suono spaventoso che fa gelare il sangue. Jimmy ha un'aria terrorizzata. « Il bambino sta per uscire. Aiutami. »

In un attimo diventa il ritratto della calma e dell'efficienza, questo ragazzino che va ancora a scuola ed è la copia quasi identica di suo fratello. Jimmy, che, da quando l'ho conosciuto, è sempre stato di poche parole e quasi irraggiungibile. È come se l'emergenza facesse scattare qualcosa in lui.

« Va bene, va bene, ho capito », dice, lanciando il blazer dall'altra parte della cucina.

Indosso un vestito a trapezio, il che è ottimo, ma la biancheria intima deve sparire. « Forbici, Jimmy. Devi tagliarmi le mutande. Io non riesco a toglierle. » Piango, e al contempo rido per l'assurdità di tutto ciò.

Sembra che non passi neanche un secondo e lui torna con forbici e asciugamani e taglia la mia biancheria, gettandomi la falda del vestito sulla schiena così che mi ritrovo con il sedere nudo davanti a lui.

A lui non importa, e neanche a me. Non c'è tempo per questo.

« Bene, vedo la testa », annuncia, dopo aver dato un'occhiata.

« Gesù Cristo. »

« Già. »

Urlo ancora, per il dolore, la rabbia, la paura, ma quell'urlo segna anche l'inizio della mia resa all'immensa pressione che sento, come se le mie viscere fossero strizzate da qualcosa di metallo. Non c'è altro da fare se non spingere, e persino il dolore - non ci sono parole per descriverlo, è come essere squarciata in due, e anche peggio - sembra buono, sembra essere d'aiuto. Il mio corpo ha preso il controllo.

« Stai andando benissimo », dice Jimmy con il tono rassicurante e professionale di una levatrice. In seguito ci rideremo su. « E non ti devi preoccupare. Ho fatto nascere un sacco di agnellini, credo sia la stessa cosa. Dopotutto, siamo mammiferi. »

Ed è così che partorisco il nostro bambino tra le mani pronte ad accoglierlo del mio cognato adolescente. Non so come Jimmy faccia a sapere che deve girare il bambino a testa in giù, quella creatura viscida e sporca di sangue, e dargli uno schiaffetto sul sedere perché emetta il primo, rassicurante vagito, o che deve legare il cordone ombelicale e poi tagliarlo con le forbici unte di bacon dalla colazione, o ancora - e suppongo che sia perché fa nascere gli agnelli - che due minuti dopo dovrò espellere la placenta e quindi non abbiamo finito. Poco dopo sono seduta sul pavimento e tengo tra le braccia il mio bambino, avvolto in un asciugamano.

« Ce l'abbiamo fatta », dico a Jimmy, piangendo di nuovo. Ma queste lacrime sono diverse.

Che cosa posso dire dell'immediata ondata d'amore che sento per il minuscolo essere umano tra le mie braccia? L'adorabile visino che ancora non conosco ma del quale già non posso fare a meno.

« Tu ce l'hai fatta », replica Jimmy. « Io ho solo dato una mano alla fine. »

« Sta bene? » Non so perché lo sto chiedendo a un ragazzino senza la minima infarinatura di nozioni mediche, ma nell'ultima ora per me è diventato quasi una divinità.

« È perfetto, Beth. Perché non provi a nutrirlo? Credo che quel movimento che fa con la bocca voglia dire che ha fame. »

Sbottono il vestito, abbasso il reggiseno, guido il capezzolo verso la bocca del mio bambino e, come un miracolo, lui lo prende tra le labbra e comincia a succhiare. Io e Jimmy ci guardiamo e scoppiamo a ridere.

Proprio in quel momento, la porta si apre ed entra Frank; in un secondo fotografa la scena. « Oh mio Dio! » Corre verso di me, il viso stravolto dall'ansia.

« Va tutto bene. Guarda. Non è meraviglioso? »

« Un maschio? » S'inginocchia sul pavimento e posa una mano sulla guancia del bambino.

E la vedo, l'ondata di gioia ed euforia che trasforma il suo viso, come dev'essere successo a me guardando il nostro bambino per la prima volta. Non c'è esaltazione più grande né sentimento più puro di quando conosci il tuo bambino dopo tutti quei mesi di domande, sogni e speranze.

« Lo adoro », dice.

« Lo so. »

« Siamo fortunati. »

« Sì. »

Lui è nostro, noi siamo suoi, siamo in tre.

1968

Il padre di Nina vuole assolutamente festeggiare il fidanzamento della figlia con Jimmy offrendo da bere a tutti al Compasses. Avrei voluto dirgli che bere gratis il venerdì sera avrebbe comportato come minimo qualche rissa, o una carneficina nel peggiore dei casi, ma immagino che, in quanto gestore di un pub, lo sappia bene.

Tanto per cominciare, mi godo la festa di fidanzamento. Adoro vedere Nina che viene abbracciata, baciata e persino lanciata in aria da un anziano contadino con le basette. Come dice spesso Jimmy per prenderla in giro, va forte tra gli ultrasettantenni. In realtà, Nina è la beniamina di tutti. Nel suo miniabito rosa acceso, emana gioia. Gli uomini fingono di essere gelosi – « Fortunato bastardo, cos'hai tu che noi non abbiamo? » – e porgono a Jimmy fin troppe pinte, e poi fin troppi whisky. Le donne vogliono vedere l'anello di Nina: un opale circondato da piccole perle, che apparteneva alla madre di Jimmy.

Ci sono un sacco di pacche sulle spalle e pizzicotti sulle guance anche per Frank, poiché è molto amato nella nostra comunità. Frank dona un agnello alla chiesa per la lotteria di Natale, permette agli amici di far pascolare il bestiame gratis nei nostri campi, si sa che lascia pacchi di generi alimentari sulla porta di chi ne ha bisogno. Quando Bobby era ancora vivo, spesso Frank era a scuola a far sfiatare i radiatori e aggiustare porte rotte come se fosse un tuttofare a chiamata invece dell'allevatore occupatissimo che è. Ogni anno vinceva la gara dei papà nella giornata dello sport, un risultato scontato con le sue gambe lunghe, la forma fisica perfetta e la giovane età, ma la folla faceva comunque un tifo indiavolato per lui.

Guardo mio marito salire in piedi su uno sgabello troppo traballante per la sua stazza, ma lui mantiene l'equilibrio senza il minimo sforzo e fa tintinnare un cucchiaio sul bicchiere. « Ci sarà un matrimonio a Blakely Farm e siete tutti invitati. »

Il baccano è assordante. A Hemston c'è una specie di copione per i matrimoni: tutti sono invitati, tutti contribuiscono, i costi e lo stress equamente divisi tra le famiglie che vivono qui da sempre. La gente di Hemston sa come dare una festa memorabile. E a nessuno importa se questi matrimoni collettivi a volte sembrano un po' banali e scontati: le stesse facce, lo stesso cibo, una o due volte persino lo stesso vestito, leggermente modificato per adattarsi alla sposa.

Nel giro di un'ora ci vengono offerti un tendone, tavoli con cavalletti, festoni e bandierine, un'orchestra dal vivo, barili di sidro e birra dal pub, maiali per lo spiedo, una torta nuziale. Le signore che si occupano dei fiori in chiesa si propongono volontarie per le composizioni per le nozze, e qui parte una conversazione a latere. Che cos'è meglio per settembre? Calendule e azalee bianche? Decidono per un tema tradizionale sul bianco e arancione. Helen dice che cucirà l'abito di Nina. È ancora una sarta bravissima che, come me, una volta era tra le migliori della classe e destinata a grandi cose. Raramente la vita va come ti aspetti.

Potrei stare a guardare mio cognato per tutta la sera. Ha un'aria così orgogliosa mentre la sua futura moglie viene stretta da un paio di braccia dopo l'altro. Nina ha fatto di tutto per modernizzare Jimmy, portando da Londra dei jeans e una camicia a mezze maniche piuttosto vistosa che lui si è messo stasera, sotto costrizione.

« Che eleganza! » gli dico, e lui alza gli occhi al cielo.

« Mi sento uno stupido. »

« Che cosa indosserai per il matrimonio? »

Lui fa un sogghigno. « Qualcosa in cui la mia fidanzata non deve mettere bocca. Finirebbe per imbalsamarmi in un completo viola, non ho dubbi. »

Vassoi pieni di bicchieri di whisky circolano per il pub. Jimmy ne prende due al volo, me ne offre uno, poi li butta giù entrambi quando io rifiuto. Non sono mai riuscita a farmi piacere il whisky.

« Uh, wow! » fa, voltandosi verso di me con gli occhi che lacrimano.

« Terribile? »

« In realtà, piuttosto buono. »

Helen ci raggiunge, e abbraccia prima Jimmy e poi me. « Che notizia meravigliosa. Lascia che ti faccia il vestito, Jimmy. È da tanto che vorrei vedere come me la cavo con gli abiti da uomo. »

« Sta pensando al viola », le dico, e Jimmy ride.

Mentre Jimmy inizia un'altra conversazione, io e Helen parliamo nel nostro linguaggio fatto di occhiate e mezze frasi.

« Come sta Frank? » mi chiede, e ci voltiamo entrambe a guardare mio marito, a mezzo metro da noi, che ride circondato da amici.

« Sta bene. Tutti e due stiamo bene. »

Perché in questo momento è vero.

Nell'atmosfera festosa, nessuno di noi nota quanto si stia ubriacando Jimmy finché Andy Morris, il poliziotto del paese, non si allunga a posargli una mano sulla schiena per tenerlo in piedi. È un bravo ragazzo, Andy, lo conosciamo da tanto. Un sacco di volte ci ha riportato a casa Jimmy ubriaco fradicio nei suoi anni da delinquente prima di Nina. Finiva nelle risse, si faceva beccare a guidare sbronzo e senza patente, e ogni volta Andy lo lasciava andare con un'ammonizione. Capiva, come capivano tutti nel villaggio, che la perdita della madre era stata un duro colpo per lui.

« Vacci piano, ragazzo. Magari lasciamo da parte il whisky? » si limita a dire Andy.

« Stai scherzando? » protesta Jimmy, rovesciando un po' della sua pinta mentre butta un braccio attorno alle spalle di Andy. « Sto per sposarmi. È tradizione che lo sposo si sbronzi di brutto. »

Lancio un'occhiata a Frank, alzo appena le sopracciglia e lui coglie al volo l'avvertimento. Mi abbraccia, e mi sussurra all'orecchio: « È la sua serata, no? »

Di colpo tutto si placa, le voci si spengono, qualcuno si volta a guardare, poi mi accorgo che Gabriel è entrato nel pub. È la prima volta che lo vedo qui.

Da quand'è tornato, Gabriel non ha fatto il minimo sforzo verso gli abitanti del villaggio. Non posso biasimarlo. Ha passato quasi tutta la sua vita lontano da casa, e ha sempre detto che non si sentiva a proprio agio a Hemston. Qui lo conoscono senza conoscerlo. È come una dissonanza sgradevole che li rende diffidenti.

Quando Gabriel mi vede, in piedi vicino al bancone, circondata dalla mia famiglia, la sua espressione diventa tesa. Di colpo, siamo sotto i riflettori.

« Che cosa le posso servire? » gli domanda il padre di Nina.

« Una pinta di birra, per favore, e una gazzosa. » Si volta verso di me con espressione quasi di scusa. « Leo è in macchina. Lo so che è tardi. È che avevo bisogno di uscire. »

« Che ne dici se vado a fargli compagnia e tu ti bevi la tua birra in pace? Non ci metterai molto, no? »

Prima che Gabriel possa rispondere, Jimmy lo afferra per un braccio e lo fa voltare finché i loro visi non sono distanti che pochi centimetri. « Non sei il benvenuto qui. » Le parole escono come uno sputo, il disprezzo nel suo tono tagliente come una lama.

« Ma davvero? Senza mezzi termini, eh? Be', non ti preoccupare, non appena finisco la birra me ne vado », dice Gabriel.

« Smettila, Jimmy. Il pub è di tutti », interviene Frank.

Gabriel gli rivolge un lieve cenno con la testa, ma qualcosa nella silenziosa intesa tra loro due fa scattare Jimmy; del resto, è al limite, e non ci vuole molto.

« Perché non te ne torni a Londra o da dove sei venuto? Nessuno ti vuole qui. Sparisci. »

Nessuno di noi vede Jimmy tirare indietro il braccio, con il pugno serrato per la rabbia. Nessuno tranne Andy, che si fa avanti, calmo ed efficiente, e con le braccia circonda il petto di Jimmy. Jimmy che si dimena inutilmente. Andy che lo tranquillizza e lo trattiene.

« Non ce n'è bisogno, ragazzo, non in una serata così felice », dice, e Jimmy si affloscia tra le sue braccia. « Ci vuole una boccata d'aria fresca. Dai, amico, andiamo a farci un giro fuori. »

Nina è accanto a me. « Perché fa così, Beth? Perché si ubriaca fino a questo punto? Cinque minuti fa era così felice. »

« Non dovrebbe bere whisky. Non regge bene i liquori. È colpa mia, gli ho dato il mio. »

È Gabriel a intervenire. « No, la colpa è mia. Ho sbagliato a venire. Non immaginavo... »

Non dice che cosa non immaginava e io rimango a guardarlo mentre se ne va, sentendo gli occhi di mio marito puntati su di me, chiedendomi per quanto ancora noi tre possiamo andare avanti così prima che accada qualcosa di catastrofico.

Il processo

Andy – o sergente Morris, come lo chiama il pubblico ministero – oggi è sul banco dei testimoni. Non molto tempo fa lo consideravamo un amico. Tutto è cambiato la sera dello sparo.

Lo osservo prestare giuramento, la mano sulla Bibbia, la voce ferma. Non rivolge lo sguardo, neanche una volta, verso l'uomo al banco degli imputati.

«Sergente Morris, prima di parlare della sera dello sparo vorrei chiederle dei suoi rapporti con i Johnson. I due fratelli sono suoi amici, vero? Li conosce da molto?»

Il poliziotto esita. Pensa al modo migliore per prendere le distanze dalla nostra famiglia. «Solo nella misura in cui tutti gli abitanti del paese sono amici. Non ci conoscevamo a fondo. Li ho visti ogni tanto al pub, tutto qui.»

«A quanto ne so, sergente Morris, lei ha avuto contatti regolari con la famiglia nel corso degli anni. Per via del comportamento di Jimmy Johnson.»

«Sì. È esatto. Jimmy era un po' scavezzacollo da ragazzo. Ho sedato qualche rissa. L'ho fermato più di una volta mentre guidava in stato di ebbrezza. Nulla di serio. Niente di paragonabile a questo.»

«Passiamo alla sera del 28 settembre. Quando ha saputo del colpo di fucile?»

Il sergente Morris consulta il taccuino. « Abbiamo ricevuto una chiamata al 999 alle nove e ventisette di quella sera. Abbiamo avuto notizia di un incidente con un fucile da caccia a Blakely Farm. La vittima era già deceduta. »

« Soffermiamoci un attimo su questo punto. Lei era l'agente di turno quella sera. Si è recato subito alla fattoria dei Johnson? »

« Sì. La stazione di polizia è in paese, ci vogliono circa otto minuti in auto. »

« Riesce a ricordare a cosa pensava durante il tragitto? Un uomo era morto per un incidente con un fucile da caccia. Un uomo che conosceva bene. Le è sembrato strano o sinistro per qualche motivo? Le sto chiedendo, sergente Morris, se ha avuto il minimo sospetto che si trattasse di omicidio. »

« No, in quel momento no. Gli incidenti nelle fattorie sono piuttosto comuni, sfortunatamente. »

« Ma ha cambiato idea una volta giunto sul posto? »

« Sì, è così. I fatti sembravano non quadrare. Faccio questo lavoro da vent'anni, e l'istinto te lo dice, quando cercano di farti bere una storia. »

Ora Andy guarda l'imputato. « Nel giro di ventiquattro ore mi sono reso conto che avevamo per le mani un'indagine per omicidio. »

Prima

Se sono stata io a iniziare il processo di civilizzazione degli uomini Johnson, è stato l'arrivo di Bobby ad avere l'impatto più grande.

Frank sembra la caricatura di un padre troppo affettuoso: vuole fare tutto ciò che faccio io, se potesse allatterebbe Bobby al seno. La sera, al rientro dal lavoro nella fattoria, tende le braccia perché non vede l'ora che sia il suo turno, e tiene Bobby così vicino che la pelle del nostro bambino ha l'odore della giornata di lavoro: letame di vacca, olio da trattore e Imperial Leather, il sapone che Frank usa così spesso nel corso della giornata che ho cominciato a ritenerlo il suo profumo personale.

« Mi sei mancato », dice, baciando le guance di suo figlio. « E anche tu. » Allunga una mano per afferrare qualunque parte di me sia raggiungibile.

Per fare il bagnetto a Bobby aspetto sempre che Frank torni, non importa a che ora. Riempio una tinozza con l'acqua calda e Frank lo immerge, cullandolo avanti e indietro, mentre io gli tampono il faccino con un panno morbido. Perlopiù, rimaniamo tutti e due a fissarlo meravigliati, parlottandogli di tanto in tanto. È il momento della giornata che preferisco.

La sorpresa più grande è vedere come David s'innamora di Bobby. Frank e Jimmy hanno raccontato che quand'erano piccoli David era quasi sempre assente, al lavoro nella fattoria a tutte le ore del giorno. Adesso è un uomo completamente diverso. La sera, si siede con il nipote in braccio e gli canta canzoni che vengono da un'altra epoca, brani da music-hall e ninnenanne che io e Frank non abbiamo mai sentito. Gli legge il giornale, il che all'inizio sembra strano, ma c'è qualcosa nella voce bassa e roca di David che fa addormentare Bobby. Se Bobby piange, lo passo a David e gli chiedo: «Puoi fare la tua magia?» Ed è davvero come una magia, perché il bambino si calma subito nel saldo abbraccio del nonno.

«Ma tu guarda!» dice ogni volta David emozionato, alzando gli occhi su di me.

Bobby l'ha umanizzato. Questo contadino severo e taciturno è diventato un uomo che ride e canta e sorride. A letto, la sera, io e Frank ci sussurriamo che il nostro bambino è davvero un miracolo.

Il cambiamento è evidente anche in Jimmy. Di tanto in tanto si mette ancora nei guai a scuola, ma in lui ho notato una nuova fiducia. Jimmy è cresciuto, o forse da quand'è intervenuto e con calma ha fatto nascere nostro figlio, evitando il disastro e senza farsi prendere dal panico neanche per un istante, sono io che mi ritrovo a guardarlo con ammirazione. È una persona che dà il meglio di sé nei momenti di crisi.

Quando Bobby ha qualche settimana, comincio a girare per la fattoria legandomelo addosso con una specie di tracolla che ho ricavato da una vecchia coperta.

Attraversandola a piedi, la fattoria sembra vasta e sterminata, è raro incrociare qualcuno. Talvolta è come se io e Bobby fossimo le ultime persone sulla faccia della Terra.

Parlo al mio bambino addormentato mentre sfiliamo per i terreni, che sono i suoi terreni, gli dico: « Un giorno, Bobby, farai lo stesso con tuo figlio o tua figlia ».

Ci sono tantissime specie di uccelli, qui, e David sembra conoscerle tutte. Nelle serate miti viene a camminare con noi, nei suoi campi che cambiano colore nella luce del crepuscolo, un viola brillante, un blu profondo. M'insegna a riconoscere pavoncelle, zigoli gialli e fringuelli dall'aspetto e dal canto. Niente è così piccolo da passare inosservato. Le farfalle hanno dei nomi – galatea, esperide, giurtina – e la rapida fuga di un topo gli fa alzare gli occhi a cercare il predatore, che individua sempre. Un improvviso fruscio lo avverte della presenza dei ricci, perfettamente mimetizzati nel marrone indefinito, mentre cacciano scarabei e lumache. Quando c'imbattiamo in una cucciolata di volpacchiotti, David s'immobilizza, e io faccio lo stesso. In silenzio li guardiamo giocare mentre, poco lontano, la madre è a caccia di cibo. Poter vedere tutto questo è un dono.

Attraverso gli occhi di David, Blakely Farm prende vita.

Prima che Bobby compia un anno, David inizia a portarlo in giro per la fattoria con il trattore.

« Farai attenzione? » dico, ma David si limita a ridere e se ne va con il bambino incastrato tra le ginocchia. Guida con una mano sul volante e l'altra attorno alle spalle del nipote. Sono contenta di avere del tempo da sola, ma non mi rilasso finché non tornano nel cortile, dopo un'ora o due, entrambi felici e sorridenti.

«Non ti devi preoccupare», mi rassicura Frank quando gli parlo delle mie paure la notte, mentre siamo l'uno di fronte all'altra nell'oscurità. «Mio papà sa il fatto suo. È cresciuto in questa fattoria. Non permetterebbe che succedesse qualcosa a Bobby.»

Guarda cos'è successo a tua madre, penso, ma non lo direi mai. Il suo incidente, il calcio in testa di una mucca mentre la mungeva, è stato improvviso e non si sarebbe potuto evitare. Un crudo promemoria, se mai fosse necessario, del fatto che la prudenza non è mai troppa in una fattoria.

Nonostante i miei timori, adoro vedere Bobby crescere con il nonno. Molto presto caccerà e spellerà conigli da solo, andrà a pesca di lucci e carpe, imparerà a far nascere un agnellino, conoscerà il nome di ogni uccello e ogni insetto di questa fattoria di ottanta ettari; tutta la conoscenza che è stata tramandata dai Johnson di generazione in generazione sarà sua. È suo diritto. E io voglio questo per lui.

1968

Nella mia fotografia preferita, Bobby è seduto a gambe incrociate sul pavimento della cucina e nutre con il biberon un agnellino orfano. L'ho guardata così tante volte che ormai si è come incarnata in me: è questo il Bobby che vedo ogni volta che viene pronunciato il suo nome, anche se so bene com'era a sei, sette, otto e nove anni. Di solito la tenevo così, senza custodia in borsa, e di tanto in tanto la spostavo nelle tasche dei cappotti, finché non ha cominciato a rovinarsi. Frank mi ha comprato un piccolo portafoto di pelle, e ora la foto è sempre nella borsa in macramè che mi porto dietro ovunque.

È un affare ingombrante e voluminoso, questa borsa, in cui si accumulano premietti per Hero, un libro della biblioteca che ho atteso per mesi – *Il mago di Earthsea* di Ursula K. Le Guin –, una manciata di scontrini, il binocolo, un pacchetto di biscotti Marie mangiato per metà e un paio di calzini appallottolati di Leo che sono lì da quella volta in cui ha camminato fino a casa a piedi nudi sull'erba.

« Sai, probabilmente potresti farci stare dentro anche il lavello della cucina », scherza Frank, osservando il contenuto sparso sul pavimento.

Esco in cortile con la borsa e la scrollo per eliminare

tutte le briciole. La fotografia non c'è. Lancio un urlo per lo sgomento.

In un attimo Frank è accanto a me. « Che succede? »

Sulle prime sono troppo angosciata per rispondere. Rovescio di nuovo la borsa, prendo il libro e cerco disperatamente tra le pagine. « La foto. È sparita. »

« Non è possibile. » Frank mi prende tra le braccia, ma sono oltremodo nervosa per ricambiare l'abbraccio. Sento la punta di dolore nella sua voce mentre tenta di rassicurarmi. Non abbiamo scattato abbastanza foto a Bobby, non immaginavamo che le foto sarebbero state l'unica cosa che ci rimaneva.

« Cerchiamo di essere metodici. Ricordi l'ultima volta che l'hai vista? »

M'imbarazza dire la verità a Frank. La guardo tutti i giorni. A Meadowlands, ogni volta che Gabriel e Leo non sono nella stanza. Mentre preparo la cena. Mentre riempio la vasca da bagno o stendo il bucato. La vedo e, al contempo, non la vedo. La foto è una sorta di talismano, mi ricorda che Bobby è esistito. « Ieri. »

« Allora dovremmo riuscire a trovarla. Io guardo al piano di sopra. »

Il campanello suona mentre sto svuotando un cassetto della credenza, esercizio inutile perché non ho mai tenuto la foto lì dentro, neanche una volta.

Sulla soglia ci sono Gabriel e Leo. La mia mente è tesa, ed è solo con grande sforzo che riesco a essere educata. « Ciao. Volete entrare? »

Gabriel scuote il capo, come sapevo avrebbe fatto. Dopo lo scatto di Jimmy al pub ho provato a rassicurare Gabriel che non significava nulla, era solo ubriaco, ma non penso mi abbia creduto. Il filo su cui cammino, tra casa mia e casa sua, mi sembra diventare sempre più sottile.

« Leo deve dirti qualcosa. »

« Oh-oh. Non promette bene. » Guardo Leo per incoraggiarlo a parlare, ma lui distoglie gli occhi per non incontrare i miei. « Non può essere così brutto. Coraggio, la suspense mi sta uccidendo. »

Hanno tutti e due un'aria molto seria. Non riesco a decifrare l'espressione di Gabriel. Ho l'impressione che potrebbe essere arrabbiato.

Leo tende di scatto la mano, la apre e rivela la foto nella sua piccola custodia di pelle. « L'ho presa dalla tua borsa. »

Sembra che si vergogni, tiene lo sguardo fisso a terra ma, per un momento, il sollievo è così grande che riesco solo a stringermi la foto al petto. Sento il peso delle lacrime salirmi in gola. « Stavo impazzendo. Credevo di averla persa. »

« Scusami », dice Leo.

« Di sopra non c'è », dichiara Frank, poi il suo sguardo assorbe la scena sulla soglia. « Ah, l'avete trovata? Gentile da parte vostra riportarla. Dev'essere caduta dalla borsa di Beth, era così in pensiero. Lo eravamo tutti e due. »

Credo che Gabriel permetterà a Leo di cavarsela così e ne sono felice: non è necessario umiliarlo ancora di più. Ma Leo grida: « Sono stato io! L'ho rubata. La volevo. Mi piace guardare Bobby ».

Vedo lo shock sul volto di Frank mentre assimila le parole di Leo. « Capisco », dice. Il suo tono è neutro, ma gli occhi fissano solo me.

Mi affretto a intervenire. « Comunque, stiamo montando un caso per niente. La fotografia è al sicuro, e Leo si è scusato. »

Nel momento in cui la porta si chiude alle spalle di Gabriel e Leo restiamo in piedi, vicinissimi, evitando accuratamente di guardarci.

« D'ora in avanti la fotografia rimane qui. Non dobbiamo perderla di nuovo », dice Frank.

« Mi dispiace. » Non so neanche per che cosa mi sto scusando. Per tutto, sembra.

« Era il nostro ragazzo. » La voce di Frank si spezza. « E se n'è andato. Perché loro dovrebbero avere qualcosa a che fare con lui? »

« Frank... » Allungo una mano per prendere la sua, ma lui si tira indietro.

« Sapevi cosa stavi facendo nel momento in cui hai accettato questo lavoro. Non hai voluto ascoltarmi quando ti ho detto che era una cattiva idea. Come diavolo credi che andrà a finire? »

Prima

Il matrimonio dell'alta società di cui tutti parlano da mesi si celebra il giorno del terzo compleanno di Bobby. Mentre io preparo il necessario per un piccolo picnic di famiglia sotto la grande quercia, un esercito di furgoncini sta scaricando di tutto a Meadowlands.

Si rincorrono commenti su quanto tutto ciò sia decadente, una narrazione perlopiù amara perché nessuno degli abitanti del villaggio è stato invitato. Che spreco e che stravaganza i fiori di serra, rare orchidee blu di cui ha parlato per prima la donna delle pulizie e ampiamente denigrate nel negozio del paese. Ventiquattro casse di champagne scaricate dal giardiniere, qualcosa di francese, aveva detto, ma non ricordava cosa. I tendoni - non uno, ma due - posizionati in modo da avere una vista perfetta sul lago, che si scorge facilmente dalla strada. Quei tendoni sono davvero notevoli, mi hanno detto. Persino Helen, che sa meglio di tutti quanto sia doloroso l'argomento e che camminiamo davvero sul filo del rasoio, non può fare a meno di aggiungere particolari.

« Li hanno ricoperti con fili di luci colorate. Una meraviglia, sembrano usciti da *Le mille e una notte* », dice.

A quel punto il mio cuore batte un po' più in fretta.

Alcuni abitanti del villaggio vengono assunti in vista del matrimonio – addetti alle pulizie, giardinieri, lavandaie – e ora c'è un profluvio di dettagli. Trecento invitati, star di Hollywood gomito a gomito con aristocratici inglesi, scrittori, musicisti e politici. Si vocifera di Elizabeth Taylor e Alec Guinness, Doris Lessing, la duchessa di Argyll. Tessa Wolfe dev'essere nel suo elemento. Un abito da sposa disegnato da Norman Hartnell, foto scattate dal fotografo del bel mondo Antony Armstrong-Jones. Un'orchestra swing in arrivo dagli Stati Uniti. Uno chef da Parigi. Il matrimonio dell'anno, a quanto dice il *Tatler*.

Il giorno del suo compleanno, Bobby si sveglia presto; non è ancora del tutto chiaro mentre lo sento correre scalzo sulle assi del pavimento e un attimo dopo il suo corpicino morbido s'infila tra noi due.

« Ho tre anni », annuncia, e so che Frank pensa quello che penso io quando risponde: « Tre interi anni di te? Wow! »

« C'era una tempesta quel giorno », continua Bobby, e questo per Frank è il segnale per raccontare la storia della sua nascita. Posa la testa sul petto di suo padre e lui lo cinge con un braccio.

« Qui non ci sono molti temporali in estate, ma se ci sono tendono a essere violenti. E quello era spaventoso. Gli alberi sono caduti, la linea telefonica è stata interrotta, la gente è rimasta senza elettricità. La tua mamma era tutta sola in casa. E il bambino stava arrivando... »

La parte preferita di Bobby è quando lo zio Jimmy arriva a casa con indosso l'uniforme della scuola e salva la situazione. Jimmy è l'eroe di Bobby. È convinto che Jimmy gli abbia salvato la vita. E forse l'ha fatto davvero.

Poiché è il suo compleanno, Bobby ha il permesso di andare a mungere con gli uomini. È troppo piccolo per non essere più che altro un intralcio, ma aspettano sempre pazientemente mentre lui prova a fare quel che fanno loro e non ci riesce. Se c'è anche Bobby, la mungitura richiede un sacco di tempo.

Ascolto Frank mentre aiuta Bobby a vestirsi nella sua cameretta, l'improvviso scoppio di risa mentre infila tutti e due i piedi nel buco di una gamba delle mutande, la discussione sulla sua tuta blu scuro che Helen gli ha cucito, l'esatta copia di quelle che indossano David, Frank e Jimmy.

« Non sono più un bambino », dice Bobby.

« Chiaro. Meglio che inizi a fare la tua parte. »

Ciabattano giù per le scale e attraversano il cortile, e io ascolto il loro chiacchiericcio che sfuma, godendomi sia la solitudine sia il fatto che mi appartengono.

Festeggeremo il compleanno più tardi, dopo la seconda mungitura. Verranno i miei genitori e mia sorella e ci saremo David, Jimmy, Frank, io e il festeggiato. Nessun altro. Avevo pensato d'invitare Helen, che ha un figlio praticamente della stessa età di Bobby, ma se devo dire la verità mi sono isolata dietro queste spesse mura della famiglia e non mi serve altro. Bobby sembra felice di avere attorno i nonni e una zia e uno zio che lo adorano. Perché cambiare?

Bobby torna e trascorriamo il resto della mattinata a

preparare il banchetto. Gli ospiti dei Wolfe pasteggeranno anche con ostriche e code di aragosta, ma noi avremo crostate alla marmellata, salsicce arrostite al miele e un porcospino di ananas con aculei di cheddar. Quando finiamo di glassare la torta, Bobby ha guance e naso impiastricciati di cioccolato, e gli scatto una foto mentre mi sorride, ebbro di zucchero ed euforia, facendo il conto alla rovescia per il grande evento.

Mancano ancora un paio d'ore al picnic. Anche se ho fatto del mio meglio per smorzare il chiasso a proposito del matrimonio di Gabriel, so esattamente quando avverrà. Vedo le tre sull'orologio della cucina, penso a Gabriel che aspetta nella chiesa del villaggio, alla sposa che sta per risalire la navata sottobraccio al padre. Dopo un quarto d'ora, li immagino mentre si scambiano le promesse, con Gabriel che guarda negli occhi Louisa come un tempo guardava me. Penso al mio matrimonio in quella stessa chiesa, con le sole famiglie presenti, al mio abito di finto pizzo, al completo di Frank preso in prestito e troppo corto di un paio di centimetri. Non cambierei nulla, adoro tutto della nuova vita che abbiamo costruito. Ma la tentazione di guardare, un'ultima volta, cresce dentro di me finché non riesco più a reprimerla.

«Bobby, ti va di andare a spiare di nascosto un matrimonio in paese?»

«Come vere spie?»

«Sì. Possiamo nasconderci dietro uno dei grandi alberi del cimitero.»

«In effetti, mi piacerebbe.»

« In effetti » è un grande traguardo per Bobby, un'espressione che ha appena imparato.

Ci vogliono solo cinque minuti a piedi per arrivare in paese, dieci al ritmo di Bobby, ma comincio a temere di essere partita troppo tardi. Quando arriviamo, vedo uno schieramento di fotografi fuori dalla chiesa, e sui due lati della strada una folla di abitanti del villaggio in attesa di poter vedere gli sposi e con vasi di coriandoli fatti in casa a portata di mano.

« Adesso dobbiamo essere due vere spie, così nessuno ci vedrà. Pensi di farcela? »

Bobby si porta un dito alle labbra, già pronto per l'azione furtiva.

Entriamo nel camposanto dall'estremità più lontana e sfrecciamo da un albero all'altro, riparandoci dietro una lapide mentre cerco il punto d'osservazione migliore. A un certo punto le campane della chiesa cominciano a suonare, con uno scampanio suggestivo e festoso, afferro la mano di Bobby e corro verso un tasso abbastanza grande da nasconderci e abbastanza vicino da poter vedere bene.

« Guarda », sussurra Bobby quando lo sposo esce, in cilindro e frac, e si ferma sul sagrato, con la sua minuta sposa aggrappata al braccio.

Il fotografo ufficiale si fionda in avanti per il primo scatto, azzimato nel suo completo nero stretto con camicia bianca e cravatta nera. « Se poteste guardarvi negli occhi... oh, ecco, assolutamente perfetto. » Il suo spiccato accento aristocratico arriva fino a noi.

I fotografi della stampa formano un semicerchio di

fronte agli sposi e scattano freneticamente, mentre Gabriel e Louisa sorridono pazienti, sapendo che è parte del gioco. Domani la loro foto sarà su tutte le pagine mondane.

Sono anni che non vedo Gabriel. Non è cambiato. Alto ed elegante nel suo raffinato abito da sposo, un volto che sarà sempre più bello che attraente. Guardandoli, sono pervasa da una gelosia che non ho il diritto di provare.

Osservo Bobby che osserva Gabriel. Mio figlio non conoscerà mai quest'uomo che un tempo significava così tanto per me. Probabilmente non lo vedrà mai più. Sicuramente non ripenserà a lui. E non si ricorderà del giorno in cui ci siamo nascosti dietro un albero e abbiamo giocato a fare le spie. È solo un momento, un momento in cui siamo sospesi nel tempo.

« Che ne pensi dello sposo? » gli chiedo.

« È un po'... damerino? » dice Bobby, facendomi segno di tacere quando scoppio a ridere di gusto, ma anche i suoi occhi scuri hanno un lampo divertito.

Frank chiama Bobby « damerino » ogni volta che mia madre lo prepara per andare a letto: capelli con la riga e pettinati con un pettine bagnato, pigiama abbottonato fino in cima e con la blusa nei pantaloni, e viso che splende.

Guardo Louisa che si volta per dire qualcosa a Gabriel. Vedo che lui si avvicina per ascoltarla, le bacia la guancia.

Dalla chiesa sta uscendo la madre di Louisa, Moira, che non è invecchiata di un solo giorno dall'ultima volta che l'ho vista; tiene per mano un bimbetto vestito di bianco dalla testa ai piedi: camicia con volant, pantaloni al ginocchio e calzamaglia. Avevo sentito parlare del figlio di Gabriel e Louisa, ma vederlo m'ipnotizza. Osservo Moira che solleva il bambino e lo mette tra le braccia di Louisa, Gabriel che si china a baciarlo sulla fronte, mentre i fotografi scattano frenetici. Non c'è stato alcun giudizio nel dare la notizia della loro scelta di avere un figlio prima del matrimonio. Non so perché mi aspettassi qualcosa di diverso. Le regole non vengono mai applicate a persone come Gabriel e Louisa.

Accanto a me, il mio bambino inizia a scalpitare, annoiato. Provo uno slancio d'amore per lui: ho tutto ciò che mi serve proprio qui.

Sono felice per loro. Sono in tre, noi siamo in tre. C'è una certa piacevole simmetria. È andata bene per tutti e due.

«Okay, è tutto, Bobby», gli dico, voltandomi.

«Già», risponde, imitando Frank. «Direi di sì.»

Lancia in aria il cappello, un berretto piatto come quelli che indossano gli uomini, un regalo di David, e lo riprende al volo.

Lo stringo a me. «Lo so che oggi è il tuo compleanno e i regali sono tutti per te, ma, se posso dirlo, tu sei il regalo più bello che io abbia mai ricevuto.»

1968

Non tiro fuori l'argomento della fotografia con Leo perché a dire il vero mi sento responsabile. È un bambino cui manca la madre e io sono riuscita a peggiorare le cose facendogli vedere quanto mi manca mio figlio. O almeno questa è la mia interpretazione.

Sono stata un po' egoista, penso, a parlare a Leo di Bobby solo perché era un modo per aiutare me stessa a tener vivo il suo ricordo. Il problema è che nessuno mi lascia parlare di lui. Il più delle volte Frank non lo sopporta, è così pieno di sensi di colpa che sa solo tirare avanti comportandosi come se Bobby non fosse mai esistito. Sono preoccupata per lui. Dove andrà a finire tutto questo dolore irrisolto che non trova sfogo? Il suo modo di affrontare la situazione è lavorare fino allo sfinimento, così da crollare addormentato la sera, pronto a ricominciare la mattina dopo. Jimmy fa lo stesso, ma ricorre anche all'alcol per superare i momenti difficili. Almeno, però, ha Nina e la prospettiva del matrimonio da attendere con impazienza, e spero, molto presto, un bambino tutto loro.

Sto per tornare a casa, quando Gabriel entra in cucina. Ha lavorato tutto il pomeriggio ed è la prima volta che lo vedo dopo l'incidente della fotografia.

« Dovremmo parlare, non credi? Ti fermi per un bicchiere di vino? » mi chiede. Guarda Leo che sta facendo i compiti sul tavolo della cucina. « Potremmo andare in biblioteca. »

Sembra più un ordine che un invito e provo un'ansia improvvisa e acuta mentre lo seguo lungo il corridoio. Forse mi chiederà di smettere di occuparmi di Leo. Non è quello che voglio, ma è probabilmente la cosa migliore per tutti.

Questa stanza, questa bellissima stanza tappezzata di libri. Un tempo abbiamo trascorso una settimana qui dentro, accoccolati vicini sul divano a sfogliare romanzi dalle pagine sottili e ingiallite, con strani caratteri di stampa, fermandoci per leggerci a vicenda le frasi che ci sembravano divertenti o particolarmente belle.

Sul tavolino di fronte al divano c'è già una bottiglia di vino bianco con due bicchieri.

« Presuntuoso », dico, e Gabriel ride.

« Probabilmente potrei farcela a berlo da solo, se necessario. »

Il vino è delizioso, come immaginavo. « Viene dalla cantina? » chiedo, dopo il primo sorso.

Lui annuisce. « Là sotto ce n'è più di quanto potrò mai berne da solo. Probabilmente una parte si è trasformata in aceto. »

Nel silenzio che segue mi chiedo se sia possibile distrarlo con chiacchiere futili, ma la mia mente è monopolizzata dalla preoccupazione e non riesco a trovare niente da dire.

« Voglio parlarti di Leo, ma non ti voglio turbare », dice infine Gabriel.

Poso il bicchiere di vino sul tavolino e mi siedo con la schiena dritta, come se mi stesse interrogando o, più probabilmente, licenziando. « Se non funziona, lo capisco. Ci sono molte persone che potrebbero badare a Leo dopo la scuola. Posso far girare la voce... »

Vedo la sorpresa dipingersi sul volto di Gabriel mentre si rende conto di ciò che ho detto. « No, no, è l'ultima cosa che voglio. Leo non è un bambino molto felice, lo sappiamo entrambi. Detesta la scuola. L'unica cosa che aspetta con ansia sono i pomeriggi con te. Ascolta, è difficile... »

« Dillo e basta, Gabriel. »

« Parli molto di Bobby con Leo, vero? »

« Suppongo di sì », rispondo, nel tono più disinvolto possibile.

« E penso che Leo sia un po' ossessionato da Bobby. So che deve sembrarti molto strano. Credo che Leo veda Bobby come il ragazzo perfetto che non riuscirà mai a eguagliare. È a causa del divorzio, gli ha incasinato la testa. Leo sente la mancanza di sua madre, si sente fuori posto qui, e di colpo arrivi tu con questo ragazzo d'oro che è morto... »

Non permetterò a me stessa di piangere, ma serro i pugni ed esalo un lungo e tremante respiro.

Gabriel sembra affranto. « Oddio. Sapevo che ti avrebbe ferito. Scusami. »

Io annuisco, annuisco, annuisco. « Sapevo che non avrei dovuto parlare così tanto di Bobby. Ma Leo è curioso, voleva sapere di lui, continuava a fare domande. Nessun altro mi chiede di lui, mai. È come se Bobby fosse un fantasma che tutti hanno dimenticato. E mi manca, mi manca così tanto. Mi piaceva raccontare di lui a Leo. E una volta che ho iniziato non ho più saputo fermarmi. »

« Vorrei averlo conosciuto », mormora Gabriel.

Quanto fa male. Non c'è niente che io possa dire. Andando avanti, la mia vita sarà piena di persone che non hanno mai conosciuto mio figlio.

« Com'era? »

Mi viene da ridere, ormai mi sono calmata. « Sto cercando di fare del mio meglio per *smettere* di parlare di lui, Gabriel. »

« Ma non con me. Mi piacerebbe sapere che tipo di bambino era Bobby. Da quel poco che hai detto, doveva essere meraviglioso. »

« Davvero? » Il mio cuore traditore, che galoppa sempre.

« Davvero. Raccontami tutto. »

È così che la nostra amicizia comincia a cambiare. All'inizio lentamente, così lentamente che quasi non me ne accorgo. Il bicchiere di vino nel tardo pomeriggio. Un'ora in cui io parlo del mio figlio morto e Gabriel ascolta come se gli stessi raccontando una storia, sera dopo sera, come se disegnassi da zero il personaggio di Bobby. E forse è così. Da dove posso iniziare per descrivere il bambino che era a un uomo che non lo conoscerà mai? Dalla sua nascita, ovviamente, quel giorno in cui una tempesta ha fatto cadere alberi e pali del telefono e ha bloccato la strada per la fattoria. Un giorno in cui un adolescente ha fatto nascere suo nipote sul pavimento della cucina. Mi fermo dopo il racconto, prendo il tempo per gustare di nuovo l'euforia di quel giorno, quando ogni cosa era ancora davanti a noi.

Mentre cammino verso casa rivivo tutti i ricordi, gli anni dolcissimi, tutti e nove, in cui Bobby era qui. Mi sento emozionata pensando alle storie che racconterò a Gabriel il giorno dopo. E spaventata pensando a quanto farebbe male a Frank sapere che sto condividendo cose private sul nostro amatissimo unico figlio.

Prima

Abbiamo un piccolo contadino che non chiede altro che di rimanere all'aperto dall'alba al tramonto con i genitori, lo zio e il nonno. La meraviglia di quei primi cinque anni... l'ho colta appieno? Ascoltare Frank e Bobby che ogni mattina attraversano il cortile per andare dalle mucche, con il chiacchiericcio incessante della vocina di nostro figlio. Gli uomini che rientrano per una colazione appena preparata, e Bobby che, seduto accanto al nonno su una pila di cuscini, continua a parlare. Io e lui che strappiamo le erbacce, un lavoro che pare non finire mai. Bobby che individua con precisione le piante infestanti, le sue manine che stringono e tirano le radici finché accanto a lui non ce n'è un mucchio enorme. Una cioccolata calda come premio per noi due prima di avventurarci di nuovo fuori. Talvolta sediamo sull'inferriata all'estremità del recinto delle pecore mentre la vallata risuona del belato delle madri che chiamano gli agnelli e l'aria è piena del ronzio degli insetti, e il vento frusta delicatamente la nostra pelle. Contemplare tutto questo, come un tempo faceva Frank, e prima di lui David e suo padre; il mio bambino che si ricongiunge con i suoi antenati attraverso questi ondulati campi verdeggianti, con i suoni e i panorami, il gusto, il tatto di mille anni.

Bobby sta già cominciando a rivelarsi piuttosto indipendente e con una sua personalità. A volte mi fa impazzire, rifiuta di rientrare se lo chiamo. Ho una campanella che suono quando lui è fuori in cortile a giocare, o almeno si suppone che sia lì, e mi tocca farla suonare per un bel pezzo prima di accettare il fatto che se n'è andato a cercare Frank o David. Non riesco mai a rimanere arrabbiata a lungo con lui, nessuno di noi ci riesce: basta uno dei suoi sorrisi disarmanti e a Bobby tutto è perdonato.

Fin troppo presto, Bobby comincia a frequentare la scuola elementare. Con la camicia e la cravatta, e le scarpe stringate lucide sembra il figlio di qualcun altro.

«Sono davvero strano», dice, studiandosi nello specchio del bagno mentre si lava i denti.

«Elegante, non strano.»

Non sembra convinto. «Mmm. Se lo dici tu...»

A scuola, la sicurezza di mio figlio mi sorprende. Quasi tutti i bambini della prima classe si aggrappano alle madri, invece Bobby si dirige tranquillo verso la sua aula senza voltarsi. All'ultimo momento si ricorda di me, torna indietro di corsa e mi sussurra all'orecchio: «Starai bene senza di me?»

No, Bobby. Torniamo a casa. Ci riproveremo un altro giorno, penso, ma mi trattengo. «Starò bene. Vai e divertiti.»

Con Bobby lontano durante il giorno, mi butto nei lavori della fattoria. David mi mostra tutte le cose che i suoi figli hanno assorbito sin dall'infanzia. Imparo a scorgere i primi segni di mastite in una giovenca, dove cercare gli ascessi nelle pecore, a esaminare gli occhi, gli zoccoli e la qualità della loro lana. Riesco a capire, premendo le mani sulla pancia e sulle cosce, se hanno bisogno di erba di qualità migliore e se sono abbastanza grasse da essere portate al mercato. Imparo a spianare i campi con il rullo attaccato al trattore. David m'insegna persino a guidare la mietitrebbia. Lassù nella cabina, con il panorama dei nostri campi che si stende davanti a noi, è quasi come essere in un bozzolo. Mi piaceva passare il tempo sulla mietitrebbia con Frank, andando su e giù per i campi di granturco a quel ritmo tranquillo e senza fretta. C'era un'intimità, una solitudine che era difficile trovare nella fattoria, e in quei lunghi giri parlavamo di tutto mentre mietevamo e trebbiavamo il mais di famiglia. A volte dico, perché fa ridere Frank, che ci siamo innamorati su una mietitrebbia.

Forse è proprio per questa intimità - noi due soli che guardiamo avanti invece di guardarci in faccia - che un giorno David mi chiede: « Avrete un altro piccolino, prima o poi? Sai, ora che Bobby va a scuola... »

La domanda mi prende alla sprovvista. È di gran lunga la cosa più personale che mio suocero mi abbia mai chiesto. « Stai già cercando di sbarazzarti di me, David? » chiedo, scherzando.

Lui annuisce e non aggiunge altro. *D'accordo. Sono affari tuoi, non miei,* dice quel cenno del capo.

Non è che non ci abbia pensato. Una parte di me desidera follemente un neonato, quel vuoto beato, una sorta d'isola, quella coesistenza in un universo parallelo privo di sonno, strettamente connessa con quella creatura come quand'era nel grembo. Il suo profumo, la forma, il peso caldo raggomitolato tra le braccia, il suono delicato del suo respiro. La seconda volta sarebbe diverso, naturalmente. Ora c'è Bobby, che si aspetta la mia totale attenzione dopo che torna da scuola. M'immagino allattare un neonato, inchiodata alla mia sedia per quarantacinque minuti mentre Bobby diventa sempre più impaziente aspettando che io finisca. Ma poi il piccolo dev'essere cambiato. E adesso piange, e io devo camminare su e giù con lui in braccio per calmarlo, senz'altra scelta che trascurare il mio primogenito. Riesco a sentire lo shock e la delusione di Bobby nel vedere che sua madre, che ha seguito tutti i suoi passi negli ultimi cinque anni, non è più disponibile per ogni suo capriccio, neanche per qualcuno soltanto. E poi la sua rassegnazione mentre accetta il nuovo ordine delle cose. Il modo in cui Bobby cambierebbe, il graduale allentamento del legame tra noi. Non sono pronta per questo.

Diversi giorni dopo, mi appare chiaro che Frank ha parlato con David. S'infila a letto e mi chiede: « Il diaframma è al suo posto? »

Il fatto che me lo domandi è insolito. « Certo. »

Facciamo sesso quasi tutte le notti. Frank dice che gli svuota la mente dalla giornata e lo aiuta a prendere sonno. Per me è il momento in cui mi sento più vicina a Frank, una connessione che è difficile trovare in qualsiasi altro momento della giornata.

«Perché me lo chiedi?»

«Stavo pensando che potremmo smettere di usarlo. Solo se lo vuoi.»

«Hai parlato con tuo papà, vero?»

«Sì.»

«Vuoi che proviamo ad avere un bambino?»

«Sarebbe bello, no? Un fratellino o una sorellina per Bobby.»

«Sì, sarebbe bello. Davvero molto bello.» Penso di aver messo la giusta dose di entusiasmo nella mia voce, ma non riesco mai a ingannare Frank.

«Perché non lo vuoi?» mi chiede.

Taccio per un momento, cercando di trovare le parole giuste che lo aiutino a capire. «So che sembra il momento giusto. Ma non sono ancora pronta a tagliare il cordone ombelicale con Bobby. Sicuramente un giorno lo sarò, ma siamo ancora così giovani, tu e io. E poi per le madri è diverso, è una cosa a tempo pieno e senza respiro. Non sarei in grado di essergli vicina come lo sono ora. Ha un senso quello che ho detto?»

Ecco il bello di Frank: capisce sempre. Allunga un braccio e mi attira a sé finché il mio volto non è contro il suo petto. «Ha perfettamente senso. Abbiamo il migliore. Perché rischiare con un altro?»

È diverso, il modo in cui facciamo l'amore stanotte. Tanto per cominciare non interrompiamo mai il contatto visivo, neanche per un istante. Frank si spinge dentro di me, profondamente, e poi rimane lì, senza muoversi, guardandomi, e io sono così eccitata da lui, faccio scorrere le mani sul suo petto, sento i muscoli saldi e duri sotto la pelle, la sua prestanza, la sua forza, il suo peso e, anche, quanto lo amo. Quando finalmente inizia a muoversi in cerchi lenti e profondi, ogni suo movimento mi strappa un gemito di piacere, anche se di solito cerchiamo di non fare rumore, visto che il resto della famiglia è dall'altra parte del corridoio. Ma sono troppo presa per smettere, il mio corpo inizia a muoversi al suo ritmo e a tremare, e mi aggrappo a lui, gridando il suo nome, e lui sussurra nel buio: « Va tutto bene ». Ed è una sensazione violenta e tenera, come nient'altro al mondo. Poi Frank comincia a muoversi più velocemente, con il respiro pesante e spezzato, ma continua a guardarmi mentre viene, e poi mentre vengo io, e poi, dopo un istante, ci stringiamo, ridendo come pazzi per l'intensità e la cruda follia di tutto questo.

« Cristo! Cos'era? » sussurra Frank.

Io un po' piango e un po' rido mentre bisbiglio: « Già ».

Ci mettiamo nella nostra posizione di quando dormiamo, con il suo braccio che mi cinge, e la sua voce è già impastata di sonno. « Perché dovremmo voler cambiare qualcosa? »

1968

Io e Leo siamo nel giardino di Meadowlands quando un taxi nero risale rumorosamente il viale. È una vista così insolita, qui nel profondo Dorset, che rimaniamo a guardare chi sta arrivando.

« Credi che il taxi venga da Londra? » chiede Leo.

« Solo se a bordo c'è un milionario. Nessun altro potrebbe permettersi quella spesa. »

« È la mia mamma, è la mia mamma! » strilla Leo nel momento in cui si riesce a vedere il passeggero sul sedile posteriore. Corre verso il taxi e, prima ancora che l'auto sia ferma, sta già cercando di aprire la portiera.

Louisa esce, a braccia spalancate, e suo figlio ci si tuffa. « Mamma. Mamma. Mammina », continua a ripetere, con la voce che diventa un gemito. A fatica m'impedisco di scoppiare in lacrime.

« Perché non mi hai detto che venivi? » chiede Leo quando si staccano.

« Volevo farti una sorpresa. Ho controllato con tuo papà per essere sicura che fossi qui, ma non l'ho detto neanche a lui. » Louisa alza gli occhi su di me per la prima volta. Un sorriso circospetto. « Beth. È bello rivederti. Ho sentito molto parlare di te negli ultimi mesi. »

La porta d'ingresso si apre e Gabriel scende di corsa gli scalini. « Mio Dio, Louisa. Non ci credo. » Lei lo osserva, un po' guardinga, ma lui sorride mentre la bacia sulla guancia. « Questa è una fantastica sorpresa, vero, Leo? Quanto ti fermi? »

« Solo qualche giorno mentre i miei badano a Marcus. Pensavo, se per te va bene, che potrei portare Leo a Londra. Potremmo stare in hotel e visitare qualcuno dei nostri vecchi posti. » Abbassa gli occhi sul figlio. « Ti piacerebbe? »

« Da matti! » Leo abbraccia i fianchi di sua madre, e tutti e tre assieme si avviano verso la casa: padre, madre e figlio. È una strana sensazione guardarli, immaginare la famiglia che erano un tempo.

Davanti alla porta, Gabriel si ricorda di me. « Beth, ti unisci a noi per una tazza di tè? »

Scuoto la testa. « No, grazie. È meraviglioso per Leo passare un po' di tempo con voi due. Vi lascio soli. »

Più tardi, io e Frank stiamo finendo di cenare e squilla il telefono.

« Beth? Sei tu? » La voce è acuta, nervosa. Americana.

« Louisa. »

« Io e Leo partiamo per Londra domattina, quindi non ho modo di rivederti. Lo so che ti sembrerà strano, ma mi chiedevo se ti andasse d'incontrarci al pub per un drink veloce. »

« Non devi mollare tutto nel momento in cui quella famiglia chiama », dice Frank quando riaggancio. « Non lo fai per nessun altro. »

Non è passato inosservato che nel corso dell'estate

sono tornata sempre più tardi da Meadowlands, e che talvolta si sente l'alcol nel mio alito. Il mio matrimonio sta per imboccare una discesa pericolosa e io so, fin troppo bene, cosa dev'essere fatto per impedirlo. Il problema è che non sono sicura di volerlo fare. Sono stata più felice – ammesso che si possa dire così – nelle scorse settimane con Leo e Gabriel di quanto non lo sia stata negli ultimi anni. È egoista da parte mia andare avanti in questo modo sapendo quanto male sto facendo a Frank. Ma sembra che io non sia capace di smettere.

Arrivo al pub e Louisa è già seduta a un tavolino d'angolo davanti a due gin tonic.

« Ti va un gin? » Fa scivolare un bicchiere verso di me. Il suo sorriso è aperto, caloroso. Vuole che siamo amiche.

C'è stato un tempo in cui esaminavo attentamente le foto di Louisa e Gabriel sui giornali. Se lei non sorrideva, decidevo che era fredda e altezzosa. Se apparivano particolarmente felici e innamorati, ricordavo a me stessa che lei me l'aveva portato via. Era un'americana spietata e Gabriel non aveva avuto la minima possibilità, era la storia che mi raccontavo.

« Leo era al settimo cielo quando ti ha vista », le dico. « Da che lo conosco, non l'ho mai visto così raggiante. Era meraviglioso guardarlo. »

« È cambiato così tanto. Fatico a crederci. Il mio piccolino non c'è più. »

« Dev'essere dura non stare con lui. »

« Non sai quanto. » Louisa si porta al cuore una mano dalla manicure impeccabile. Unghie rosa pallido con punte bianche. Al polso tintinnano cerchi d'oro. Sembra così perfetta nel suo immacolato abito a cappotto bianco. Proprio come sua madre. E come Tessa Wolfe. Donne di un altro calibro rispetto a tutte quelle che conosco. Non è solo il denaro che la distingue: Louisa ha davvero stile, mi dico.

« A essere sincera, Beth, per me è davvero difficile vivere lontana da lui. Sono sempre a un passo dal dire: 'Non ce la faccio più'. Vorrei che fosse venuto a vivere con me negli States. »

« Probabilmente, dentro di sé, è quello che vuole. »

« Non ne sono così sicura. Lui e Gabe sono molto legati. Leo ha scelto di rimanere qui con lui. »

« E Gabriel sarebbe distrutto. » *Io* sarei distrutta. La mia piccola famiglia surrogata a pezzi.

« È per questo che sto cercando di capire se può funzionare. Il problema è che Gabe non mi dice mai come sta davvero Leo. Immagino che non voglia farmi preoccupare. Ma io lo sento, che le cose non vanno benissimo. Almeno tu sarai onesta con me? Sta bene? »

Esito per un momento: da una parte vorrei fare quello che è meglio per Leo, e dall'altra sento che qualsiasi cosa io dica potrebbe inavvertitamente ferire Gabriel. Non conosco abbastanza bene Louisa per una conversazione a carte scoperte.

« Ti prego, Beth. Non te lo chiederei se non fossi preoccupata per lui. »

Annuisco per farle vedere che capisco. « Sembra davvero molto legato a suo padre, come dici. Leo è felice quand'è a Meadowlands. Ma a scuola è dura, pare che non abbia molti amici. Fatica a trattenere la rabbia, e per questo ci sono stati dei problemi. Il punto è che sente davvero la tua mancanza.»

«Tu cosa faresti? Insisteresti per farlo venire in America con te? Da madre...» Louisa s'interrompe bruscamente. Il panico attraversa il suo bel visino. «Perdonami, ho parlato senza riflettere.»

«Va tutto bene», dico, un po' troppo seccamente. Lo so che la mia voce s'indurisce quando si tratta di Bobby, è il mio modo di proteggermi. «Però non posso risponderti. Non sono mai stata nella tua situazione. Se riesci a trovare un modo per venire da lui più spesso, sono sicura che Leo starà bene. Prima o poi, comincerà ad ambientarsi qui.»

«Lo pensi davvero?»

«Sì. Sono i primi tempi, vive qui solo da qualche mese. Scommetto che nel giro di un anno sarà tornato il vecchio Leo.»

«Sei proprio una bella persona, Beth. Sono felice che Leo ti abbia nella sua vita.»

È strano come certe donne possano essere nemiche un minuto prima e intime amiche un minuto dopo. Al secondo drink, sento che io e Louisa potremmo parlare di qualsiasi cosa.

«Che cos'è andato storto tra te e Gabriel?» chiedo, guardandola. «Ti disturba la domanda? Sembravate sempre così felici e innamorati quando vedevo le vostre foto sui giornali.»

«Davvero? Questo dimostra quanto le apparenze possano ingannare. Oh, io lo amavo, davvero. E Gabe ha cercato di amarmi a sua volta. Ma ci stavamo solo prendendo in giro. »

« Pensi che vi sareste sposati se non aveste avuto Leo? » Le parole mi escono prima che io possa impedirlo. « Scusami, non sono affari miei. »

Louisa, però, scuote il capo, senza scomporsi. « In tutta onestà? Probabilmente no. Gabe mi ha chiesto di sposarlo nel momento in cui ho scoperto di essere incinta. Io volevo aspettare. A pensarci adesso, stavo ancora sperando che s'innamorasse di me. »

« E Tessa? Non credo che fosse felice della tua gravidanza. »

« Non gliene importava un corno. Era semplicemente esaltata quando ci siamo fidanzati perché le stavamo dando tutto il tempo per organizzare la festa dei suoi sogni. »

Prendo il bicchiere e butto giù una bella sorsata. Non è mai una buona idea parlare di Tessa Wolfe. Sento il suo tono sprezzante come se fosse ieri. *I ragazzi come Gabriel di solito non si mettono con ragazze come te.*

« Alla fine, perché vi siete separati? »

« Ero andata a trovare i miei negli States, e mio padre aveva invitato Michael – il padre di Marcus – a cena. Stavano lavorando assieme a un film. Lo so che è un cliché dire che è stato amore a prima vista, ma era così preso da me, così affascinante e diretto. Ha detto che l'avevo mandato completamente al tappeto. E, come sai, era qualcosa che non avevo mai vissuto prima. Non sto cercando scuse, giuro. Mi sentirò in colpa per sempre per essermi innamorata di un altro mentre ero sposata. » Mi fissa con sguardo limpido e sicuro. « Non puoi immaginare quanto sia stancante, quanto sia infinitamente demoralizzante sapere che tuo marito amava un'altra molto più di quanto potrà mai amare te. »

Abbasso gli occhi, cercando di riprendermi. Davvero non riesco a credere alle mie orecchie. Un tempo, tutto ciò che volevo sapere era che Gabriel mi amava più di Louisa. Sentirlo adesso mi dà ben poca gioia. Io amo Frank e la vita che ci siamo costruiti con tanta fatica. Non ci sarà mai un momento in cui non amerò Frank, in cui non avrò bisogno di lui. Anche questa conversazione sembra un tradimento. Eppure la sento, l'inconfondibile ondata di adrenalina. Un nodo di euforia alla bocca dello stomaco.

« Io non so che cosa sia successo tra voi, però posso dirti che ha rovinato Gabriel per chiunque altra. Io ero ovviamente un ripiego. Ero innamorata di lui fin dal primo momento. »

Ogni parola che Louisa pronuncia sembra riecheggiare in me. Sotto il tavolo, stringo convulsamente le mani, e ho quasi paura di guardarla.

« È andato tutto nel modo sbagliato, vero? » dice Louisa, e io respiro forte per non piangere. « Solo un'ultima cosa e poi cambiamo argomento, prometto. Lo vedo che sei sconvolta, Beth. » Louisa mi prende la mano, solo per un istante. Il diamante del suo anello di fidanzamento è scandalosamente enorme. « Non è troppo tardi. »

Lascia in sospeso il resto della frase.

Non è troppo tardi per te e Gabriel.

Prima

I miei momenti preferiti sono quelli in cui le nostre due famiglie sono assieme, il che avviene, immancabilmente, al compleanno di Bobby. Oggi compie sette anni, e la festa è due volte speciale, perché stasera Jimmy ci presenterà la sua nuova ragazza, Nina.

Si sono conosciuti un paio di settimane fa: lei era persa in un dedalo di campi esattamente identici e ha fermato il trattore di Jimmy. Quando lui ha saputo che era la figlia del nuovo proprietario del pub, le ha detto che le avrebbe dato un passaggio.

« Con quello? » ha chiesto Nina, con un'occhiata assai scettica al Massey Ferguson rivestito di fango, letame e varie altre sostanze.

« Cos'è, sei troppo chic, vero? » Jimmy la stava provocando prima ancora che avessero scambiato più di due frasi.

« Direi di no. » E si è arrampicata accanto a lui.

Da quel giorno hanno continuato a incontrarsi e David, Frank e io facciamo del nostro meglio per non dare a vedere il nostro sollievo. Noi tre abbiamo fatto un sacco di discorsi sul modo migliore per tenere Jimmy sulla buona strada. Il più delle volte si comporta bene, ma poi dal nulla capitano le sere in cui beve molto e spesso finisce per cacciarsi nei guai. Speriamo tutti che Nina sia la risposta.

I miei genitori e mia sorella arrivano per primi, con la macchina zeppa di regali. Eleanor è venuta da Londra, si prende sempre il giorno libero per il compleanno di Bobby. Oggi è un avvocato di successo, dopo aver lottato per arrivare ai vertici dello studio in cui è entrata come segretaria. Un giorno subentrerà lei, non ho il minimo dubbio. Ha un appartamento in Parsons Green che io ancora non ho visto e guadagna più soldi di quanti io e Frank potremmo mai sognare, ma non cambierei la mia vita con la sua, e nemmeno lei. Ora siamo molto diverse, io ed Eleanor.

«Dov'è il mio ragazzo preferito?» dice, prendendo Bobby tra le braccia.

I suoi regali sono sempre i più belli, un po' perché si può permettere di comprarli, ma soprattutto perché li sceglie con molta cura.

Quando Bobby scarta il pacchetto che gli ha portato, lancia un grido. «Oh, mio Dio, Elly!»

Eleanor batte i palmi delle mani come una foca: adora renderlo felice. Nel pacchetto c'è un mangiadischi a batteria. Bobby ha sviluppato una vera ossessione per la musica in generale e per Elvis Presley in particolare. La fattoria rimbomba di *Hound Dog* e *All Shook Up* a volume così alto che a volte mi chiedo se le finestre reggeranno. Non ci vorrebbe molto a farle andare in pezzi: gli infissi sono in gran parte marci, i vetri sottili e in certi punti crepati. Aggiustare cose alla fattoria rimane sempre in fondo alla lista delle priorità.

Mia madre, Eleanor e io stiamo cucinando il banchetto di stasera. Siamo diventate abbastanza brave. Quando noi eravamo piccole mia madre odiava cucinare e il più delle volte delegava a mio padre, ma da nonna è una donna diversa. Mi telefona settimane prima del grande giorno per « studiare il menu per il nostro principino », come le piace chiamarlo scherzosamente. Stasera c'è stufato di manzo seguito da torta rovesciata all'ananas, la preferita di Bobby. Mio papà ha portato vino rosso, e Coca-Cola per il festeggiato.

Mentre noi cuciniamo, Bobby e mio padre si mettono al lavoro sul modellino Airfix che gli ha regalato, e guardano confusi un sacchetto pieno di pezzi di plastica. Spero che Bobby non perderà mai interesse per gli Airfix; mio padre sicuramente no.

Una volta, guardandoli assieme, mi sono chiesta se lui non avrebbe preferito un figlio maschio invece di due femmine. « Assolutamente no! » ha risposto, senza un attimo di esitazione. « Preferisco decisamente le donne. Non si nota? Ma questo ragazzo, bisogna ammetterlo, è piuttosto speciale. »

Gli uomini rientrano dai campi alle cinque e fanno i turni per lavarsi e cambiarsi; alle sei siamo tutti riuniti attorno al grande tavolo di quercia. Bobby è a capotavola, con un cappello bianco da cowboy che Eleanor gli ha portato da Londra.

Nina non è affatto come me. Se io dovessi entrare in una casa dov'è riunita la famiglia di qualcun altro proverei una certa trepidazione. Ricordo la prima volta che ho incontrato David: a malapena ha alzato gli occhi dalla sua copia di *Farmer's Weekly*. In seguito Frank mi ha spiegato che si era comportato così perché era depresso da quand'era morta Sonia. Ma ho impiegato molto tempo prima di riuscire a rilassarmi in sua presenza, ed è stato solo dopo la nascita di Bobby che ci siamo davvero avvicinati.

Nina entra dalla porta senza bussare e rimane in piedi davanti a una tavolata di estranei, con un pacchetto avvolto in carta dorata e legato con un nastro rosso. « Non credo che qui ci siano fan di Elvis », dice.

Bobby alza la mano di scatto come se fosse a scuola. « Io! »

« Allora ti servirà questo. » Gli porge il pacchetto.

Dentro c'è un paio di stivali di camoscio blu che ha trovato in un negozio dell'usato; sono di un paio di numeri troppo grandi per Bobby, ma con dei calzettoni spessi vanno benissimo.

« Non li toglierò mai! » grida, pavoneggiandosi per la cucina e mostrando gli stivali a tutti.

Jimmy afferra al volo il nipote, se lo issa sulle spalle e corre per la cucina, mentre Bobby strilla entusiasta. Poi, ovviamente, è d'obbligo far suonare *Blue Suede Shoes* nel nuovo mangiadischi, ed è subito chiaro che, oltre a scegliere regali perfetti, Nina sa anche ballare. Insegna a Bobby a scuotere le spalle e a ruotare le anche, in stile Elvis, e i due danzano in calzini sul pavimento della cucina, mentre noi li guardiamo ridendo.

In seguito dirò sempre che Jimmy si è innamorato quando Bobby aveva sette anni, e anche Bobby. Per il resto della serata, non perde d'occhio Nina, la guarda quasi con devozione. Riesco a vedere i pensieri che gli corrono nella testolina: *Chi è questo vulcano di energia e per quanto possiamo tenerla con noi?*

Le cene con i miei cari seguono uno schema abituale. Più vino beviamo, più diventiamo chiassosi. Ci sono un sacco di risate e arriva sempre il momento stranamente teso in cui la conversazione tocca l'argomento politica. Se Eleanor s'infervora, stroncando i Tories, che David sostiene convintamente, mia madre interviene e cambia discorso.

« A dire il vero, ho una notizia. Mi hanno offerto un posto da preside. Ma non riesco a decidere se accettare o no. »

« Ma certo che devi accettare », salta su Eleanor. « Era anche ora che ti dessero una promozione. »

Mia madre tace e vedo che mio padre giocherella con il bicchiere di vino, rigirandoselo tra le dita.

« È a Cork », dice infine mia madre.

« Cioè in Irlanda?! » Non riesco a non avere un tono sconvolto. Hanno un nipote, adesso. Come possono anche solo pensare di vivere in un posto diverso da Hemston?

« Ma è fantastico! Papà ha sempre sognato di vivere in Irlanda », esclama Eleanor.

Mi fissa con il suo sguardo severo da sorella maggiore e io sento di dover dare il mio supporto. « Ma certo che dovete andare. »

Mio padre alza gli occhi su di me. « Dici davvero? » Mi conosce troppo bene.

« Assolutamente sì », ribadisco, decisa. « È ora che facciate qualcosa per voi stessi. »

« Non sarà per sempre. Solo qualche anno. Un'avventura finché siamo ancora abbastanza giovani da godercela », dice mia madre, poi guarda Bobby. « Ma questo giovanotto ci mancherà tantissimo. »

Durante la serata, noto che Jimmy e Nina si toccano in continuazione: la mano di lei sul ginocchio di lui sotto il tavolo, lui che si allunga a sistemarle una ciocca di capelli dietro l'orecchio. Vedo i loro sorrisi e le strette di mano di nascosto, capisco che hanno voglia di rimanere soli. Nina non si è ancora fermata a dormire alla fattoria, e dubito che i suoi genitori sarebbero felici se Jimmy passasse la notte da lei: la loro storia è rigorosamente vissuta all'aperto, rurale. Proprio come per me e Frank all'inizio.

Siamo tutti folgorati dai nuovi fidanzatini, soprattutto Bobby. « Sei innamorata? » chiede a Nina.

« Sì, sono innamorata », dice lei, convinta.

Jimmy arrossisce e sembra che sia sul punto di scoppiare per la gioia.

« Pensi che vi sposerete? » chiede ancora Bobby.

Nina ride. « Cos'è, un interrogatorio? Ci conosciamo solo da qualche settimana. »

« La mamma e il papà si sono sposati quand'erano giovani. Quasi non si conoscevano. »

« Non è vero, erano anni che avevo adocchiato la mamma sullo scuolabus », interviene Frank.

Sul volto di mio padre passa un lampo di soddisfazione. Non sopportava il mio dolore per la rottura con Gabriel, era devastato quasi quanto me. All'epoca, mia sorella e mia madre hanno cominciato subito a denigrarlo. Comprensibile, ma non era ciò che volevo sentire.

« Era completamente sbagliato per te », insisteva Eleanor.

Mia madre mi ha detto che l'avevo scampata bella. « Ora che sai di cos'è capace, starai meglio senza di lui. »

Mio papà, invece, che mi aveva vista fiondarmi nella mia prima storia d'amore, senza pensare e senza cautela, com'ero all'epoca, non ha criticato Gabriel neanche una volta. « Le persone commettono errori, soprattutto da giovani. Credo che Gabriel finirà per pentirsene », ha detto.

Non è passato molto prima che Frank venisse a trovarmi al cottage. La nostra storia era dolcemente vecchio stile in confronto alla precedente e i miei genitori hanno adorato Frank dal primo momento. Quando ho scoperto di essere incinta, ho temuto che i miei pensassero che era troppo, troppo presto. Io e Frank non stavamo assieme da molto. E invece erano euforici all'idea che stessimo per regalare loro un nipotino molti anni prima di quanto si aspettassero e, non appena è nato, Bobby è diventato il loro nuovo preferito.

Bobby ha cambiato tutti noi.

« È normale amare una persona per tutta la vita, come te e papà? » mi chiede Bobby, di punto in bianco. « O prima puoi amare un'altra persona? »

Mentre la sua vocina dolce e innocente viaggia attraverso il tavolo, le altre conversazioni si smorzano. La sento, una punta d'imbarazzo nella stanza, vedo l'espressione perplessa di Nina che si accorge di qualcosa che non capisce. Nessuno accenna a parlare, e tocca a me rispondergli.

« Quando succede è più semplice. Ma l'unica cosa che importa è trovare la persona giusta con cui passare il resto della tua vita. Qualunque sia il modo in cui ci arrivi. »

« E io brindo a questo », dice Frank, sostenendo il mio sguardo finché io non sorrido e distolgo gli occhi.

1968

L'addio al celibato di Jimmy, se così si può dire, si svolge esattamente una settimana prima del matrimonio. Lui e Frank se ne vanno al Compasses di ottimo umore: ogni maschio del villaggio, giovane o vecchio che sia, sarà là a festeggiare i suoi ultimi giorni da scapolo.

« Lo terrai d'occhio, vero? » sussurro a Frank prima che vada, e lui alza gli occhi al cielo.

« Ovviamente », dice, poi mi bacia per rimediare al tono seccato. « Quando mai non lo faccio? »

Una serata da sola. Ci sono tante faccende cui dovrei dedicarmi: pudding e salse da preparare per il matrimonio, una casa che ha sempre bisogno di una pulita, un cesto del bucato che dev'essere svuotato.

E invece accendo il fuoco nel camino, anche se è una serata calda, e mi ci siedo davanti a guardare le fiamme. A pensare.

Ripercorro di continuo la conversazione con Louisa al pub. La sua insinuazione che Gabriel mi ha sempre amata e forse mi ama ancora. *Non è troppo tardi*, ha detto. Anche se, naturalmente, lo è.

Non è successo nulla con Gabriel, né mai succederà. Io amo Frank, ci apparteniamo. Ma non si può negare che io e Gabriel ci siamo avvicinati nelle ultime settimane.

È quel bicchiere di vino che ci concediamo quasi tutte le sere – spesso il momento migliore della mia giornata – quando m'incoraggia a parlare di Bobby. Gabriel è curioso, fa domande che mi costringono a fermarmi a pensare. Mi scopro a scavare nei miei ricordi per trovare il suo cibo preferito – salsicce arrosto al miele – o il nome del suo migliore amico: non ne aveva uno, perché era amico di tutti. Ogni volta, ritorna un pezzettino nuovo di Bobby. Sembra un piccolo miracolo, questo modo di ricordare.

Quello che provo in quest'ora con Gabriel a fine giornata, un'ora in cui Leo guarda la televisione in un'altra stanza e noi sediamo vicini sul divano a parlare e, spesso, limitandoci semplicemente a esistere, è qualcosa di molto vicino alla felicità.

Frank torna dal pub mentre sto dormendo, mi sveglia la porta che si richiude alle sue spalle. Sento il suo passo leggero sulle scale, lui che si spoglia al buio. Si stende accanto a me, ma lascia uno spazio tra noi.

« Sei sveglia? » chiede dopo un po'. Dal mio respiro e dalla mia immobilità deve aver capito che non dormo.

« Com'è andata? »

Per qualche istante non dice nulla, poi risponde: « Come ci si aspettava, immagino ». La sua voce è cupa, seria.

« È successo qualcosa? »

« Dio, Beth, non lo so. Non esattamente. Comunque, ora è a letto. E russa come un trattore. Non credo che domattina potrà occuparsi delle mucche, poco ma sicuro. »

« Ti aiuterò io. Cosa c'è che non va, Frank? C'è stata una rissa? »

« Peggio. Era così sbronzo che non si reggeva in piedi. Lo so che è già successo un sacco di volte, fin troppe. »

« Si sapeva che sarebbe stato un casino, l'addio al celibato di Jimmy. »

« Già. »

Allungo una mano a prendere la sua. « Ehi, sono io. Puoi dirmi tutto. » Non ho mai avuto bisogno di ribadirglielo.

« Mentre tornavamo a casa, ha cominciato a piangere in macchina. E so che è perché era fuori di testa, erano lacrime di birra o comunque la si voglia chiamare, ma ha detto questa cosa... » S'interrompe.

« Che ha detto? »

« Ha detto... »

Alla fine capisco che Frank, che non piange mai, sta a sua volta cercando di trattenere le lacrime.

« Ha detto che non pensava di servire a qualcosa da vivo. Che a volte pensava che staremmo meglio senza di lui. Noi. Nina. Ci causa troppi problemi. Ecco cos'ha detto. Tutto risale a Bobby. Jimmy non sta bene da quand'è morto. »

« Oh, Frank. » Per un attimo faccio fatica a parlare. Nessuno di noi è stato bene dopo Bobby, ma è raro che Frank lo ammetta. «So che sei sconvolto per quello che ha detto. Ma non credo che lo pensi sul serio. Era l'alcol a parlare. Pensa a quant'è felice ultimamente, quanto sono felici lui e Nina. Hanno il mondo davanti a loro. Sai che è così.»

Ci avviciniamo nello stesso momento, ci abbracciamo e siamo di nuovo noi, io e Frank, il suo profumo così familiare, il corpo caldo e forte che preme contro il mio.

Non facciamo l'amore, non è quel tipo di abbraccio. Ci teniamo stretti e io sussurro rassicurazioni – starà bene, sono solo sciocchezze da ubriaco, domani neanche se ne ricorderà – con le labbra sulla sua pelle finché il ritmo regolare del suo respiro non mi fa capire che Frank si è addormentato.

Prima

Alla fine delle vacanze estive, quando Bobby ha nove anni, invitiamo la sua classe a trascorrere un pomeriggio a Blakely Farm. È Bobby a organizzare le attività, e pianifica tutto come un'operazione militare: per prima cosa i bambini incontreranno i suoi animali preferiti, poi ci sarà un picnic sotto la grande quercia e per finire il tiro a segno.

Cominciamo con un tour della fattoria. Bobby mostra ai compagni il funzionamento della mungitrice, facendo loro vedere come aggancia le tettarelle alle mammelle delle mucche e spiegando che è la suzione a tenerle al loro posto. Riesce a farlo in pochi secondi, proprio come gli adulti.

Nel recinto delle pecore, distribuisce biscotti che i bambini possono dare agli animali.

« Wow, Bobby! Puoi fare tutto questo ogni giorno? Sei davvero fortunato. » A parlare è Hazel, una bambina graziosissima con lunghe trecce bionde da Raperonzolo.

È stata un'ottima idea, penso, mentre diamo il via al picnic sotto la vecchia quercia. I bambini stanno finalmente vedendo Bobby per quello che realmente è. So, perché gli insegnanti me lo dicono, che Bobby in classe passa le ore guardando fuori dalla finestra, come un prigioniero che si strugge perché gli manca il mondo esterno, la sensazione del sole sulla pelle. Be', soffre e si strugge davvero. Stare al chiuso per lui è una tortura.

Una volta, se l'è svignata dal cortile della scuola durante la ricreazione ed è arrivato a casa nel bel mezzo della giornata. Stavo per riportarlo indietro, ma Frank mi ha fermata.

« Lascialo fare, solo una volta. Quanto gli è utile davvero la scuola? Tutto quel che gli serve è qui », ha detto.

Frank era esattamente uguale da ragazzino, e Jimmy pure. Sono uomini legati alla terra.

La quercia per noi significa molto più di qualsiasi altro albero della fattoria. È qui che Frank mi ha chiesto di sposarlo. Non in ginocchio, con un anello o lo champagne. Semplicemente ha detto: « Io non la voglio una vita in cui non ci sei tu. Non l'ho mai voluta ».

Capivo dal modo in cui mi guardava, illuminato dall'amore, che con quelle parole voleva comunicare qualcosa d'importante.

« Frank, che stai dicendo? »

Mi ha presa in braccio e mi ha fatto fare un giro attorno alla quercia, come se stessimo celebrando un qualche bizzarro rito pagano. « Ti sto chiedendo di sposarmi, sciocchina. Non era ovvio? »

Mentre i bambini mangiano, mi ritrovo a fissare un ragazzino di nome William. Conosco William, ovviamente. In classe sono solo in dodici, e sono assieme da quattro anni ormai. A casa, la vita di William dev'essere abbastanza solitaria. Un padre non più giovane e severo, una madre timida e devotamente cristiana, e nessuno dei due pare avere molto tempo per William, e non ne hanno affatto per gli altri genitori a scuola. William non viene mai invitato a casa degli altri bambini e, per quanto ne so, nessuno degli altri è mai stato a casa sua.

Più di tutto, sono i vestiti a rendere William diverso dagli altri. Con la sua elegante camicia bianca, i pantaloni corti di velluto a coste e il maglione Fair Isle, sembra un bambino del tempo di guerra, uno degli sfollati che si vedevano nelle fotografie, seduti sconsolati sulle valigie con un peluche stretto al petto. William porta un cappello floscio di feltro e non riesce a smettere di giocherellarci. Lo prende con una mano e lo fa roteare su un dito, poi lo lancia in aria e lo riprende, e alla fine se lo rimette in testa. Il cappello è una specie di dichiarazione, forse il suo tentativo di distinguersi, ma gli altri bambini non sembrano notarlo. C'è qualcosa di piuttosto triste in William.

Finalmente, dopo aver bevuto il tè e portato via le tazze, è il momento del tiro a segno. Tutti i bambini sono impazienti ed entusiasti, anche le femmine, che invece immaginavo potessero annoiarsi all'idea di sparare. Li mettiamo in fila davanti a due bersagli dipinti a mano: cerchi rossi, bianchi e blu con un piccolo tondino nero al centro.

David mostra come imbracciare il fucile, incastrandolo sotto l'ascella in modo che il peso dell'arma poggi sul petto. «È pesante», spiega. «Dovete abituarvi a questo prima di guardare nel mirino. Prendetevi il tempo che vi serve, non c'è fretta. A turno toccherà a tutti. »

Ha un tono severo mentre parla loro della sicurezza delle armi e delle regole che bisogna rispettare prima di sparare. « Il vostro campo è libero? Guardate a destra, a sinistra e dietro di voi per essere sicuri che non ci sia nessuno. Aspettate sempre la parola 'libero' prima di fare fuoco. Avete capito? »

I bambini lo fissano, come pietrificati. Sì, dicono, muovendo la testa. Illustrare i rischi non fa altro che accrescere la loro esaltazione.

David sta accanto a ogni tiratore, stroncando sul nascere qualsiasi sciocchezza. Jimmy e Frank si occupano di ricaricare, prendendo ogni arma dopo che ha sparato e inserendo un nuovo pallino. I maschi possono tenere il fucile da soli, e la maggior parte di loro colpisce o va molto vicino al bersaglio nero al centro; con le bambine, Frank e Jimmy tengono l'arma in posizione mentre le piccole si abituano al mirino, con il dito sul grilletto, e quando David grida « Libero! » è una scossa di adrenalina.

Arriva il turno di William e l'atmosfera cambia. Me ne rendo conto troppo tardi: William è uno che vuole attirare l'attenzione. Sta in piedi accanto a David dimenandosi e muovendosi sul posto, girandosi per sorridere ai ragazzini dietro di lui.

« Sta' fermo! » ordina secco David. « Non vedi il bersaglio, altrimenti. »

Lo percepisco prima ancora che accada. Qualcosa

di represso nel bambino, una frustrazione latente che ribolle. Si prepara a sparare, David grida: « Libero! » E, come in un incubo, William si volta e punta l'arma contro gli altri bambini, che rimangono pietrificati per lo shock mentre lui urla: « Beccatevi questo, idioti! »

David gli toglie il fucile di mano con una pacca così forte che l'arma si schianta sul piede di William, che ulula di dolore. « Cosa pensavi di fare, maledetto piccolo idiota? » sbraita David.

William scoppia in lacrime. C'è qualcosa di strano nel suo pianto, persino in questo momento. È sconvolto, imbarazzato, il dito del piede è ammaccato, forse rotto, ma il modo in cui piange, un lamento assordante e senza una lacrima, sembra finto. Colgo l'occhiata confusa che si scambiano Jimmy e Frank.

« Ti rendi conto di quanto sia stato pericoloso? » domando, accucciandomi per esaminare il piede di William nel sandalo. L'alluce è rosso vivo, l'unghia già inizia a cambiare colore; nel giro di poco passerà dal marrone al nero.

« Era solo uno scherzo, doveva essere divertente », dice William, ma David interviene, secco.

« Avevi il dito sul grilletto. Avresti potuto uccidere qualcuno. Non c'è niente di divertente nell'omicidio. »

William nasconde il viso contro il mio petto e mi costringo a mettergli un braccio attorno alle spalle mentre torniamo verso la fattoria.

Alison, la madre di William, aspetta nel cortile con altri genitori. Non appena la vede, William riattacca con il lamento assordante e va verso di lei zoppicando in modo esagerato.

« Smettila! » lo rimprovera Alison, che poi si rivolge a me. « Che è successo al piede di William? »

« Ha preso un colpo all'alluce... » inizio a dire, ma David mi passa davanti. Non mi ero accorta che fosse subito dietro di me.

« Lo spiego io, Beth. Ci tengo a far capire la gravità di quel che è appena successo. Suo figlio ha fatto qualcosa di così incredibilmente stupido e pericoloso, oggi pomeriggio, che avrebbe potuto uccidere qualcuno. I bambini stavano facendo il tiro a segno con i fucili ad aria compressa – sotto stretta sorveglianza, aggiungo, perché siamo stati rigorosi con le istruzioni per la sicurezza –, ma chissà perché William ha pensato che sarebbe stato divertente voltarsi e puntare il fucile contro gli altri bambini. Gliel'ho tolto di mano con una sberla, ed è così che si è fatto male al piede. Posso solo dire che siamo molto fortunati che la ferita sia così lieve. Avrebbe potuto essere decisamente peggio. »

« William, sta' zitto! » sbotta Alison, mettendo a tacere in un attimo il lamento del figlio. « Quindi, se non ho capito male, i bambini stavano giocando *con le armi* a questa festa? »

« Fucili ad aria compressa, Alison. Tiro a segno. Era scritto sull'invito », dico.

« Ma che genere di persona invita una classe di bambini di nove anni a giocare con le armi? »

Vedo le altre madri che osservano attentamente,

non sapendo bene da che parte schierarsi. Sapevano tutte del tiro a segno.

« La vera domanda che dovrebbe porsi è: che genere di bambino, nonostante tutte le raccomandazioni sulla sicurezza, punterebbe il fucile sui compagni? Non ho aspettato per scoprire se avesse o no intenzione di sparare », replica David.

Noto quanto siano distanti tra loro Alison e William, noto che lei non l'ha guardato neanche una volta né ha provato a consolarlo, e che il bambino si ritrae mentre la guarda. Pensavo fosse dolce e timida, ma questa donna è tutta acciaio e fredda rabbia repressa.

« Non avrei mai dovuto lasciarlo venire. Non fate sufficiente attenzione. Lo sanno tutti com'è la vostra famiglia. »

« Me lo dica. Come siamo? » fa David.

« Incoscienti. » Alison sputa fuori la parola, una fata cattiva venuta a rovinare la festa. « Prima o poi succederà qualcosa di brutto, e quando succederà sarà solo colpa vostra. »

Il processo

Robert Miles, il nostro avvocato, ci ha fornito l'elenco completo dei testimoni che compariranno in tribunale, ma è comunque uno shock vedere Alison Jacobs alla sbarra. Non potrebbe apparire più timida e scialba con i suoi capelli flosci e la pelle pallida, è l'immagine informe e poco seducente che preferisce. Sotto si nasconde un cuore di ghiaccio.

« Mrs Jacobs, lei è stata tra gli ultimi a farsi avanti come testimone. Posso chiederle cosa l'ha spinta? » esordisce Donald Glossop, il pubblico ministero.

« Ero indecisa. Ma, dopo aver parlato con diverse persone in paese, mi sono resa conto di avere informazioni rilevanti che avrebbero fatto luce sulle persone che vivevano a Blakely Farm. E questo potrebbe essere utile alla giuria. »

Il racconto di Alison è decisamente romanzato e arricchito, tanto che a un certo punto mi sfugge un grido e mia sorella, seduta accanto a me nella galleria destinata al pubblico, mi prende la mano. Alison riferisce alla corte che suo figlio William e il resto della sua classe erano stati invitati a visitare la fattoria durante le vacanze. Tutti i genitori esitavano, dice, sapendo com'è la famiglia Johnson. « Ci preoccupavamo sempre per Bobby e il modo in cui veniva cresciuto. »

« Come mai? »

« I Johnson non vivono secondo un normale codice di comportamento. Sono un po' selvaggi. Le faccio un esempio: quando aveva cinque anni, Bobby ha visto un agnello appena nato essere ucciso con un colpo di pistola alla testa. Che brutalità. Non era proprio necessario che un bambino vedesse. Il giorno dopo l'ha raccontato in classe. Alcuni dei suoi compagni hanno avuto gli incubi per settimane. »

L'aula è attraversata da un brivido di disgusto.

« Sapevamo tutti che i Johnson non sono abbastanza attenti. Sonia Johnson è rimasta uccisa mentre mungeva perché ha messo la testa troppo vicina al posteriore della vacca. Avrebbe dovuto avere più giudizio, no? »

« È tutto, Mrs Jacobs? » chiede Mr Glossop, e colgo una punta di disprezzo nella sua voce.

Bene. Spero che tutti in quest'aula vedano Alison Jacobs per quel che è: una persona sgradevole, codarda, una che crea problemi, una pettegola. Un predatore, che si nutre di carne fresca.

« Il pomeriggio che i nostri bambini hanno passato alla fattoria è stato un fiasco », aggiunge. « A dirla tutta, mio figlio è stato fortunato a uscirne vivo. » Vedo l'occhiata che lancia verso il banco degli imputati prima di sparare l'ultima pallottola d'odio. « Dopo ci siamo detti che non avremmo più permesso ai nostri figli di andare a Blakely Farm. 'Prima o poi succederà qualcosa di brutto', abbiamo detto. Purtroppo, è successo prima di quanto ci aspettassimo. »

1968

I matrimoni sono gioiosi per natura: la celebrazione pubblica dell'amore e dell'unione, la festa curata nei dettagli, la musica, i balli, le mangiate abbondanti e le bevute festose. Oggi a Blakely Farm quella gioia sembra ancor più accentuata, e non è solo il piacere di tutti nel vedere Jimmy e Nina finalmente uniti in matrimonio. La nostra famiglia ha attraversato fin troppe tempeste, e oggi tutti i rancori e i dissapori sono stati messi da parte, e il paese intero è qui a testimoniare il cambiamento nelle nostre sorti.

Nina e Jimmy hanno optato per un matrimonio veloce all'anagrafe, con me e Frank come unici testimoni, seguito da una cerimonia in piena regola alla fattoria. Si terrà in un fienile che abbiamo ripulito, lucidato e dipinto fino a renderlo bello come qualsiasi chiesa. Le sedie prese a prestito da varie case del paese sono sistemate in file, scompagnate e dall'aspetto casalingo, e va bene così, è un matrimonio organizzato da tutta la comunità. Le signore che si occupano della chiesa si sono superate con composizioni floreali alte quasi due metri, e abbiamo persino una passatoia rossa sulla quale cammineranno Nina e suo padre.

Tutti si voltano quando entrano nel fienile, mentre *You Can't Hurry Love* suona dagli altoparlanti negli angoli. Potrei rimanere a guardare Nina per sempre, così aggraziata e bella nel suo abito color oro chiaro, e praticamente uguale alla ragazza che abbiamo conosciuto cinque anni fa.

Mentre Jimmy e Nina si scambiano le promesse, Frank mi prende la mano. Questo matrimonio significa molto per lui, più che per chiunque altro.

Dopo la cerimonia, noi della famiglia non dobbiamo fare altro che divertirci, i nostri amici e compaesani si sono occupati di tutto. I tavoli con i cavalletti sono coperti di cibo, fin troppo, un regalo da ogni famiglia. Piatti di *coronation chicken*, manzo freddo e prosciutto, ciotole enormi d'insalata di pollo e patate, due maiali che arrostiscono sullo spiedo fuori dal fienile. C'è un bar che serve sidro e birra, vino, gin, brandy, whisky, più alcolici di quanti ne potremmo mai consumare, e quasi tutti donati.

Per la prima ora sono occupata a parlare con gli invitati, e la conversazione è sempre la stessa, con tutti. Com'è bella la sposa, com'è fortunato lo sposo, ci hanno messo un bel pezzo a decidere, vero? Rispondo in modo automatico, il che va benissimo, perché, al di sotto di tutte le chiacchiere, c'è un solo pensiero che mi occupa la mente. *Quando avrò la possibilità di parlare con Gabriel?*

Quella d'invitare Gabriel e Leo è stata una decisione dell'ultimo minuto. Jimmy non ha mai nascosto che Gabriel non gli piace, un sacco di compaesani possono testimoniarlo. Frank ha detto – e io, per motivi miei, ero d'accordo con lui – che avrebbe potuto essere imbarazzante averli al matrimonio. Poi, però, Leo è venuto in visita alla fattoria durante le vacanze estive e ha fatto amicizia con Nina. Assieme, hanno imbiancato il fienile, con la radio a tutto volume, e Nina gli ha insegnato i passi di danza che una volta insegnava a Bobby. Leo si è innamorato di lei, proprio come mio figlio: Nina tende ad avere questo effetto sulle persone.

« Che cosa posso indossare per il tuo matrimonio? » ha chiesto un giorno Leo, di punto in bianco.

Dopo un attimo di silenzio, Nina ha risposto: « Qualcosa di divertente. Sorprendimi ». E mi ha rivolto un'alzata di spalle a mo' di scusa.

Non appena mi ritrovo da sola, vengono a salutarmi; anche Gabriel deve avermi tenuta d'occhio. Ci sono duecento persone sotto il tendone e io non mi sono voltata verso Gabriel neanche una volta, ma ho sempre saputo esattamente dov'era.

Leo ha preso Nina in parola ed è vestito con una camicia a frange da cowboy e un cappello Stetson, che gli ha mandato sua madre dagli Stati Uniti.

« Nina ti ha già visto? » gli chiedo, con un abbraccio. « Il tuo risulterà di sicuro il miglior vestito maschile, non c'è competizione, neanche con lo sposo nel suo elegante completo nuovo. »

« C'è un premio? »

« Se non c'è, dovrebbe esserci. »

« Mi piace, il tuo vestito », dice Gabriel, e io mi volto a guardarlo.

Ed è un errore. Perché conosco questo sguardo, lo

ricordo da allora, dai giorni in cui eravamo liberi di mostrare sui nostri volti tutto quello che provavamo.

«Me l'ha fatto la mia amica Helen», rispondo, con le guance che diventano paonazze.

È un abito favoloso, il più audace che io abbia mai indossato: una linea ad A senza maniche che finisce appena sopra il ginocchio. È bianco con fiori gialli e rosa sparsi. Stasera non mi sento per niente la moglie di un contadino.

Sono sorpresa dall'aspetto di Gabriel, rasato e con un abito scuro. Anche da adolescente mi piaceva un sacco con indosso un completo. Forse è perché lo indossa spesso, appare rilassato e a suo agio quanto con un paio di jeans, o forse è perché gli abiti di Gabriel, di lana pregiata e dal taglio elegante che veste a pennello, sono chiaramente fatti a mano.

Mi costringo a distogliere lo sguardo e scopro Frank, a circa un metro da noi, che ci osserva. In mano ha due bicchieri di vino.

«Saresti potuto venire a salutarli», gli dico, avvicinandomi e prendendo uno dei bicchieri.

Frank mi guarda, inespressivo. «Stanno per cominciare i discorsi, sei pronta?»

Ho già sentito gran parte del discorso di Frank come testimone dello sposo, ma è completamente diverso vederlo parlare davanti a tutto il paese. Queste persone sono i suoi amici, la sua famiglia allargata, conosce ognuno da una vita. Frank tocca le note giuste: le storie divertenti dell'infanzia, gli anni difficili dell'adolescenza, l'improvvisa trasformazione di Jimmy quando una squisita biondina ha fermato il suo trattore in mezzo ai campi. Durante la notte si è fatto la barba e il giorno dopo ha chiesto i soldi per il dopobarba.

« È successo cinque anni fa, e da allora, come sapete tutti, questa famiglia ha passato momenti difficili. Nina è stata accanto a Jimmy a ogni passo. È la sua roccia, la sua anima gemella. Senza di lei sarebbe perso, e lo saremmo anche noi. »

Per il loro primo ballo, Jimmy e Nina hanno scelto *Can't Help Falling in Love*. Lei ci ha chiesto se avremmo preferito evitare le canzoni di Elvis, ma io e Frank non abbiamo avuto dubbi: era quello che Bobby avrebbe voluto. Ballano da soli le prime battute della canzone, poi Nina tende un braccio verso me e Frank, chiamandoci con un dito. Frank mi prende tra le braccia e giriamo lentamente in cerchio, i due fratelli e le loro mogli sulla pista da ballo e tutto il villaggio a guardare.

« Stai piangendo », dice Frank.

« La canzone. Tu. Io. Lui. »

Il « lui » cui mi riferisco è Bobby, ma non è così che la intende Frank, la sua mente è altrove. « Credo sia stato un errore invitarlo. »

Per un attimo non capisco cosa voglia dire, poi ci arrivo. « Io non stavo parlando di Gabriel. »

« Beth... » Frank si ferma. « Non adesso. È il loro giorno. Non ho intenzione di rovinarlo. »

Invece di rispondere, affondo il viso contro il petto di mio marito per il resto della canzone. Agli altri dobbiamo sembrare quello che eravamo, una coppia fedele, che una volta aveva tutto e poi l'ha perso, in modo stupido, devastante, ma che è comunque riuscita a rimanere unita.

La pista da ballo si riempie di altre coppie e per circa un'ora io e Frank siamo molto richiesti. Ballo con il marito di Helen, Martin; con il migliore amico di David, Brian; con Jimmy, e con una schiera di uomini del paese che conosco da quand'erano bambinetti alle elementari. Persone che conosco da una vita. Balliamo sulle canzoni dei Beatles, dei Byrds, delle Supremes. Quando Frankie Valli intona *Can't Take My Eyes Off You*, casualmente Nina e Jimmy stanno ballando assieme, e d'istinto la folla forma un cerchio attorno a loro. Nina balla con lo strascico raccolto su un braccio, i fianchi perfettamente a tempo, e scuote le spalle avanti e indietro di fronte a Jimmy mentre lui fa finta di cantarle la canzone. Guardando Nina, mi dico che è sempre stata un'artista, un'intrattenitrice, sa quello che la gente vuole e sa come darglielo, è per questo che è così brava nel suo lavoro. Non ci potrebbe essere sposa migliore.

Dopo, io e Nina balliamo con Leo. Gli insegniamo il twist, ad andare su e giù a spirale come un cavatappi, e ha le guance arrossate e gli occhi che brillano. Per un paio di secondi è come essere con Bobby, il mio bambino che amava ballare, specialmente con Nina. Non posso permettermi di tornare indietro. Adesso avrebbe dodici anni, una situazione completamente diversa. Chissà se gli piacerebbe ancora ballare?

Dall'altra parte del tendone, Gabriel osserva. Ho sempre saputo dov'era, ovviamente, ma stavolta, quando incrocio il suo sguardo, i nostri occhi si soffermano un istante di troppo. Inclina la testa in modo quasi impercettibile ed esce dal tendone. Il cuore inizia a martellarmi dolorosamente nel petto. Lancio un'occhiata a Frank e vedo che sta parlando con Martin e Helen in un angolo: ho qualche minuto, non di più.

Gabriel mi aspetta all'esterno.

« Non possiamo parlare qui », gli dico, e lui mi segue fino all'olmo al limitare del campo.

« C'è una cosa che devo dirti », annuncia. Per qualche secondo, però, non parla, e restiamo a guardarci all'ombra dell'albero. « Ti sbagliavi su me e Louisa, all'epoca. »

« No, lasciamo stare. È passato così tanto tempo. »

« Io ho bisogno che tu sappia la verità. Non sono stato a letto con Louisa mentre io e te stavamo assieme. Lei ha passato la notte nella mia stanza, è vero, e io mi sentivo in colpa perché sapevo che, se l'avessi scoperto, ti avrebbe ferita. Ma non è successo niente tra noi. »

« Gabriel... » La mia voce è un lamento, troppo alta, con una punta di follia. L'alcol che ho bevuto mi scorre nelle vene. Sono ubriaca di sidro, di vino, di lui, della spaventosa prospettiva della verità. « Perché lo stai facendo? »

« Devi sapere perché. Dimmi che lo sai. Dimmi che lo senti anche tu. »

Non riesco a guardarlo, mi sarebbe fatale. Tengo gli occhi fissi a terra. « Hai detto a Louisa che avevi dubbi su di me. Non puoi negarlo. »

« Non su di te, su Oxford. Stavo pensando di mollare per diventare uno scrittore a tempo pieno. Louisa mi ha convinto a non farlo. »

« È troppo tardi », dico, disperata.

« Davvero? » La sua voce è dolce e m'invita a guardarlo.

« Perché allora non mi hai detto la verità? Sapevi che pensavo mi avessi tradita. »

« Ero così arrabbiato, Beth. Hai creduto a ciò che ti aveva detto mia madre. Mi hai detto che io usavo le persone e poi le gettavo via. Mi ha fatto così male. »

« Scusami. »

« No, dovrei essere io a scusarmi. Sono stato un maledetto imbecille. Troppo orgoglioso per pregarti di tornare da me. »

« E perché mai tua madre avrebbe dovuto dirmi che stavi con Louisa se non era vero? »

« Perché era quello che voleva? »

« O peggio. »

Ho sempre saputo che la madre di Gabriel avrebbe trovato un modo per impedirci di stare assieme, anche se non avessi sabotato tutto io per prima.

« Siamo stati così stupidi e cocciuti. Che peccato, che spreco », dico.

Stavolta non c'è modo di fraintendere il tono di Gabriel quando sussurra: « Davvero? »

Alzo gli occhi su di lui e lui ricambia il mio sguardo. Uno sguardo che sembra pericoloso, intimo, inebriante. Ogni minima resistenza crolla.

Ciò che voglio, più di tutto, è allungare una mano e

toccarlo. Vorrei posargli il palmo sulla guancia. O sul cuore, per vedere se batte furiosamente come il mio.

Ci sono stati troppi inizi possibili, come questo, troppe occasioni mancate, svolte non prese, e sempre la stessa domanda che brucia tra noi, io e Gabriel, Gabriel e io: la vita che avremmo potuto avere.

« Che cosa farai? » domanda Gabriel.

La musica che arriva dal tendone è alta, eppure, in questa improvvisa immobilità, io sento soltanto noi. Il nostro respiro. Il sangue che mi rimbomba in testa, il mio battito o il suo?

« Questo. » Mi alzo in punta di piedi e lo bacio.

Finalmente.

La mia bocca sulla sua.

Un bacio che sembra tutto e tutto assieme. Folle. Tenero. Troppo, troppo, neanche lontanamente abbastanza. Denti che graffiano le labbra, mani che affondano nei capelli, ogni secondo di ogni anno che siamo stati lontani è in questo bacio.

Il disco cambia e la festa va avanti, e sembra che noi siamo le uniche due persone qui, le uniche due persone al mondo.

Prima

Ai primi di giugno la quercia viene dichiarata morta, prima da David, poi da Frank e infine da un arborista nostro amico che potrebbe abbatterla, ma poiché è un lavoro grosso dobbiamo aspettare che lui sia libero, più avanti, in estate inoltrata.

« Non potete abbatterla. Deve restare per sempre », protesta Bobby. È addolorato all'idea di perdere la quercia, lo siamo tutti, è il punto più magico della fattoria.

« Bobby, è troppo pericoloso lasciarla dov'è. Se uno dei suoi rami dovesse cadere durante una tempesta, potrebbe ucciderti », gli spiega David.

« Non mi ci avvicinerò durante una tempesta, nonno. »

David si china così che il suo viso sia alla stessa altezza di quello di Bobby. « Magari l'albero vuole essere abbattuto. È vecchio, malato ed esausto. Ha regalato a noi, e a molti altri prima di noi, i migliori anni della sua vita. »

Bobby annuisce. « Va bene, nonno. »

L'abbattimento dell'albero è fissato per sabato, alla fine se ne occuperanno direttamente gli uomini di casa.

Il sabato arriva, Bobby è in fermento. Mentre David,

Frank e Jimmy pianificano l'operazione e rileggono le istruzioni fornite dall'arborista, lui gira per la cucina facendo domande.

« Farà rumore quando cadrà? »

« Molto. Farà un botto come un tuono », risponde David.

« Wow. Pensi che lascerà un buco enorme nel terreno? »

« Credo di sì », dice Frank, alzando gli occhi dalle istruzioni per sorridere al figlio.

A quel punto intervengo. « Bobby, non credo che dovresti andare a vedere. Io non ci sarò, e gli uomini saranno troppo occupati per tenerti d'occhio. »

Cerco di abbracciarlo, ma lui mi respinge. « Perché sei così cattiva? »

Colgo l'occhiata che si scambiano David e i suoi figli: noia, insofferenza. La mia preoccupazione per la sicurezza li irrita.

« Andrà tutto bene », dice David, brusco.

« Frank? Hai scordato che devo vedere Helen stamattina? »

« Per l'amor del cielo, uno di noi lo terrà d'occhio. »

« Forse dovrei annullare tutto con Helen. »

« Non essere sciocca », replica Frank. Attraversa la stanza e mi prende tra le braccia. « Più gli anni passano più diventi apprensiva. »

« Mi prometti che non lo perderai di vista? Lo sai che scappa in un attimo. »

« Sì, donna. Adesso vai e divertiti con la tua amica.

Lascia che questi nobili boscaioli vadano avanti a lavorare. »

Bobby lancia un urlo entusiasta.

Più tardi, quando torno alla fattoria, risalgo verso il campo per far visita alla nostra povera vecchia quercia, che mi aspetto di trovare stesa a terra. Rimango sorpresa nel vederla ancora in piedi. Dev'essere stato un compito molto più arduo di quanto si aspettassero. La chioma è già caduta, e mi rattrista vederlo così, questo bellissimo albero che è stato una parte così importante della mia vita, di tutte le nostre vite, e che ora è un grosso tronco con qualche moncone massacrato. Non c'è da stupirsi che Bobby fosse così sconvolto.

Resto a guardare mentre David, Frank e Jimmy fanno qualche passo indietro per verificare il lavoro fatto. Non vedo Bobby in giro; probabilmente si annoiava ad aspettare e se n'è andato a trovare le sue pecore. Sto pensando di andare a cercarlo, poi mi rendo conto che non c'è tempo.

Si sente un grosso schiocco, proprio come aveva previsto David, e il tronco comincia a inclinarsi, quasi al rallentatore, o almeno così mi sembra.

E ora lo vedo, Bobby. Corre proprio nella traiettoria del tronco, gridando, prima di gioia, poi di paura. Un lungo, lunghissimo urlo angosciato, suo, mio, e poi io che corro verso di lui come una pazza, mentre la scena accelera, e c'è solo un lampo di pantaloncini rossi, gambe pallide, capelli scuri prima che la quercia si schianti al suolo, facendo diventare tutto nero.

Frank, David e Jimmy iniziano a correre. Hanno sentito l'urlo di Bobby, hanno visto il demone urlante gettarsi verso il figlio, ma non c'è traccia di Bobby. Il tronco è così grosso che l'ha inghiottito.

Non dimenticherò mai il viso di Frank che mi guarda, il suo terrore. È spaventato, da me. Ma io non sto guardando Frank. Né David. E nemmeno Jimmy. I miei occhi sono fissi sull'albero, steso su un fianco come un grosso mammifero ucciso.

«Sono qui, Bobby, sono qui», continuo a gridare. Dieci volte. Venti. È la sola cosa che mi viene in mente, chissà se mi sente. *Dio, ti prego, fa' che mi senta, ha bisogno di sapere che io sono qui.*

«Toglietteglielo di dosso», ruggisce Frank, e cerca, invano, di sollevare il tronco a mani nude, ma suo padre lo ferma.

«Vado a prendere le funi, figliolo. Chiama un'ambulanza», ordina.

«Mi dispiace, mi dispiace», continua a ripetere Frank, ma io non riesco a recepire le sue scuse, la mia mente è un turbinio di scienza inventata e basilari nozioni mediche mentre cerco di aggrapparmi alla speranza. La gente sopravvive alle cose più assurde, dicono. Non lo sentiamo perché il colpo gli ha fatto perdere conoscenza, il che è un bene. Magari avrà qualche osso rotto, l'affronteremo.

«Gli abbiamo detto di rimanere sul trattore. Ha promesso», dice Frank.

« Aveva nove anni. »

Aveva. Ho detto *aveva*.

Comincio a urlare e Frank viene verso di me, ma io alzo le mani per fermarlo. « Non toccarmi. Per favore. »

Lo dico e basta, non so neanche perché. Forse non sopporto di essere abbracciata, sono troppo tesa. Forse perché anche adesso, prima ancora di scoprirne l'esito, incolpo mio marito di questo incidente che si poteva evitare.

Mi aveva promesso di tenere d'occhio Bobby. Mi aveva promesso che l'avrebbe tenuto al sicuro.

E così siamo distanti mentre David avanza con il trattore, sollevando il carico colossale, e l'albero morto si alza un doloroso centimetro dopo l'altro.

Quando l'albero è sollevato da terra di circa mezzo metro, vedo il primo lampo di cotone rosso, e il suono che mi esce non ha nulla di umano, è l'urlo di uno spirito, un grido antico e gutturale.

L'ambulanza ha varcato il cancello, e due paramedici stanno correndo attraverso il campo con una barella, ma io lo raggiungo per prima. Il mio bambino, il mio bellissimo bambino, con il cranio fracassato, gli arti spezzati e insanguinati, ma ancora lui. Ancora mio. Mi stendo al suo fianco, più vicino che posso. Aveva ragione, l'albero ha lasciato un buco enorme nel terreno.

Sono qui. Lo dico senza parlare, adesso. Una promessa arrivata troppo tardi, ma spero che le mie parole trovino il modo di raggiungerlo.

Bobby, sono qui.

PARTE TERZA

Jimmy

Il processo

Io, mia madre e mia sorella siamo in prima fila nella tribuna del pubblico quando mio padre sale sul banco dei testimoni. Ci sono molte cose che non mi perdonerò mai, e questa è una delle peggiori: l'impatto che il processo ha avuto sui miei genitori. Ho visto mio padre diverse volte dopo la sera fatidica, ma oggi sono sconvolta da quanto è invecchiato. Anche Eleanor lo nota, perché sussulta e mi afferra la mano. I capelli di papà si stavano diradando da un po', ma, dalla nostra posizione rialzata, vedo che le rade ciocche che lui riporta con cura nascondono una testa quasi pelata. Il suo viso è profondamente segnato, il suo collo è diventato rugoso senza che noi ce ne accorgessimo e le sue mani tremano. Per la comparizione in tribunale, papà ha indossato il suo abito migliore, quello che metteva per i matrimoni e che ora tira fuori per i funerali. Una valanga di dolore cui nessuno di noi era preparato.

Inizia a parlare, confermando nome, indirizzo, professione e legame con l'imputato, e il suo nervosismo sembra scomparire. È la sua voce calma e sicura da insegnante, un uomo che ha passato tre decenni a mantenere alta l'attenzione degli alunni. Ci avevano consigliato di scegliere un professionista come testimone, un dottore, un avvocato, un insegnante, qualcuno che gode di grande considerazione nella sua comunità. Nessuno aveva credenziali migliori di mio padre. Mi sento in colpa per il fatto che stia testimoniando in tribunale sapendo, come so, che non è a conoscenza di tutti i fatti? Sì, questo mi fa star male. Se lo scoprisse, potrebbe non perdonarmi mai. Ma che altro potevo fare? Siamo in tre legati da questa bugia e la posta in gioco è troppo alta per rischiare di dire a qualcuno, persino a mio padre, la verità.

Il primo interrogatorio con il nostro avvocato fila via abbastanza liscio. Nessuna domanda difficile che metta in difficoltà mio padre, e molte opportunità per lui di fornire un ottimo ritratto dell'imputato. Accanto a me, mia madre inizia a rilassarsi. A un certo punto si volta a guardarmi e riesce persino a sorridere.

Ma fin troppo presto tocca al pubblico ministero, Donald Glossop, alzarsi per il suo controinterrogatorio.

All'inizio ha la voce gentile, ma ho visto abbastanza della sua tattica del gatto con il topo da temere quello che c'è sotto.

« Da quanto tempo conosce la famiglia Johnson, Mr Kennedy? » chiede.

« Da molti anni. David Johnson, il padre di Frank e Jimmy, inizialmente era un conoscente più che un amico, direi. Hemston è un paese piccolo e ci conosciamo tutti, più o meno a fondo. Quando mia figlia si è sposata con un membro della famiglia Johnson, ho potuto conoscerli molto meglio. »

« E in quel periodo ha visto diversi attriti tra i due

fratelli? Le viene in mente qualche incidente, magari una discussione che è sfuggita di mano, una lite esplosiva, per esempio, o qualsiasi genere di conflitto? »

« Assolutamente no. »

Vedo il mezzo sorriso di mia madre quando mio padre si sporge in avanti. Sa esattamente cosa sta per dire, devono aver provato la testimonianza una dozzina di volte.

« Non ho mai visto due fratelli più uniti di loro. Si prendevano cura l'uno dell'altro. Frank era un fratello maggiore molto presente. Si preoccupava sempre per Jimmy e cercava di tenerlo sulla retta via. Un uomo buono, un uomo gentile, faceva sempre il possibile, e non solo per Jimmy, ma per chiunque in paese. E Jimmy era lo stesso. Un ragazzo dolce, a volte problematico, ma con un grande cuore. »

« Ma, nell'ultimo periodo, si è accorto del conflitto tra loro? »

Mio padre esita. Per lui è impossibile non dire la verità. « La situazione era diventata un po' tesa alla fattoria nei giorni precedenti... » – incespica per la prima volta – « ... la tragedia. Mi hanno detto che Jimmy era diventato molto irascibile. Beveva tanto, e credo che questo offuscasse il suo giudizio. I fratelli non erano d'accordo su come gestire certe questioni. »

È insopportabile, mio padre si sta ingarbugliando mentre cerca di barcamenarsi nel pericoloso compito di dire abbastanza e al contempo non troppo.

« Si riferisce alla relazione di sua figlia con Gabriel Wolfe? »

«Non sono qui per giudicare la vita privata di mia figlia. Sono qui al solo scopo di fornire prove sulla personalità dell'imputato. Cosa che spero di aver fatto.»

«Capisco, Mr Kennedy. Tuttavia, sono convinto che sia nell'interesse della giuria chiederle da quanto tempo conosce Mr Wolfe.»

Mio padre esita di nuovo. «L'ho conosciuto per un breve periodo da ragazzo.»

«Quando la relazione di Mr Wolfe con sua figlia è cominciata per la prima volta?»

«Sì.»

«Per quanto tempo è durata quella prima storia d'amore, Mr Kennedy?»

«Non molto. Un'estate e forse un mese o due dopo.»

«E, poco dopo che era finita, sua figlia ha iniziato una relazione con Frank Johnson?»

«Sì.»

«Si sono sposati giovani, vero?»

«Sì, è così.»

La percepisco, una nuova attenzione nell'aula. Tutti noi - il giudice, la giuria, i giornalisti nei banchi riservati alla stampa, la gente del pubblico, che giorno dopo giorno si mette in coda per assicurarsi un posto in galleria - siamo abituati alle mutevoli sfumature del tono di Donald Glossop. Un timbro che si ammorbidisce non significa empatia, molto spesso è il contrario.

«Si potrebbe pensare che sua figlia, Beth, non si fosse ancora ripresa del tutto dalla sua prima, appassionata storia d'amore.»

Mio padre non dice nulla. Non vedo le sue mani, ma so che le sta stringendo, come in quella filastrocca per bambini che piaceva tanto a Bobby... quante volte gliel'avrà cantata? Cento? Cinquecento?

La voce del pubblico ministero si fa più decisa. « Io ritengo che Frank Johnson nutrisse una feroce gelosia nei confronti di Gabriel Wolfe sin dall'inizio del suo matrimonio. »

« No. »

« No? Non era geloso dell'uomo di cui sua figlia era innamorata da ragazza? E non era geloso anni dopo, quando la relazione è ricominciata, proprio sotto il suo naso? »

« Frank non è geloso. Non è nella sua natura. »

« Lei è un uomo sincero, Mr Kennedy? »

Mia madre aggrotta le sopracciglia e mia sorella prende un respiro tremulo, cercando di non piangere. Mio padre è l'uomo più sincero che si possa mai incontrare.

« Sì. »

« Allora mi permetta di rivolgerle un'ultima domanda. Lei crede davvero che suo genero non provasse alcuna gelosia mentre la donna che amava passava le giornate a letto con un altro uomo? »

È stato così crudele dipingere quella scena con mio padre al banco dei testimoni e mia madre accanto a me nella galleria. Si potrebbe pensare che mi stia macerando nella vergogna, ma la verità è che mi vergogno da così tanto tempo ormai che è diventato il mio rumore di fondo, la mia carta da parati quotidiana, l'emozione così familiare che provo poco altro. Il nostro triangolo amoroso – il contadino, sua moglie e lo scrittore famoso – è stato fatto oggetto di punzecchiature, esaminato e sensazionalizzato fuori misura in Fleet Street. Una bufera di titoli di giornali che puntano il dito della colpa – e della vergogna – contro di me. Dopo un po' ci si abitua. E comunque nulla di tutto ciò ha importanza.

« Frank capiva le ragioni della relazione di mia figlia. Se era geloso, era anche molto bravo a nasconderlo », dice mio padre.

Donald Glossop si concede un sorrisetto soddisfatto. « Grazie, Mr Kennedy. Non ho altre domande, vostro onore. »

Domenica

« Va tutto bene tra te e Frank? » domanda la sposa di ieri mentre, spalla a spalla, siamo davanti al lavello con una montagna di piatti da lavare.

Mi chiedo che cosa voglia dire Nina. Potrebbe essere qualsiasi cosa. Quando finalmente siamo andati a letto verso le tre di questa mattina, Frank si è addormentato subito. Ore dopo, si è alzato per andare a mungere le mucche, ma io ero così esausta che non l'ho sentito uscire. Dal matrimonio non abbiamo ancora avuto modo di parlare, però ieri sera l'ho sorpreso a guardarmi di tanto in tanto dall'altra parte del tendone della festa. Sembrava così triste. E quella tristezza mi consuma. È raro che una persona sia soltanto buona. Io non lo sono. Gabriel non lo è. Neanche Jimmy e probabilmente neppure Nina, o almeno non sempre. Ma in Frank scorre la gentilezza. Ferirlo sembra doppiamente crudele, come una tortura.

E nel frattempo la mia mente è un turbine di pensieri contrastanti. *Amo Gabriel, non lascerò Frank. Amo Frank, che cosa devo fare con Gabriel?* No, Nina, non va tutto bene.

« Ieri sera ho detto a Jimmy che siamo stati egoisti a scegliere Elvis per il nostro primo ballo. Stavi piangendo, vero? Ti ho vista. »

« Oh », dico, e quell'« oh » è più che altro un sussulto di dolore mentre Bobby irrompe nella stanza.

Bobby. In qualche modo così presente, ma il più delle volte orribilmente assente. Il dolore per la sua mancanza non cessa mai davvero. Non per molto.

« Merda. » Nina mi passa una mano insaponata dietro il collo e mi attira a sé. « E ora ti ho rattristata. »

Sulla pelle sento la striscia fredda della sua fede nuziale nuovissima. « Solo postumi della sbornia. »

« Dio, il dopo sbornia. Perché abbiamo bevuto così tanto? » Quando Nina ride, un raggio di luce le colpisce gli occhi, che da verdi diventano dorati.

La giornata si riempie di compaesani venuti a riprendere le loro cose e che poi si fermano per aiutare. Tazze di tè e fette di torta nuziale. Racconti della sera prima. Il marito di Helen si è svegliato completamente vestito, con la cravatta e persino gli stivali. Qualcun altro è finito in un fosso con le ruote posteriori e ha abbandonato la macchina. Il violinista che ha suonato l'*Ave Maria* durante la cerimonia ha scroccato un passaggio a casa in una Land Rover e per tutto il viaggio è rimasto in piedi, testa e spalle fuori dal tettuccio aperto, cantando *Hey Jude* alle strade deserte. Vorrei aver visto la scena.

Qualcuno parla di baci inappropriati e a questo punto il mio cuore rallenta, anche se sono sicura che nessuno abbia visto me e Gabriel lasciare il tendone né tornare pochi minuti dopo.

Per tutto il pomeriggio, sotto i pettegolezzi e le risate, quel bacio mi ronza nel sangue, un segreto che mi sostiene, mi confonde, mi fa desiderare di più.

Lunedì

Il lunedì sembra che non sia cambiato nulla e che tutto sia cambiato. Il tendone è stato smontato, la casa è tornata normale, gli uomini sono fuori al lavoro. Nina è al Compasses a prepararsi per il turno dell'ora di pranzo.

E io sono sola, abbandonata al ciclo continuo e infinito di pensieri.

All'una, afferro le chiavi della mia auto e vado a Meadowlands prima di cambiare idea. Parcheggio davanti alla casa, suono il campanello, aspetto. L'espressione di Gabriel vedendomi rispecchia tutto ciò che provo anch'io. Sollievo, paura, desiderio.

Mi tira dentro e chiude la porta con irruenza. « Sono così contento che tu sia venuta. Stavo impazzendo. » Mi prende il viso tra le mani. « Ti amo. Non ho mai smesso. »

Questo bacio è diverso, è un bacio che arriva da « prima ». Sento il mio corpo che si rilassa, come se ricordasse ciò che ha imparato tanto tempo fa, quando questa era la nostra normalità. Io e Gabriel.

Siamo presi in un vortice che ci trascina all'indietro attraverso gli anni finché non esiste nient'altro. Non so come, finiamo nella biblioteca, e anche questo è qualcosa di familiare. Non c'è tempo per riflettere su nulla, la passione scorre tra noi come lava, cancellando tutto sul suo percorso. Siamo nudi, abbracciati, ossa che incontrano ossa, curve che incontrano incavi, corpi che sospirano di sollievo. Ogni spinta è come fuoco. Lui pronuncia il mio nome con la stessa nota di meraviglia che provo io.

È così bello, così giusto questo intrecciare i nostri corpi, questo arrendersi al desiderio struggente. Finalmente. Dopo tutto questo tempo. È più che sesso, più che amore, stiamo ardendo entrambi, carne e ossa e cuori selvaggi, mentre ci muoviamo sempre più forte, più velocemente fino a raggiungere una luce bianca accecante, finché io non grido, finché non grida anche lui, tutti quei mesi di desiderio segreto finalmente appagato.

Dopo, restiamo stesi sul divano in un silenzio sconvolto, il mio viso contro il suo petto umido di sudore e che ha il profumo di sempre, sapone agrumato e il dopobarba che Gabriel usa da quando lo conosco. I muscoli sul torace, la sottile linea nera di peluria che corre lungo il ventre sono ancora gli stessi. Le sue gambe intrecciate alle mie, la barba corta che mi graffia la guancia sono ancora le stesse. Una capsula del tempo da « prima ». Se solo potessimo lasciare fuori il resto del mondo per un po'.

« Meno male che il cane non era qui. Dio sa cosa ne avrebbe pensato », dice Gabriel.

Io scoppio a ridere e poi, improvvisamente, piango.

Sto male per il rimorso, come se, soltanto adesso, mentre la passione si sta quietando, riuscissi a rendermi conto del prezzo di tutto questo.

Perderò Frank.

« Che cos'abbiamo fatto? » gemo tra le lacrime.

« La sola cosa che potevamo fare », risponde Gabriel, ma la sua voce è dolce, e con i pollici mi asciuga le lacrime sotto gli occhi. « Però non deve saperlo nessuno. E non deve per forza accadere di nuovo. »

« Io voglio che accada di nuovo. »

« Anch'io. Tanto. »

Rimango a osservare Gabriel mentre raccoglie i nostri vestiti sparsi qua e là. Il suo corpo è cambiato nel corso degli anni; è più robusto, la magrezza che ricordo da allora è sparita. Mi passa gli indumenti a uno a uno e aspetta mentre li indosso. Solo quando sono completamente vestita pensa ai suoi.

« Secondo te potremmo avere tutto questo per un po' di tempo? » mi chiede. « Perché quello che io e te avevamo prima era più di quanto la maggior parte delle persone potrebbe mai avere, non è così? E l'abbiamo buttato via. Neanche nei miei sogni più folli pensavo che avremmo avuto la possibilità di riaverlo indietro. »

So come funziona questo villaggio. I ficcanaso, il chiacchiericcio, una corrente sotterranea di sussurri che soffia tra le vie e il sagrato della chiesa, la scuola, i negozi, filtra sotto le porte e dietro le finestre. So come la gente osserva, so come parla e complotta. I segreti non sono al sicuro, qui. Li custodiscono e ci rimuginano su finché qualcuno non decide di svelarli, mandando in pezzi le vite con una precisione e un tempismo perfetti.

So tutto questo. Ma non basta a fermarmi. Entro nella nostra storia d'amore con gli occhi ben aperti.

Lunedì sera

A letto, la voce di Frank taglia l'oscurità. « Ti ho vista. »

La nauseante accelerazione del mio sangue, del mio battito. Rumore bianco che mi rimbomba nelle orecchie. Aspetto qualche istante prima di accendere la lampada. « Mi hai vista quando? » chiedo, cercando di avere un tono rilassato nel mio primo giorno d'infedeltà.

« Al matrimonio. Tu e lui. »

« Gabriel? »

« Ovvio. »

« Mi hai vista con lui, quando? Gli ho parlato a malapena. »

« All'inizio, prima dei discorsi. »

« Con Leo, intendi? »

Lui annuisce.

« E? » La mia voce è calma, sono troppo brava in questo. So già fingere senza sforzarmi.

« Lo sai. »

« No che non lo so, Frank. Non sono capace di leggerti nel pensiero. »

« Una volta ci riuscivi. »

Detesto il suo sorriso rovesciato, gli angoli della bocca rivolti all'ingiù. Siamo sempre stati bravissimi a comunicare senza parole. Significava che potevamo andare via presto da una festa senza bisogno d'altro che un sopracciglio inarcato o un'occhiata alla porta.

«Sei arrabbiato con me perché ho parlato con Gabriel e Leo al matrimonio, è questo il punto?»

«Ho visto come lo guardavi. Mi spiace se sembro un fissato geloso.» Accenna un sorriso, è il vecchio Frank.

«Ma sei il mio fissato geloso.»

«Lo spero.»

«Lo sai.»

E poi ci stiamo baciando, e non sembra neanche sbagliato baciare un uomo e dopo un altro. Sono diversi.

Questa è una storia d'amore con troppi inizi. Mi rifiuto di pensare a come andrà a finire.

Martedì

Dopo che Bobby è morto, ho lasciato Frank per un po'. All'epoca i miei genitori vivevano in Irlanda e sono andata a trovarli.

Non appena sono arrivata là, mi sono resa conto che non volevo tornare.

« Essere qui mi aiuta », ho detto a Frank al telefono poco dopo il mio arrivo.

« Allora dovresti restare. Voglio che tu rimanga », ha risposto lui, come sapevo avrebbe fatto.

Le settimane passavano. Le nostre telefonate si sono ridotte quasi a zero, a Frank non è mai piaciuto parlare al telefono. Mi sono convinta che era una cosa buona, il solo modo per riprenderci da ciò che era successo era stare separati. Frank non doveva svegliarsi accanto a me ogni mattina sapendo che una parte di me l'avrebbe sempre incolpato per non aver tenuto d'occhio Bobby. E io non dovevo fingere di credere alla storia che raccontavamo a tutti, che era stato un incidente, gli incidenti erano una parte sfortunata, a volte tragica, della vita contadina. Basta guardare cos'è successo alla madre di Frank. Così, invece, potevamo leccarci le ferite in privato.

Sono tornata a casa per via di Jimmy.

Nina è venuta addirittura a Cork per dirmi fino a

che punto le cose erano precipitate da quand'ero partita. Jimmy aveva ricominciato a bere molto, mi ha detto. Quasi ogni sera veniva invitato a lasciare il pub perché attaccava briga ed era insopportabile, come diceva lei. L'avevano trovato mentre vagava per il paese nel bel mezzo della notte, parlando da solo. Sembrava che stesse perdendo il senno.

« Ma perché? » le ha chiesto mia madre, che non capiva. Bobby era nostro figlio, mio e di Frank. Non c'era motivo perché Jimmy crollasse.

« Non è ovvio? Jimmy si è sempre dato la colpa di quello che è successo a Bobby. Pensa che avrebbe dovuto vegliare su di lui. E ha bisogno di sapere che Frank non ha perso sua moglie oltre a suo figlio », ha spiegato Nina.

Ancora adesso, Jimmy ha bisogno della rassicurazione che la nostra famiglia rimpicciolita rimarrà uguale. Ed è impossibile accontentarlo. Perché la verità è che io non sto pensando a Frank, non se posso evitarlo. Sto pensando a Gabriel.

La prima volta che abbiamo fatto l'amore è stato frenetico e febbrile, eravamo guidati dai corpi più che dalle menti. Fino a quel momento, le nostre menti avevano cercato di dire di no. Oggi è diverso.

Ci spogliamo lentamente e restiamo nudi in piedi l'uno di fronte all'altra. Un'attesa squisita, quasi dolorosa. Un'ondata di sensazioni, come se i nostri sensi fossero amplificati. Mi prendo tutto il tempo per baciare le parti di lui che ho notato negli ultimi mesi, ricordando quanto le amavo: il naso, gli zigomi, la sporgenza del pomo d'Adamo. So che lui sta facendo la stessa cosa mentre traccia il mio profilo con l'indice, soffermandosi sulla fossetta sopra il labbro superiore, che secondo lui aveva l'esatta forma e dimensione del suo polpastrello.

Ci spostiamo sul letto ma continuiamo la nostra dolce riscoperta l'uno dell'altra. Sembra un sogno, questo toccarsi e baciarsi, siamo sospesi tra realtà e fantasia nella nostra perfetta terra di nessuno.

Quando Gabriel, puntellandosi sulle mani, è dentro di me, e preme con lo stesso ritmo lento e profondo di tanto tempo fa, è quasi più di quanto io possa sopportare. Sono così immersa nella sensazione di tutto questo, nella familiarità dei nostri due corpi uniti ancora una volta. Forse vede dolore sul mio viso, perché mi chiede: «Cosa c'è che non va?»

L'unica cosa che mi viene in mente per provare a spiegare è: «Ricordo».

C'è un tale sentimento nella sua voce mentre ripete: «Ricordo».

E non c'è bisogno di dire altro.

Avevo ragione, il nostro fare l'amore è più che sesso, più che amore, è pura, genuina nostalgia, e non c'è nulla di più inebriante. Mi chiedo se sia sempre così quando si va a letto con qualcuno che si è amato tanto tempo prima. L'esperienza di quella lontana volta è integrata alla tua fisiologia. È una sensazione cruda, giusta e così reale, tutto il resto svanisce, ci siamo solo noi due come in un altorilievo. A letto mi sento più me stessa con Gabriel, o meglio, più simile alla giovane donna spensierata che ero prima che il cuore spezzato mi cambiasse, e che la tragedia mi plasmasse fino a farmi diventare qualcuno che non ho mai voluto essere. Crea dipendenza, questo temporaneo spogliarmi della mia pelle, questo scorcio della persona che Gabriel ricorda.

Con lui, per qualche ora, riesco a essere integra.

Dopo rimaniamo stesi e abbracciati finché non devo andare a prendere Leo. Teniamo le tende della camera da letto chiuse, esistiamo solo nel bagliore di una lampada come creature della notte. E parliamo. Parliamo di tutto.

Gli chiedo del suo primo contratto per un libro, di come ci si sente a essere pubblicato a ventiquattro anni.

« Per molto tempo mi sono sentito un impostore. Che non me l'ero guadagnato. Una cosa tipo i vestiti nuovi dell'imperatore. »

« E adesso? »

Sorride. « Ci sono giorni buoni e giorni cattivi. Si pensa che il secondo e il terzo libro siano più facili. Per la mia esperienza non è così. Anzi, sono più difficili. » Fa una pausa, mi guarda. « Perché non stai scrivendo poesie? »

« Come fai a sapere che non scrivo? »

« Lo so e basta. »

La sua voce mentre lo dice – calma, ponderata, benevola – mi riporta indietro. Gabriel sa come ci si sente quando si desidera così tanto qualcosa e si ha paura di non ottenerlo mai. La corrente che palpita sotto il sogno, la voce del dubbio: *E se non fossi abbastanza bravo?*

La tentazione è rinunciare ancora prima di avere il tempo di scoprirlo. Una volta era questo a legarci.

« Non è che non voglio », è tutto quel che riesco a dire.

Associo la poesia a momenti di grande felicità nella mia vita: da ragazzina amavo sognare a occhi aperti, poi, durante la prima, appassionata storia con Gabriel e persino, in qualche raro momento, da giovane madre, scribacchiavo dei versi, ogni tanto.

Se dovessi rispondere in modo corretto a Gabriel direi: *Perché ho paura. Perché se apro una pagina bianca penso che vedrò solo una cosa. Bobby.*

Gabriel mi prende la mano. « È tutto lì che ti aspetta, nel momento in cui ti sentirai pronta. Non se ne va mai davvero. »

Mi racconta di Louisa e del senso di colpa per il matrimonio fallito, anche se è stata lei a innamorarsi di qualcun altro. « È terribile quando l'amore tra due persone è sbilanciato. Io fingevo, naturalmente, ma Louisa non si lasciava ingannare. So di averla ferita. »

Parliamo di Leo, della sua difficoltà a inserirsi nella scuola del paese. Della necessità di trovare un modo per cambiare le cose.

Dico a voce alta la cosa che temo di più. « Pensi che dovresti trasferirti negli Stati Uniti, così Leo potrebbe stare vicino a sua madre? »

Lui mi guarda sconvolto. « Come puoi dire una cosa del genere? Dopo tutto questo? »

« Perché mi fa paura. »

« Non succederà. Non adesso. »

« Prometti? »

« Sì. »

È solo il secondo giorno della nostra relazione e siamo pieni di speranza e ottimismo.

Come mi sono abituata in fretta alla mia doppia vita. Ieri, arrivando al parco giochi della scuola, temevo di avere la colpa scritta in faccia; oggi pomeriggio mi sento già a mio agio. Saluto Leo con un rapido abbraccio, senza preoccuparmi degli occhi delle altre madri, uno sguardo indagatore che mi sento sempre addosso anche se cercano di nasconderlo. Sento la domanda che ronza tra loro in mia assenza: *Come puoi passare del tempo, giorno dopo giorno, con un bambino che non è il tuo? Un bambino che ha più o meno l'età di quello che hai perso?*

Non è una domanda cui potrei rispondere facilmente. Leo è molto diverso da Bobby. Tanto per cominciare, sembra più piccolo della sua età, mentre Bobby, che passava tanto tempo ad aiutare gli uomini alla fattoria, spesso sembrava più grande. Nel poco tempo che ho a disposizione con Leo ogni giorno dopo la scuola, la mia sola preoccupazione è rendere la sua vita più piacevole. Fargli sentire meno la mancanza della madre, almeno per un po', se posso.

Siamo in cucina e aspettiamo che il pasticcio di carne sia cotto quando entra Gabriel. Adocchia un sacchetto di dolci sul tavolo tra noi e lo afferra.

« Avresti potuto offrire », esclama, ficcandosi in bocca una caramella.

Leo gli sorride; adora che Gabriel sia nei paraggi. « Scusa, papà. Siamo andati al negozio dopo la scuola. »

« A che cosa state giocando? »

Io e Leo siamo nel bel mezzo di una partita a carte, e segniamo i punti su un pezzo di carta.

« Ramino. »

« Una volta mi piaceva. » Prende una sedia e si siede di fronte a noi. « C'è posto per un terzo? »

« Più siamo e meglio è », dico, e non so chi sia più euforico, se io o Leo.

È sbagliata l'ondata di contentezza che provo mentre mescolo il mazzo e do le carte a Gabriel, a Leo e a me? La dolce semplicità di noi tre, due adulti e un bambino, impegnati in un gioco che una volta facevo con i miei genitori.

Ogni giorno può essere così. Ogni giorno possiamo essere io e la mia famiglia in prestito.

Martedì sera

Suppongo che Frank sia al pub con Jimmy per la seconda sera di fila e non si è preso il disturbo di lasciarmi un biglietto. È un terreno nuovo per noi. Ha intuito quello che sta succedendo tra me e Gabriel? Frank, che è sempre in sintonia con qualsiasi mio stato d'animo, che sente le parole che non dico esattamente come quelle che dico. Deve aver notato che non nomino più Gabriel. Ci provo, sapendo che altrimenti Frank potrebbe insospettirsi, ma il nome mi rimane incastrato in gola.

È strano essere in casa da sola, con tutti i segni caratteristici della nostra vita familiare quotidiana - gli stivali infangati di Frank accanto alla porta d'ingresso, la sua cerata buttata sullo schienale di una sedia, la posta non ancora aperta sul tavolo - uguali a sempre, e io totalmente cambiata. Mi chiedo se anche Gabriel si senta così, quando gira per casa di notte mentre Leo dorme. Se ripercorre la giornata, le conversazioni, i baci, il toccarsi, il sesso elettrizzante. O se è diverso per me, che cerco di riassestarmi nella mia vita ipocrita. Una donna che ama due uomini e, forse, li ha sempre amati.

Vorrei poter parlare con qualcuno. Ma chi? Non Eleanor, che non si è mai preoccupata di nascondere la sua diffidenza verso Gabriel dovuta al fatto che è

«... diciamolo, un coglione fatto e finito». Dopo che ci siamo lasciati non riusciva a fare a meno di ripetere: «Non te l'avevo detto che sarebbe andata così? Non ci si può fidare dei ragazzi come lui». Se anche scoprisse la verità sulla nostra rottura e sulle bugie che l'hanno provocata, non credo che Eleanor cambierebbe idea su Gabriel. A parte tutto, è molto legata a Frank. Di certo non posso dirlo ai miei genitori, che sin dall'inizio hanno adorato Frank. Dio, odio pensare a che colpo sarebbe per papà. E neppure a Helen, il cui marito, Martin, è il migliore amico di Frank, e probabilmente sta bevendo una birra con lui proprio in questo momento. E l'intero, stramaledetto paese, se è per quello. Non riesco a pensare a una sola persona cui non piaccia Frank. Frank Johnson, l'eroe di Hemston, amato dalle nonne, dai contadini e dalle donne della chiesa.

La notte si è fatta buia senza che me ne accorgessi, e sobbalzo quando Nina irrompe dalla porta d'ingresso. «Perché te ne stai qui seduta al buio?» Comincia ad accendere le lampade, senza smettere di parlare. «A quanto pare, i ragazzi sono a sbronzarsi, stasera. Ho pensato che potremmo fare una festicciola anche noi, tu e io. Mi sa che le cattive abitudini di mio marito stanno contagiando il tuo.» Sulla parola «marito» mi guarda, come a sottolinearla, sposata com'è da tre giorni. «Da quando Frank beve whisky la sera durante la settimana? O in qualsiasi altra sera, ora che ci penso.»

Frank, che cosa ti ho fatto? penso, mentre un tenue chiarore inizia a riempire la stanza. Frank, che è stato sempre molto moderato nel bere, preferendo il più delle volte una tazza di tè con il latte fresco delle nostre mucche. Fino a non molto tempo fa al pub ci andavamo assieme il venerdì sera.

« Vogliamo almeno accendere il fuoco? »

Guardo mia cognata che scruta il cesto della legna, con le dita che ondeggiano mentre cerca l'innesco migliore: strisce di corteccia delle nostre betulle argentate, pigne, una manciata di rametti secchi. Strappa qualche pagina da una copia di *Farmer's Weekly* e inizia a mettere pezzetti di carta nella griglia. Sopra crea una specie di capanna di rametti e poi posiziona accuratamente i ciocchi più piccoli. Bruciamo soprattutto legno di quercia, frassino e olmo; il cedro è il mio preferito per il profumo. Io e Nina siamo brave ad accendere il fuoco, bisogna per forza esserlo se si vive in una casa vecchia e fredda come questa.

Nel giro di qualche minuto ci scaldiamo il viso davanti a uno splendido fuoco.

« Come siamo messe ad alcol? » domanda Nina.

« Ne abbiamo fin troppo. In frigo c'è ancora un sacco di vino. »

« Ci penso io. » Nina attraversa la cucina con un'andatura a metà tra la danza e la sfilata. È così felice.

Sediamo a gambe incrociate sul pavimento con i bicchieri pieni di vino e un piatto di formaggio e biscotti.

« Quanto ci vorrà ancora per finire tutti gli avanzi? » chiedo.

« Il formaggio uscirà di casa sulle sue gambe prima di noi. Ce n'è tantissimo. »

« Avreste dovuto fare la luna di miele. »

Non è un argomento nuovo. Io e Nina ne abbiamo parlato quasi tutti i giorni da quando hanno deciso di sposarsi. Frank ha ripetuto più volte che sarebbe stato in grado di occuparsi da solo della fattoria per qualche giorno, ma Jimmy non ne ha voluto sapere. « Ricordamelo, dov'è che siete andati voi due? Parigi? O era Roma? » l'ha stuzzicato.

Il dolore che s'insinua. La nostra luna di miele di ventiquattr'ore a Dorchester. Frank che mi ha portata in braccio oltre la soglia dell'albergo, il soggiorno era un regalo di David. Rivedo noi due, con i volti da bambini in una sala da pranzo piena di settantenni, che trattenevamo a stento le risate.

« Be', prima o poi potreste farla. »

Nina liquida le mie parole con un gesto della mano. Le vacanze sono per gli altri, non per la gente di campagna. « Indovina un po'? » Alla luce del fuoco il suo viso s'illumina di entusiasmo. « Sono una donna senza contraccettivi. »

Mi ci vuole qualche istante per comprendere le sue parole; quando capisco, sussulto bruscamente, ferita pur non avendone alcun diritto.

Nina si allunga a prendere la mia mano.

Un altro bambino a Blakely Farm. Non il nostro, ma il loro. È ciò che speravamo entrambi, più di ogni altra cosa. Dopo Bobby, nessuno dei due si è sentito pronto a riprovarci. Ma a volte desidero tanto un bambino, uno che posso prendere in prestito, un neonato dolce e non impegnativo che appartiene alle persone che amo di più al mondo.

« Sono così felice per voi », dico, con una mezza risata. « Lo so che non sembra, ma è quello che io e Frank speravamo. »

« Davvero? »

« Assolutamente sì. »

Ci abbracciamo e penso a tutti gli altri uomini e donne che devono essersi seduti davanti a questo antico focolare a condividere le belle notizie. I secoli passano, ma la speranza e l'ottimismo che accompagnano ogni nuova famiglia che nasce sono sempre gli stessi. Che altro c'è nella vita, in realtà, di altrettanto importante? Questa pausa momentanea in cui tutto cambia.

« Quando avete deciso? »

« Ne parlavamo da un po'. Siamo entrambi pronti. Be'... » Nina scoppia a ridere. « Jimmy è pronto come non mai. Spero che un bambino lo aiuti a rimettersi in carreggiata, sai? »

« Sarà così. Non dimenticare quant'è stato straordinario il giorno in cui è nato Bobby. Quell'uomo ha delle qualità nascoste. Non vedo l'ora. Sarò la zia migliore del mondo. Oddio, Frank sarà zio. Immagina come sarà. »

Evidentemente, quando penso a Frank il mio viso cambia.

« Beth? » dice piano Nina. Aspetta finché non alzo gli occhi su di lei. « C'è qualcosa che non va? »

Se solo potessi dirglielo. Ho fatto una cosa così brutta, così sbagliata, e non potrò mai tornare indietro. E il problema è che non sono neanche sicura di voler tornare indietro. Com'è possibile che l'infedeltà, una linea che si pensa di non oltrepassare mai, dopo un po' diventi quasi normale? Domani, finite le faccende in casa e nella fattoria, sgattaiolerò a Meadowlands per incontrare il mio amante. Andremo dritti a letto e per quelle poche, preziose ore non permetterò a me stessa di pensare a Frank. Ci vuole un certo atteggiamento mentale per esistere in due sfere parallele. Non mi sono mai immaginata come il tipo di donna che ce l'ha. E invece a quanto pare lo sono.

« No, non c'è niente che non va. »

« Bene. » Nina si allunga a darmi un bacio sulla guancia. « Perché siamo ancora nella settimana del mio matrimonio, e io voglio continuare a festeggiare. Ecco la mia luna di miele, Beth. Tu e io e, con un po' di fortuna, il ritorno dei nostri mariti ubriachi, prima o poi, per proseguire la festa. In questo momento, è tutto ciò che conta. »

Mercoledì

A Meadowlands la porta d'ingresso non è mai chiusa a chiave, così decido d'intrufolarmi e cogliere Gabriel di sorpresa. Sarà alla scrivania, a rubare qualche minuto di tempo per scrivere prima del mio arrivo. Nella mia testa immagino di lasciare una scia d'indumenti e arrivare completamente nuda nel suo studio. Mi sento squilibrata, non c'è altra parola per dirlo, posseduta dall'erotismo, da questo feroce e rapido riaccendersi dell'amore.

Dall'ingresso sento delle voci: Gabriel sta parlando con qualcuno. Una donna. La mia mente si ferma per lo shock. E se è qualcuno che conosco? Qualcuno che potrebbe dire a Frank di avermi vista a Meadowlands di giorno, senza Leo al seguito. Ho pensato a questa possibilità, ci abbiamo pensato entrambi, e abbiamo deciso che, se qualcuno avesse fatto domande, avremmo detto che stavo cucinando per Gabriel. Che cosa penso di fare, venendo qui un giorno dopo l'altro senza preoccuparmi delle conseguenze? È come se fossi in caduta libera, aspettando di schiantarmi al suolo o essere afferrata.

Torno sui miei passi, sperando di riuscire a raggiungere l'auto e andarmene prima che qualcuno mi veda, ma Gabriel arriva nell'ingresso.

« Ehi », dice, con un tono che denota la presenza di

un estraneo. « Ti prego, non andare via. Non ci metterò molto. Mi ero scordato che oggi sarebbe venuta una giornalista del *Times.* »

« Posso tornare in un altro momento. »

« No, no. Vieni, abbiamo quasi finito. Ho fatto il caffè. »

Al tavolo della cucina è seduta una giovane donna, con un quaderno a spirale aperto davanti a lei. Sorride quando entro.

« Beth, lei è Flora Hughes, sta scrivendo un articolo per il supplemento a colori. Beth è una mia vecchia amica. »

Provo una confusa fitta d'invidia guardando Flora, una giornalista alle prime armi con tutta la carriera davanti che già scrive per un quotidiano nazionale. Indossa un miniabito blu scuro e stivali bianchi con la zeppa che arrivano al ginocchio, i capelli tagliati alla moda, con una frangia che si ferma appena sopra gli occhi. Il suo aspetto grida « Londra » in modo quasi intimidatorio.

Gabriel mi passa una tazza di caffè, sorridendo impercettibilmente mentre le sue dita sfiorano le mie. *Non ci vorrà molto,* dicono i suoi occhi.

« Ha qualche altra domanda? » chiede a Flora, poi si rivolge a me. « Flora dice che sta scrivendo un pezzo su una nuova ondata di giovani scrittori che sta mettendo a soqquadro l'editoria britannica, oltre alla sua intervista con me, la celebrità in declino. A trentun anni, sono decisamente della vecchia guardia. » Gabriel ride. Flora no.

« Non è assolutamente quello che intendevo. Per favore, non pensi... » protesta.

« Flora, sto scherzando. » Gabriel le sorride, lei arrossisce.

È una strana sensazione assistere a tutto questo. Ho sempre saputo che Gabriel era universalmente ritenuto una star, soprattutto quando sono usciti i suoi primi due libri. Ricordo svariati articoli scritti da giornaliste di riviste femminili che sembravano soffermarsi su ciò che indossava e sul profumo del suo dopobarba quasi quanto sul contenuto dei suoi libri, articoli in cui pareva di sentire i sospiri delle autrici. Non era solo il suo bell'aspetto. Le scene di sesso che scriveva, più esplicite di qualsiasi altra cosa comparsa prima in editoria, gli avevano portato migliaia di lettori. Aveva fatto mangiare la polvere a D.H. Lawrence e ai suoi audaci riferimenti carnali.

Mi siedo all'altro capo del tavolo con il mio caffè e il *Daily Telegraph* di Gabriel aperto alla pagina del cruciverba, che ha cominciato a riempire con la sua grafia elegante e sinuosa. Mi ritrovo a fissare quella scrittura, ricordando le lettere che mi spediva quand'era a Oxford, all'inizio così appassionate. Dopo che abbiamo rotto le ho bruciate, ma le avevo lette così spesso che ricordo ancora le cose che aveva scritto. *Come può essere giusto che due persone che vivevano l'una dentro l'altra come noi, quasi come se fossimo diventati la stessa persona, siano separate in questo modo?*

Sembra incomprensibile ora, sapendo quello che so, che ci siamo lasciati cadere nella disillusione senza neanche almeno provare a capire ciò che era successo. Sono state la giovinezza e l'ingenuità a farci comportare così? Se io l'avessi chiamato, se lui mi avesse spedito una di quelle lettere che ha detto di aver scritto e strappato, se sua madre non fosse stata così d'intralcio... che cosa sarebbe accaduto? Avrei potuto avere questa vita, quella che sto vivendo a metà proprio ora, in qualche bizzarra fantasia rovesciata in cui nulla è come dovrebbe essere.

Flora sta chiedendo a Gabriel del suo ultimo romanzo e, mentre ascolto, mi rendo conto di non avergli mai domandato di cosa parla. Magari ho chiesto: «Come va la scrittura?» o: «A che punto sei con questa bozza?» Ma neanche una volta ha parlato della trama. Mi sento irrigidire mentre ascolto le parole.

«Questo romanzo è un ritorno a un'idea che ho avuto molti anni fa, prima ancora di essere pubblicato. È incentrato su una giovane donna sessualmente avventurosa in un'epoca in cui la logica dei due pesi e due misure era più radicata di oggi. Stiamo attraversando una rivoluzione sessuale, secondo quanto riportano i giornali. Eppure, alcuni dei reportage che leggo sulle donne, anche nei giornali più rispettabili come il suo, mi mettono a disagio. Per me, scrivere è un modo per dare un senso all'ansia che sento nel mio subconscio. All'inizio, non sempre so perché sto scrivendo un romanzo, mi diventa chiaro solo dopo un po'.»

«E l'idea della parità di genere è qualcosa che ha trovato facile da abbracciare come uomo?» domanda Flora.

Ah, ecco perché Flora si è guadagnata il posto in un giornale nazionale, penso. Non ha paura, fa le domande giuste. È felice di mostrare gli artigli.

Gabriel ride, ma io percepisco la sua irritazione. « Difficilmente starei scrivendo il romanzo se non fosse così. » Si ferma e, fatalmente, mi guarda. « Io e Beth ne parlavamo quand'eravamo giovani. Ti ricordi, Beth? »

« Di cosa? » dico, alzando gli occhi con la maggior disinvoltura possibile.

« Quelle conversazioni sulla disuguaglianza. Sottolineavi sempre le cose che io davo per scontate e che le donne non potevano fare, come aprire un conto in banca o sedere al pub da sole. »

È un riferimento innocente: dopotutto, Gabriel mi ha presentata a Flora come una vecchia amica. Eppure mi sento arrossire. Quando non dico nulla c'è un momento di silenzio teso e Gabriel, accortosi del mio disagio, distoglie lo sguardo.

Flora osserva con palese curiosità. « Come ha detto che vi siete conosciuti? »

« Non l'ho detto. Siamo cresciuti tutti e due qui a Hemston. »

« Percepisco una specie di storia tra voi due...? »

La voce di Flora è leggera e provocatoria, ma Gabriel la stronca subito. « Si sbaglia. E non è affatto rilevante per l'articolo. Spero che abbia tutto quello che le serve, ora. »

Dopo che la giornalista se n'è andata, io e Gabriel andiamo di sopra, a letto, con le tende tirate a chiudere fuori il mondo. Facciamo sesso e poi parliamo, e il pomeriggio rotola via come tutti gli altri che l'hanno preceduto, ma io non riesco a rilassarmi davvero. La mia paura di essere scoperta da qualcuno che conosco non mi lascia. Non riesco a scrollarmela di dosso. L'intrusione nelle nostre vite di Flora Hughes, una giovane giornalista in cerca di sensazionalismo, mi ha innervosito e questo universo temporaneo che abbiamo creato non sembra più sacro. Non sembra più sicuro.

Mercoledì sera

« Pub tutte le sere adesso, eh? » dico, facendo del mio meglio per mantenere un tono leggero mentre Frank si alza da tavola non appena abbiamo finito di cenare.

« Così pare. » Anche lui cerca di sembrare spensierato, ma colgo la tensione nella sua voce, e la tristezza.

Frank non mi chiede se voglio andare con lui, come avrebbe fatto fino a una settimana fa. Abbiamo mangiato le nostre patate al forno con formaggio quasi in silenzio, mentre io mi odiavo a ogni tentativo di fare conversazione. Nella mia testa non c'è altro che: *Andrà tutto bene?* e: *Ti prego, non odiarmi,* e all'infinito: *Mi dispiace, mi dispiace davvero*. Di tanto in tanto l'ho sorpreso a osservarmi, ma era impossibile sapere cosa stesse pensando.

« Frank... » lo chiamo, mentre è sul punto di uscire.

Lui si volta. Aspetta. « Sì? » chiede, quando non trovo niente da dirgli.

Niente e tutto.

« Divertiti », è ciò che mi viene, e mi maledico mentalmente per la stupidità di tutto questo.

« Buonanotte, Beth. »

Stiamo già diventando estranei.

Rimasta sola, mi aggiro per la cucina, incapace di placare la tempesta di pensieri. *Che cosa devo fare? Per favore, qualcuno, chiunque, mi dica cosa fare.* Non c'è nessuno cui rivolgermi, nessuno che potrebbe darmi un consiglio senza rimproverarmi con le parole o con gli occhi, senza giudicarmi. *Come fai a continuare a ferire tuo marito in questo modo? Un uomo che ti ama fin dal primo giorno?* È perché sono cattiva per natura, in tutto e per tutto. Devo per forza esserlo, altrimenti come potrei essere capace di tradire Frank così, non una volta, ma giorno dopo giorno? Com'è possibile che anche adesso, con il cuore più nero, io vada a letto desiderando che arrivi il mattino? Perché al mattino c'è di nuovo Gabriel.

Giovedì

Ci sarà un momento in cui vedrò il volto di Gabriel senza provare questa travolgente vertigine per quanto è bello, o almeno, per quanto è bello per me? Un momento in cui non arriverà di corsa nell'atrio sentendo la porta che si chiude alle mie spalle? In cui non mi prenderà tra le braccia e mi bacerà come se fossimo stati separati per mesi invece che per una sola notte? In cui non mi sentirò così soffocata dall'amore, dalla lussuria, da non riuscire a parlare? Quando comincerà a spegnersi la nostra passione, che è stata così feroce nel riaccendersi?

In questo quarto giorno da amanti, ci afferriamo e non arriviamo neanche al piano di sopra, gli abiti sparsi sul parquet, il lampadario abbagliante sopra di me, il nostro fare l'amore stavolta veloce e sconsiderato. Dopo, mostro a Gabriel il segno rosso lasciato dal bordo del primo scalino, che ha premuto così dolorosamente sulla parte bassa della mia schiena che mi sono quasi dovuta fermare. Quasi. Gabriel si china a baciare il segno, che in un giorno o due diventerà un livido.

« Perché non hai detto niente? »

« Non è grave. »

Lui ride. « No. Ma non voglio mai farti del male. Quindi devi dirmelo. »

Oggi fa caldo, e decidiamo di trascorrere le ore libere al lago. È una pazzia rischiare di essere vista in giro con Gabriel alla luce del giorno, specie dopo l'intrusione della giornalista, ieri, ma lo faccio lo stesso. Mi chiedo se corro questi rischi perché in fondo voglio solo che sia finita, qualunque cosa ciò voglia dire. Ma forse stiamo solo inseguendo i fantasmi di prima, la ragazza e il ragazzo che tanto tempo fa hanno passato un'intera estate in riva a questo lago.

Stendiamo il vecchio plaid da picnic blu, lo stesso del giorno in cui ho conosciuto Gabriel.

« Ricordi quel primo pomeriggio? » gli chiedo.

« Certo. Ho pensato che fossi la ragazza più sgarbata, irritante, assolutamente affascinante che io avessi mai incontrato. »

« Eri tu quello sgarbato. Mi hai detto di uscire dalla tua proprietà. »

« Dio, ero insopportabile. E mi vestivo come un vecchio pensionato. Non c'è da stupirsi che tu mi abbia detestato fin da subito. »

« Sei riuscito a farmi cambiare idea abbastanza in fretta. »

Ci sorridiamo, ricordando. Mi rendo conto che è la prima volta che riesco a guardare indietro, a quei giorni, senza dolore. Ecco che cos'ha fatto la relazione, ha addolcito il nostro inizio trasformandolo in ciò che davvero era, una vertiginosa ed elettrizzante fusione di due sé. Per un tempo brevissimo, abbiamo capito cosa significava essere l'altro. Sapevamo leggere un silenzio con competenza forense, ponendo sempre la domanda giusta, e così non c'è mai stato bisogno di segreti. Niente che non potesse essere condiviso. Non stupisce che nessuno dei due sia riuscito a riprendersi del tutto. Non stupisce che siamo dovuti tornare.

Per qualche ora abbiamo da compiacere solo noi stessi. E abbiamo questo lago, questo incantevole lago da cartolina, dove tanto tempo fa è cominciato tutto.

Guardiamo un'allodola librarsi sopra l'acqua in una verticale perfetta, quasi un'esibizione. E so che i nostri pensieri corrono in sintonia, come facevano sempre, quando Gabriel dice: « Accetterei volentieri tutto questo come il mio per sempre ».

Quand'è ora che io vada a prendere Leo, Gabriel dice che ci penserà lui. « Rimani qui, goditi il sole. » Si allunga per baciarmi. « Non vado abbastanza spesso a prenderlo a scuola. »

Sappiamo entrambi che non possiamo assolutamente rischiare di farci vedere assieme nel cortile della scuola.

Mentre Gabriel non c'è, mi metto seduta e guardo il nostro lago, con la mente che vola in un'altra epoca. Da adolescente non facevo che sognare a occhi aperti. Ora mi trovo assorta ancora una volta mentre immagino la vita che avremmo potuto avere se la nostra storia non fosse naufragata.

Eccoci a Oxford, una coppia di brillanti laureandi con il mondo ai loro piedi. Camminare mano nella mano per le vie illuminate dalla luna, fermarsi per un bacio in un vicolo acciottolato. In barca sul fiume, Gabriel con un cappello di paglia da barcaiolo e io con la mano immersa nell'acqua. Scrivere tesine fianco a fianco alla Bodleian Library. La sera, Gabriel che legge brani del suo romanzo, aspettando con ansia la mia opinione. Io che gli mostro le mie poesie. La vita da scrittrice che una volta desideravo ardentemente, e segretamente desidero ancora. Il primo romanzo di Gabriel che viene pubblicato, e noi due che beviamo champagne, storditi dalla gioia e increduli perché la cosa che aveva sempre voluto è successa davvero. Più avanti, un'antologia di poesie per me, e Gabriel che mi fissa mentre leggo per un pubblico rapito. Noi due come genitori, oso immaginarlo? Io e Gabriel con il nostro bambino. Il cuore mi batte più forte alla visione della famiglia che avremmo potuto essere e, quando Leo mi chiama e mi volto per vedere padre e figlio che vengono verso di me, rimango sconvolta. Come se dal sogno li avessi trascinati nella realtà.

« Facciamo un picnic », dice Leo, posando un cesto di vimini accanto a me sul plaid. « Vino per voi, succo di ribes per me. »

« Praticamente la stessa cosa », rispondo, e lui ride. Inizia a tirare fuori le cose dal cesto. Prosciutto affettato, formaggio, lattuga, pomodori, un vasetto di vetro con una vinaigrette per condire l'insalata. Echi di quella prima cena al chiaro di luna tanto tempo fa.

Gabriel mi sorride. « È stato Leo a suggerirlo. Un'ottima idea, vero? »

Annuisco e distolgo lo sguardo, preoccupata che

Leo possa intuire qualcosa se ci guardiamo troppo a lungo. Ogni giorno diventa più difficile staccarmi dal mio amante e tornare nel ruolo di tata di Leo.

Gabriel stappa il vino e lo versa in due bicchieri, e un altro bicchiere da vino è per il succo di ribes di Leo, che hanno diluito a casa.

« Cin cin », dice Leo, alzando il bicchiere e bevendo entusiasta.

Io e Gabriel gli sorridiamo, come due genitori indulgenti.

È un pomeriggio perfetto, e il sole è ancora caldo in un cielo senza nuvole. Ci togliamo scarpe e calze e ci sediamo in riva al lago a rinfrescarci i piedi nelle sue ombre argentate.

Leo elenca gli uccelli che riconosce dal canto: pavoncella, rondine, merlo e poi, in lontananza nel bosco, un gufo che annuncia la fine del nostro pomeriggio.

« M'insegni? » gli chiede Gabriel.

Io rimango seduta, il viso rivolto verso il sole, e ogni tanto apro le palpebre per sbirciare padre e figlio mentre ascoltano attenti i suoni della natura, le teste scure l'una vicina all'altra. « Mi piace quando non lavori, papà », dice Leo, e Gabriel gli cinge le spalle con un braccio.

« Anche a me. Dovremmo farlo più spesso. »

« È il massimo. » Leo volta la testa da Gabriel a me. « Vero? »

« Vero », dice Gabriel, con fin troppo sentimento.

« Vero », dico io, piano.

Venerdì mattina

Nina arriva proprio mentre sto uscendo per andare a Meadowlands. «Hai tempo per una tazza di tè?»

Portiamo la bevanda fuori, sul tavolino del giardino sul retro. Sta arrivando l'autunno, la nostra siepe si sta riempiendo di mirtilli, bacche di rosa canina, sambuco e prugnole. All'epoca, Bobby sarebbe stato qui, con le labbra macchiate di viola, in punta di piedi per afferrare il grappolo di frutta più ricco.

Non appena ci sediamo, Nina dice: «L'altro giorno c'era una giornalista a casa di Gabriel, vero?»

«Ah, sì? Non saprei.»

Nina mi guarda, con una punta d'irritazione sul suo bel viso. «Dovresti saperlo, perché eri là. E voglio sapere perché.»

«Perché cosa?» ribatto, per prendere tempo.

«Perché eri a Meadowlands in pieno giorno mentre Leo era a scuola. Perché una scribacchina sta ficcanasando al pub facendo domande su di te.»

Oh, vorrei dirglielo. Davvero. Sfogare un flusso di angoscia e gioia e confusione, un'istantanea della miriade di emozioni che mi attraversano momento dopo momento. Io e Nina siamo molto unite, ma è anche la moglie del fratello di mio marito. È l'ultima persona al mondo cui potrei dirlo.

« Spiegami cosa voleva sapere di me la giornalista. E io ti spiegherò che ci facevo a Meadowlands. »

« D'accordo. » Nina prende la sua tazza e beve un sorso. « Era molto giovane, molto sicura di sé... be', l'hai conosciuta. La prima volta è venuta all'ora di pranzo. Ha ordinato una gazzosa. Dava decisamente nell'occhio. Ero curiosa di scoprire qualcosa di lei, così le ho chiesto dove avesse preso quegli stivali bianchi. 'Un negozietto in Carnaby Street', ha risposto. » Nina imita alla perfezione l'accento londinese di Flora. « Ci siamo messe a chiacchierare e mi ha detto di aver intervistato 'il famoso scrittore' Gabriel Wolfe. Ha detto che sperava di avere qualche informazione dagli abitanti del paese che lo conoscono da tempo, com'era da ragazzo, bla bla bla. Le ho spiegato che la famiglia Wolfe non veniva mai al pub, senza dubbio preferivano bere champagne a casa. Per quanto ne so, non andavano neanche in chiesa, quindi non li si vedeva spesso. A quel punto mi ha detto che in casa c'era una vecchia amica, Beth. 'Sembravano piuttosto intimi. Mi chiedevo dove potrei trovarla.' »

Non arrossisco sotto lo sguardo severo di mia cognata. Anche mentre il panico m'invade il petto, penso a una storia, una mezza verità che potrebbe funzionare. Ecco cosa sono diventata, un'esperta e convincente bugiarda.

« Che impicciona », commento, ma Nina non prova neanche a sorridere.

« Quindi? Perché eri là? »

« Okay, ma devi promettermi che non dirai niente a

Jimmy. O a Frank. Non finché non avrò avuto modo di dirglielo io.» Lei annuisce, spazientita. «Il nuovo romanzo di Gabriel è la rivisitazione di una vecchia idea, una storia d'amore cui stava lavorando quando ci siamo conosciuti da adolescenti.»

«Non dirmi che sta scrivendo della *vostra* storia d'amore!»

L'espressione comunicata dalla sua voce è quasi comica. Un balzo indietro vocale. Nina sa pochissimo del periodo in cui io e Gabriel siamo stati assieme la prima volta, è successo molto tempo prima di conoscerla, e questo non è proprio un argomento di cui a Blakely Farm si parla volentieri.

«No, niente del genere. Ma per lui ritrovarmi è stato come conoscermi per la seconda volta, e gli sono tornati in mente i discorsi che facevamo. All'epoca parlavamo molto della scrittura, era una cosa che avevamo in comune. Così, visto che era impantanato nella stesura, ha cominciato a parlarmene. Abbiamo ragionato assieme sulla trama, su cosa potrebbe succedere dopo, e credo che l'abbia trovato utile. Tutto qui.»

«Capisco.»

Non mi piace il modo in cui Nina mi guarda. E neanche il tono della sua voce: strano, sospettoso.

«Be', dovresti sapere che la giornalista è tornata la sera. Probabilmente è stata in giro per il paese a ficcare il naso per tutto il pomeriggio. Si è seduta al bancone e ha ordinato un Campari e gazzosa. C'erano anche Frank e Jimmy.»

«Cosa? No.»

« Ha ricominciato a fare domande. È saltato fuori il tuo nome. Le avevo detto che non potevo rivelare dove trovare nessuno degli abitanti del villaggio, e lei mi fa, tutta euforica: 'Ho trovato Beth Johnson. Vive a Blakely Farm'. Frank ha sentito e l'ha inchiodata: 'Cosa vuole da mia moglie?' »

Ascolto Nina con le mani premute sulla bocca. « E lei che ha detto? »

« Esattamente quello che aveva detto a me. Che stava scrivendo un pezzo a colori – qualunque cosa voglia dire – su Gabriel Wolfe e voleva parlare con le persone più vicine a lui. »

« Oddio. Perché non me ne ha parlato? »

« Frank era furioso, Beth. Le ha detto di levarsi dalle palle. 'Se prova a infastidire mia moglie alla fattoria, la denuncio alla polizia per violazione di proprietà privata.' Ha avuto una reazione eccessiva, e si vedeva benissimo che lei stava registrando tutto l'insieme. Io non so cosa stia succedendo tra te e Gabriel, ma qualunque cosa sia direi che Frank ne ha un'idea precisa. »

Dopo che Nina se n'è andata, cammino su e giù per la cucina, parlando tra me e me. *Che significa tutto ciò? Frank lo sa? È finita? Finita tra me e Gabriel? Finita tra me e Frank?*

Alzo il telefono e con mani tremanti compongo il numero di Gabriel. Non corro nessun rischio, la casa è deserta, eppure mi ritrovo a bisbigliare in tono colpevole mentre gli riferisco la conversazione con Nina.

« Ovviamente non posso rischiare e venire. Non oggi, non finché non vedo Frank. »

« Ma Frank com'era ieri sera? Non ti avrebbe detto qualcosa? »

« L'ho visto a malapena. Non ha neanche cenato, è andato direttamente al pub. »

È questo, più di tutto il resto, a dire la verità. Mio marito mi sta evitando perché sa. Ha sempre saputo. Siamo invischiati in questo triangolo da più di un decennio e, persino nei nostri anni più felici, Frank ha sempre avuto paura di essere cacciato via. Non l'ha mai detto, non era necessario.

« Che farai? » chiede Gabriel, piano.

Farai, non *faremo*. Questo è il mio dilemma, non il suo. Gabriel può amare chi vuole. Peccato che abbia scelto una donna che non è libera di amarlo a sua volta.

« Non lo so. Devo parlare con Frank. »

« Starai bene? »

Sento le parole che non dice: *Andrà tutto bene?*

« Ho paura. »

« Di che cosa? Di quello che farà Frank se lo scopre? »

« No, non di quello. »

Frank non si arrabbierà. Non l'ho mai visto perdere la calma. O forse non l'ho *ancora* visto perdere la calma. Nina sembrava sconvolta mentre descriveva Frank che urlava contro la giornalista. Come me, ha sempre visto solo il Frank posato e calmo, esperto nel placare il fratello, che invece spesso si accende in fretta. Quando c'era Bobby, ero felice di aver sposato un uomo che non ha mai alzato la voce con suo figlio. Si vedono in continuazione padri che urlano ai figli, che fanno presto ad appioppare uno schiaffo o uno scappellotto. Frank no. Nei nove anni di vita di Bobby non l'ho visto una sola volta gridargli contro.

« Ho paura del dolore che Frank starà provando. E di perderti. »

« Sì, io sono terrorizzato da questo. »

Per un lunghissimo minuto nessuno dei due dice niente, respiriamo all'unisono in silenzio. Sto pensando a quanto sarà impossibile dire addio a Gabriel. Sperando di non doverlo fare, che qualsiasi cosa ci sia tra noi, questa folle e bruciante ossessione, trovi la sua fine. E magari che la nostra fine non sia una fine.

« Ti amo », dice Gabriel. « Se è finita qui, sai che ti capisco. Voglio che tu faccia quello che è giusto per te. Ma... posso dirlo? Questi ultimi giorni con te mi hanno fatto capire quanto sono stato stupido a lasciarti andare l'ultima volta. L'ho sempre saputo, ma ora lo so *davvero*. Eravamo destinati a stare assieme. Spero solo che avremo una seconda possibilità. »

Venerdì pomeriggio

Vedo il fumo, enormi ammassi grigi e contorti, non appena esco di casa, ma, all'inizio, non riesco a capire da dove venga. Rimango in piedi in cortile, confusa, mentre le volute si spargono nel cielo. Il mio processo mentale è troppo lento. Abbiamo appiccato il fuoco nei campi un mese fa, subito dopo il raccolto, per bruciare le stoppie. Non c'è altra ragione per un incendio.

Quando finalmente capisco, è come se mi arrivasse un pugno nello stomaco.

Attraverso i campi correndo come una pazza. Le siepi sono accese dei gloriosi colori autunnali e io me ne accorgo a malapena, strisce di rosso e viola che si confondono. Staccionate che a stento vedo e che non ricorderò di aver scavalcato. Cancelli che apro e non mi preoccupo di chiudere. Diversi ettari di erba alta che nasconde buche in cui inciampare.

L'albero di Bobby sta bruciando. Lo so prima ancora di vederlo, prima di arrivare al limitare del campo e osservare le fiamme che avvolgono il ceppo e una linea di fuoco che serpeggia tra l'erba verso gli alberi. Frank mi dà le spalle, però vedo le latte di cherosene ai suoi piedi.

« Frank! » Grido il suo nome, ma sulle prime lui non si volta. Forse non mi sente, forse non vuole sentirmi.

Forse è così concentrato sul fuoco dentro e fuori che non ha spazio per nient'altro. Riesco a leggere il suo stato d'animo da qui, il fiero controllo che lo spinge a distruggere il moncone d'albero dalla larghezza colossale, con il suo peso implicito, la disperata foga di Frank di distruggere, bruciandola, una perdita che è al centro di tutto.

Sono cambiate così tante cose da quel fatidico, tragico giorno. Abbiamo superato l'autunno una, due, quasi tre volte. Ho raccolto la frutta e ho preparato marmellate, crumble e torte, come ho sempre fatto, prima di Bobby, con Bobby, senza Bobby. Lui non c'era quando sono nati gli agnelli, non ha sentito cantare gli usignoli, o il cuculo, che annuncia sempre l'arrivo della primavera. Abbiamo messo al sicuro il raccolto senza di lui. Abbiamo arato, seminato e coltivato. Per me e Frank è cambiato tutto il giorno in cui Bobby è morto, ma la fattoria è rimasta uguale, una stagione dopo l'altra. E, attraverso ogni cosa, attraverso la neve, la pioggia e il sole cocente, il ceppo è rimasto lì a ricordarcelo.

Ho raggiunto Frank. Gli occhi mi bruciano, il fumo mi raschia in gola. « E gli uccelli, Frank? Lui amava gli uccelli. »

Quante volte siamo venuti in questo campo con il binocolo per avvistare gli uccelli? Poiane, sparvieri e merli. Picchi, cinciallegre. Pettirossi e cutrettole, e le cornacchie che volteggiavano sui nidi al tramonto, gracchiando tra loro come signore dell'alta società a una festa. Li amava tutti.

«I suoi uccelli se ne sono andati da un pezzo.» Frank non mi ha ancora guardata.

«Ma potrebbero esserci dei nidi. Il fumo li ucciderà.»

«Si spegnerà presto. Il legno è umido.»

«Non puoi dar fuoco così alle cose.»

«Perché no? È la mia terra. Mi appartiene. Posso distruggerla, se voglio.»

«Ma perché?»

A questo punto Frank si volta a guardarmi. «È finita.» La sua voce è piatta, il volto inespressivo. Non c'è quasi nulla dell'uomo che conosco, non ho modo di raggiungerlo.

«Cos'è finito, Frank? L'albero? Bobby? Tu e io?»

«Tutto.»

Sto piangendo. «Mi dispiace...»

Lui alza una mano per zittirmi. «È sempre stato lui.»

«Non è vero.»

«Io ero la tua seconda scelta.»

«No. Tu eri diverso. Eri migliore. Mi hai salvata, ricordi?»

«Niente di tutto questo ha più importanza. È troppo tardi.»

«Come l'hai saputo?»

«Lo so dal matrimonio. Il modo in cui lo guardavi. Come se lo volessi. La gente chiacchiera. Presto lo saprà tutto il paese.»

«Io ti amo ancora. Amo te.»

«E lui. Lo ami, vero?»

Esito un istante di troppo. Vorrei mentire, proteggere Frank, salvare noi se possibile, o almeno avere una chance di salvarci. Ma la sola cosa che abbiamo sempre avuto tra noi è la verità. «Sì.»

Persino ora il suo viso non cambia, ma io lo conosco, vedo l'aria che lo abbandona, o forse la combattività.

« Allora puoi averlo. Non ti ostacolerò. E non intralcerò lui. Tu sai perché.»

Frank raccoglie le latte di cherosene e si avvia attraverso il campo, e io resto a guardarlo finché non è che un puntino all'orizzonte.

Venerdì notte

Io e Frank stiamo dormendo, o almeno facciamo finta, quando sentiamo un gran chiasso al piano di sotto. La porta che sbatte, i colpi degli stivali sulle assi del pavimento, una sedia rovesciata.

«Ma che diavolo...?» dice Frank, mentre gli stivali rimbombano su per le scale e dentro la nostra camera.

«Lo sapevi?» grida Jimmy.

«Fuori dalle palle, Jimmy, stiamo dormendo.» Frank si allunga sopra di me per accendere la lampada. La sua manica mi sfiora il viso. Frank, che non ha mai indossato niente a letto, neanche nelle più fredde notti invernali, è ancora mezzo vestito, con T-shirt e mutande.

La stanza s'illumina e ci troviamo davanti Jimmy con il viso arrossato per la rabbia o la birra, o forse tutte e due.

«Dimmi che non è vero, Beth.»

Non riesco a trovare una sola parola da dirgli, non posso essere quello che vuole, la sua sorella maggiore, la moglie di suo fratello, la sua protettrice, la sua nutrice. Restiamo a fissarci, io e Jimmy, mentre la rabbia monta dentro di lui come un ruggito. Si volta di scatto verso Frank, il viso contorto dal disprezzo.

«È così, quindi? Le permetti di scopare con quel

verme e dopo venire a letto con te come se niente fosse? »

« Chiudi il becco. Non essere volgare. » Frank si è alzato, ha raccolto i jeans dal pavimento e sta spingendo suo fratello fuori dalla stanza. Sulla soglia, si volta a guardarmi. « Resta lì. Me la vedo io con lui. Non è il caso che tu senta. »

E invece devo sentire. Eccolo, è il momento della resa dei conti, e in un certo senso lo desidero.

In cucina, i due fratelli si fronteggiano, a pochi centimetri l'uno dall'altro. Frank è scalzo, la cintura dei jeans è ancora slacciata. Sul tavolo, una bottiglia di whisky mezza vuota ci fissa.

« Come fai a sopportarlo? » Jimmy chiede a Frank, mentre io rimango a circa mezzo metro.

Frank lancia un'occhiata verso di me, poi scrolla le spalle.

Che cos'ho fatto a quest'uomo che da quasi tutta la vita è la mia anima gemella, il mio migliore amico, il padre di mio figlio.

« Vacca, stramaledetta vacca egoista », dice Jimmy.

Frank lo afferra per un braccio, stringendo così forte che Jimmy lancia un guaito. « Non parlare così a mia moglie. Non intendo tollerarlo. »

« È ancora tua moglie? Sei sicuro? »

« Sì. E non sono affari tuoi. »

Jimmy si volta a guardarmi. « Come hai potuto, Beth? Dopo tutto quello che ha passato la nostra famiglia. Dopo che Bobby... » Sussurra il nome di suo nipote con tale reverenza, come se anche solo il ricordo di

Bobby fosse troppo puro per essere coinvolto in tutto questo. « Abbiamo bisogno l'uno dell'altro. Non è così? E Frank ti ama, più di quanto chiunque altro potrebbe mai amarti. »

Quando né Frank né io diciamo niente – perché non c'è niente da dire – Jimmy inizia a sbraitare.

È molto più ubriaco di quanto pensassi.

« E quindi? Questa storia può continuare? Lo sai, vero, Beth, che tutto il paese sa di te e del tuo piccolo, sporco segreto? Al pub non si parlava d'altro. Credevi che nessuno ti avrebbe vista intrufolarti nel tuo nido d'amore mentre tuo marito si spacca la schiena lavorando? »

« Te l'ho già detto, Jimmy, lasciala stare. Questa è una faccenda che dobbiamo risolvere io e Beth, nessun altro. »

Jimmy scoppia a piangere. Ha un'aria così smarrita, e io vorrei soltanto abbracciarlo, come avrei fatto ogni singolo giorno degli anni passati. Ma non ora.

« E che mi dici di *lui*? Intendi lasciare che la faccia franca? »

Frank fa spallucce. « Immagino di sì. »

« Be', buon per te. Perché io ho intenzione di spaccargli il muso. Dargli una bella lezione. »

Jimmy si fionda verso la bottiglia di whisky, ma Frank è più veloce. La prende e la getta a terra, dove il vetro s'infrange in centinaia di schegge. È l'unico segno esteriore del tormento che so che lo sta divorando.

Jimmy si accascia contro il fratello, sconfitto, e Frank

lo cinge con le braccia come se reggesse un bambino. Mi guarda al di sopra della testa di Jimmy e con gli occhi m'indica la scala. *Vai,* mima con le labbra, deciso a risparmiarmi persino adesso.

Non ho mai meritato meno la sua bontà.

Sabato mattina

Passo la mattinata a girare per la cucina, cercando di ricordare cosa facevo il sabato prima che le nostre vite implodessero. Cucinavo, pulivo, facevo il bucato, poi aiutavo gli uomini nella fattoria. Se arrivavo a sorpresa nella stalla, Frank era sempre euforico, e il volto gli s'illuminava di gioia. Una cosa così piccola, semplice... vorrei averlo fatto più spesso.

Mi aspettavo di rivedere Nina oggi, ma è rimasta alla larga dalla fattoria. Li ho traditi tutti. Nina, che la prima volta che mi ha incontrata mi ha detto: « Da grande posso essere te, Beth? » All'epoca avevo tutto, un marito che amavo, il bambino più buffo e dolce che sia mai esistito, ottanta ettari di sangue, sudore e lacrime che erano anche il nostro paradiso privato. Mi sentivo così fortunata. Per molti anni mi sono sentita fortunata.

So che non mi perdonerò mai per quello che ho fatto a Frank, l'uomo che mi ha dato tutto questo. Ma oggi è per Jimmy che sono più preoccupata. Non è mai stata del tutto normale la sua reazione, o meglio, la sua reazione eccessiva, ai cambiamenti improvvisi. O il modo in cui dipende da Frank, anche adesso che è un uomo sposato che presto avrà dei figli suoi. Quando Jimmy diventerà padre si comporterà ancora come un bambino se le cose vanno male? Pesterà i piedi, litigherà con il suo stesso figlio, impelagato in una lite da parco giochi finché Nina non interverrà?

Non riesco a smettere di pensare a quanto Jimmy sembrasse perso. A Frank che lo teneva tra le braccia come un bambino. Frank ha sempre capito istintivamente cos'è successo a Jimmy dopo che la loro madre è morta. Ha compreso che è rimasto bloccato, incapace di maturare. Non l'ha mai biasimato quando Jimmy si è dato all'alcol e alla violenza occasionale, anestetizzando il dolore nel solo modo che conosceva. David si arrabbiava da morire con Jimmy, ma Frank no, mai.

Mi odio per il modo in cui la mia famiglia si sta sgretolando, però ora capisco che era inevitabile sia per me sia per Gabriel; a un certo punto, avremmo trovato la strada per tornare l'uno dall'altra. La nostra storia era incompiuta, lo è ancora. C'erano troppe domande, troppi pezzi che non quadravano. Troppo desiderio irrisolto. Una lussuria che è sempre rimasta lì, sullo sfondo, a sobbollire, anche con il passare degli anni. È bastato sfregare un fiammifero. Se Bobby fosse vissuto, io sarei andata avanti nella mia piccola enclave di buona sorte. Ma Bobby è morto. Tutto è crollato. E poi, poco dopo, è comparso Gabriel.

Sono troppo inquieta per rimanere seduta. Mi preparo una tazza di tè che finisce per raffreddarsi intatta, strofino di malavoglia alcune tute che mi attendono sull'asse del bucato, ma le abbandono subito, assalita da pensieri che non riesco a controllare. Per quanto tempo ancora farò il bucato per Frank e Jimmy? O cucinerò la cena? O li aiuterò nei lavori della fattoria? È la fine della vita che abbiamo costruito assieme, non solo io e Frank, ma anche Jimmy, in tutti questi anni?

Cammino per il pianterreno della casa, in realtà solo una grande stanza, la cucina e un piccolo corridoio che porta alle scale. Sul davanzale di una finestra di fronte alle scale vedo la foto del nostro matrimonio, l'unica che abbiamo, che dall'ultima volta che l'ho guardata si è ricoperta di polvere. Non c'erano fotografi al nostro matrimonio, i soli invitati erano i miei genitori e David, Jimmy ed Eleanor.

Era tutto perfetto. Io e Frank ci guardavamo quasi increduli mentre pronunciavamo quei « sì » con soltanto le nostre famiglie come testimoni. Dopo la cerimonia, mio padre ci aveva portati tutti a pranzo al County Hotel di Shaftesbury. Avevamo mangiato roast beef e bevuto minuscoli bicchierini di sherry, e io e Frank eravamo al settimo cielo, le formalità erano finite e noi eravamo appena diventati marito e moglie. Non riuscivamo a credere di aver fatto tutto così facilmente. Se mia madre aveva sognato un matrimonio diverso, in cui io indossavo un abito a balze con velo e strascico, e tutti gli amici di famiglia erano invitati alla festa, non l'aveva dato a vedere. I miei genitori si erano affezionati quasi subito a Frank. In parte, credo, perché odiavano vedermi star male per Gabriel, ma soprattutto perché Frank si era rivelato essere tutto ciò che desideravano in un genero: era gentile, divertente, indipendente. E si fidavano di lui.

Porto in cucina la foto nella sua cornice di legno impolverata, la strofino con un panno umido. Rimango a lungo a guardare noi due. Adesso mi pare che abbiamo un aspetto assurdamente giovane, poco più che bambini.

Sabato, tardo pomeriggio

Frank entra in cucina all'imbrunire. Non ho cucinato, non ho pulito, non ho lavato i vestiti, non ho fatto nulla di quello che andava fatto, ho solo percorso chilometri nella nostra cucina disordinata mentre la mente mi esplodeva per tutto ciò che era successo prima e tutto quello che doveva ancora venire.

Eccoci qua, penso non appena vedo mio marito. È pronto per la conversazione che entrambi temevamo, la domanda che nessuno dei due voleva porre. Io e Frank dovremmo uscire barcollando dalle macerie del nostro matrimonio e vedere se è rimasto qualcosa da ricostruire? O dovremmo invece lasciarci liberi a vicenda: vai, riprenditi, dimenticati di me? Una parte di me ha sempre creduto che fosse impossibile per noi due guarire rimanendo assieme.

Frank, però, ha altre cose per la testa. « Jimmy è stato qui? » La sua voce è strana, distratta.

« È successo qualcosa? »

« È sparito. Non riesco a trovarlo da nessuna parte. »

« Quando l'hai visto l'ultima volta? »

« Stamattina, nella stalla. Era ancora ubriaco fradicio, deve aver bevuto un'altra bottiglia da qualche parte. Ancora arrabbiato. Faceva delle stupide minacce del cavolo. »

« Credi che sia diverso rispetto alle altre volte in cui è sparito senza motivo? »

« Onestamente, mi pareva che non stesse bene. Come se qualcosa si fosse spezzato dentro di lui. Lo tengo sempre d'occhio, non è così? Fin troppo, come dici a volte. Adesso però mi chiedo se guardavo nel modo giusto. Ho visto davvero quello che gli stava succedendo? Non sta bene. Ma tutti continuiamo a far finta di sì. »

« Il pub sta per riaprire, sarà là. »

« C'è dell'altro. Manca uno dei fucili. » Ci fissiamo mentre assimilo le parole. « Non è andato a caccia. Non era nelle condizioni di farlo. O di sicuro non a caccia di selvaggina. »

« Frank? »

« Temo che si presenterà a Meadowlands. Le cose che Jimmy ha detto su Gabriel, non ti so spiegare... sembrava abbastanza folle da volerlo uccidere. O comunque fargli del male. »

« Oddio, Frank, dobbiamo chiamare la polizia. »

Faccio un passo verso il telefono, ma Frank mi afferra per il polso e mi tira indietro. « Per dire cosa? Che Jimmy è ubriaco, armato e pericoloso? Che vuole sparare all'amante della moglie di suo fratello? Pensaci. »

Il modo in cui mi guarda mentre parla. Piatto. Non è rimasto alcun sentimento. Nella testa di Frank tra noi è già finita.

« No, risolveremo la cosa da soli », dice. « Chiama Gabriel e avvertilo che Jimmy potrebbe farsi vedere. Io intanto vado a cercarlo. »

Sabato, prime ore della sera

Non stavo pensando in maniera lucida, immagino, quando ho deciso di andare a Meadowlands a piedi e avvertire Gabriel di persona. Avevo provato a telefonare, ma la linea era occupata e io ero troppo angosciata per aspettare.

Gabriel apre la porta e, quando vede che sono io, mi rendo conto di aver commesso un errore. Il suo sorriso è immediato, euforico. Il suo volto è illuminato dalla felicità. Gabriel pensa che io abbia rotto con Frank. Pensa che sia venuta ad annunciargli l'inizio della nostra nuova vita assieme.

« Beth », dice, con voce gioiosa.

Scuoto seccamente il capo. « È un'emergenza. Jimmy è scomparso. Frank crede che potrebbe venire qui. »

« Oh. » Sul suo volto si susseguono delusione, confusione, rassegnazione. « Capisco. »

« Jimmy sa tutto di noi. È arrabbiato. Ubriaco. Fa minacce. Frank non ha voluto dirmi esattamente cosa, se non che Jimmy ce l'ha con te. Adesso è in giro a cercarlo. Ha detto che dovevo metterti in guardia. »

« Sono sicuro che andrà tutto bene. Non mi preoccuperei. » La voce di Gabriel è disinvolta. Indifferente.

« Per favore, Gabriel. Ascoltami. Jimmy ha preso

uno dei fucili ed è fuori di testa per colpa dell'alcol. Credo che abbia in mente di ucciderti. O almeno di farti del male. »

Sentiamo un grido dietro di noi. Leo è in piedi nel corridoio, probabilmente è stato lì per tutto il tempo. Deve aver sentito tutto.

« Papà, Jimmy ti ucciderà? » grida.

Gabriel apre le braccia e Leo ci si fionda. « Va tutto bene », cerca di calmarlo, dandogli un bacio sulla testa. « Non è come pensi, ti assicuro. Beth. Vieni dentro. Chiudiamo la porta. »

Leo non vuole staccarsi da Gabriel, si aggrappa ai suoi fianchi rendendogli impossibile muoversi.

« Leo? » Aspetto finché non alza gli occhi su di me. « Lo so che hai paura. Ma posso dire una cosa? Conosco Jimmy da quand'era un ragazzino. Non dice sul serio. Non farebbe mai del male a nessuno, credimi. » Mentre lo dico, mi vengono in mente tutte le volte che Jimmy ha iniziato a litigare al pub. E qualche volta la lite è degenerata in uno scontro fisico. La notte in cui Andy l'ha portato a casa, stravaccato sul sedile posteriore della sua auto della polizia, e ci ha detto che Jimmy doveva imparare a reggere l'alcol o smettere del tutto di bere. E Frank ha ragione, noi tutti abbiamo deciso di chiudere un occhio.

Ci sediamo al tavolo della cucina, Leo, Gabriel e io. Cerco, senza riuscirci, di avviare una conversazione. Qualunque cosa pur di alleggerire l'atmosfera che è troppo tesa, tutti e tre stiamo aspettando. Penso a quando giocavamo a carte proprio qui, qualche giorno fa, ignari di quello che sarebbe successo. Penso a Nina, mi chiedo se Frank le abbia detto che Jimmy è scomparso. Quasi sicuramente il Compasses è il primo posto in cui l'ha cercato.

« La porta sul retro è chiusa a chiave? » domando a Gabriel, cercando di mantenere un tono neutro.

« Non credo. Forse dovrei... »

Un botto fortissimo ci fa urlare. Il vetro della finestra si crepa in una ragnatela di schegge con un buco grande quanto un pugno al centro.

Appena fuori, Jimmy, con il fucile da caccia in mano, guarda dentro.

« Jimmy, per l'amor del cielo, che stai facendo? » L'espressione di Jimmy non cambia mentre gli urlo contro. È come se non capisse quello che dico. Lo guardiamo inorriditi estrarre una cartuccia dalla tasca dei jeans e ricaricare l'arma.

« Giù! » Gabriel butta Leo a terra con uno strattone e lo spinge sotto il tavolo. « Anche tu, Beth. »

« Vado fuori a parlargli. Ho avuto a che fare con Jimmy per anni. Mi ascolterà. »

Gabriel mi posa una mano sulla guancia per un secondo, non di più. « Non voglio che tu ti metta in pericolo. Ci vado io. »

Quando l'arma spara per la seconda volta, io e Gabriel ci buttiamo in ginocchio, accucciati sotto la finestra.

Il secondo sparo cambia tutto. Non è mio cognato quello là fuori, abbiamo a che fare con un pazzo.

Sento una mano che mi afferra la caviglia. « Beth, ti

prego, vieni qui. Ho tanta paura », mi sussurra Leo. Lo raggiungo strisciando e tutti e due ci rifugiamo sotto il tavolo. « Posso tenerti la mano? »

« Ma certo. »

Leo strizza le mie dita con le sue. Trema in tutto il corpo.

Pensa, pensa! Cosa si può fare? Mi fiondo verso il telefono? Jimmy farebbe fuoco contro di me? Non so bene perché, ma non credo. Sono la moglie di suo fratello e mi considera sua sorella, me l'ha detto un sacco di volte.

« Gabriel! » urlo, tornando in me. « Non uscire. È pericoloso. »

Troppo tardi. Sento gli stivali di Gabriel correre nell'atrio, una serratura sbloccata, la porta d'ingresso che si apre.

A volte hai una possibilità, solo pochi secondi, forse, in cui puoi evitare una tragedia. Questa è la mia. Il mio momento. La mia chance. Ma non la colgo. Non rincorro Gabriel e non mi getto alla mercé di Jimmy, implorandolo di mettere giù il fucile prima che scorra il sangue. Faccio invece una scelta sciocca, una scelta che trasformerà tutte le nostre vite in un film dell'orrore e mi terrà sveglia una notte dopo l'altra con una sfilza infinita di « se solo... »

Decido di rimanere dove sono, rannicchiata sotto il tavolo con Leo.

« Jimmy lo ucciderà, vero? » geme Leo, e subito dopo sento una pozza di liquido caldo che si allarga sotto di me mentre lui perde il controllo della vescica. Povero ragazzo. Povero bambino. È troppo, troppo piccolo per tutto questo.

« Mi dispiace », dice piangendo, e io lo stringo a me, con l'odore pungente di urina nelle narici.

« Andrà tutto bene, te lo prometto. »

Perché gli adulti fanno così? Perché promettono cose che non sono in grado di mantenere?

« Tuo papà parlerà con Jimmy e lo farà ragionare. Credimi, Jimmy non è un assassino. »

« Lo è, Beth. Ha ucciso il mio cane. »

« Oh, Leo », riesco solo a dire, appoggiando per un istante la fronte contro la sua.

L'uccisione del cane che ha dato inizio a tutto. Sembra una vita fa.

PARTE QUARTA

Frank

1968

A Hemston ognuno aveva la propria opinione su quanto era successo quella notte, su come il giovane allevatore aveva perso la vita. Alcuni pensavano che alla fine Frank Johnson era andato fuori di testa e aveva sparato a suo fratello dopo una lite. Dio solo sa, dicevano, fermandosi a chiacchierare mentre compravano il latte e il giornale alla bottega del paese, che negli ultimi anni gli erano cadute addosso più cose di quante un uomo possa ragionevolmente sopportare.

Il primo articolo, pubblicato il mattino dopo dal *Daily Express*, aveva scosso il villaggio con il suo titolo crudo: « L'appuntamento amoroso dello scrittore finisce con la morte ».

Pensare che, dicevano le persone, mettendo su il bollitore per un altro Nescafé, indugiando sui loro Rice Krispies e Weetabix, sul loro pane tostato caldo e imburrato, che qualcosa di così *sinistro* era accaduto proprio dietro casa loro. Era più scandaloso e scioccante di uno dei romanzi di Gabriel Wolfe.

All'epoca, si conoscevano solo i fatti più scarni. Frank Johnson era stato arrestato per l'omicidio di suo fratello Jimmy. Jimmy, notoriamente instabile, si era ubriacato per dieci ore consecutive e aveva minacciato di uccidere l'amante di Beth Johnson, Gabriel. Come Jimmy avesse finito per essere ucciso era un mistero.

E tirare a indovinare era ciò che più piaceva fare agli abitanti del villaggio.

Con il passare delle settimane, erano emersi altri dettagli. Frank Johnson si era dichiarato non colpevole per le due accuse di omicidio volontario e omicidio colposo ed era stato rilasciato su cauzione in attesa del processo. Nei mesi successivi, lui e la moglie si erano tenuti in disparte e nessuno li aveva più visti in paese; solo di tanto in tanto si scorgeva Frank sul trattore. La stampa continuava a pubblicare articoli. Ogni giornale, che fosse un quotidiano o un tabloid scandalistico, voleva un pezzo della caduta in disgrazia di Gabriel Wolfe. Un'ex alunna del Convento dell'Immacolata Concezione aveva raccontato al *Daily Telegraph* della licenziosa storia d'amore iniziata quando Gabriel e Beth erano adolescenti. Il *Mirror* aveva pubblicato un pezzo sui loro «exploit sessuali» all'aperto, corredato da una foto del lago di Meadowlands. Né Beth Johnson né Gabriel Wolfe erano stati disposti a commentare.

Più la data del processo per omicidio si avvicinava e più gli abitanti del paese erano in fermento. Si sarebbe tenuto alla Central Criminal Court dell'Old Bailey e molti avevano intenzione di assistere. Frank Johnson sul banco degli imputati, Gabriel Wolfe chiamato a testimoniare: era la loro soap opera personale, la soap opera di Hemston.

Qualche giorno prima dell'inizio del processo, un altro shock.

Frank Johnson aveva violato le condizioni della libertà su cauzione e adesso era in attesa di giudizio nella prigione di Wandsworth.

Il processo

Il mio ex amante è sul banco dei testimoni, vestito con un completo grigio antracite, lo stesso che indossava al matrimonio di Jimmy e Nina. Di fronte a lui, sul banco degli imputati c'è mio marito, anche lui con il vestito blu scuro del matrimonio, l'unico che possiede. Se solo potessimo riportare le lancette dell'orologio a quella sera, alla sciocca conversazione tra me e Gabriel dietro il nostro scudo di olmi. O ancora più indietro, al giorno in cui un lurcher è entrato come una furia nel nostro campo e si è scagliato sui nostri agnelli, uccidendoli.

Mi sono seduta di fronte a Frank al tavolo della cucina giorno dopo giorno per così tanti anni che conosco ogni centimetro del suo viso, del suo corpo. Ma quest'uomo, visto dall'alto, sembra quasi un estraneo. Lo fisso finché gli occhi non mi fanno male, finché il mio cuore non ce la fa più.

È la prima volta che vedo la giuria: gli uomini e le donne che hanno in mano il destino di mio marito. Sentiranno che Frank è stato per Jimmy un genitore oltre che un fratello, il suo amico, la sua guida, e capiranno che non avrebbe mai potuto fargli del male, men che meno ucciderlo?

Mia sorella Eleanor è stata qui nella tribuna del pubblico ogni giorno dall'inizio del processo. Indica i banchi della stampa, zeppi di giornalisti. «Oggi sono il doppio, ovviamente», sussurra, alzando appena gli occhi al cielo.

Un uomo è morto. Il fratello di Frank, il marito di Nina, il ragazzo che tanto tempo fa ha fatto nascere il mio bambino. Ma non si direbbe, a leggere l'interminabile serie di articoli dei giornali sullo «scrittore playboy» Gabriel Wolfe e sulla sua relazione con l'umile «moglie di un contadino».

Il pubblico ministero si alza. «Mr Wolfe, vorrei cominciare dall'inizio, se non le dispiace. Mi può dire quando ha incontrato per la prima volta Beth Johnson?»

Mi sento... oh, inevitabilmente triste mentre Gabriel inizia a raccontare il nostro primo incontro. La nostra storia della violazione di proprietà. La nostra affinità sui libri e sulla scrittura. La nostra noia condivisa, una ragazza e un ragazzo che cercavano di riempire un'intera estate. La passione che si è accesa lentamente ma ben presto ci ha travolti, finché non c'è stato posto per niente e nessun altro.

«Da come lo descrive, sembra qualcosa di molto potente e intenso. Eravate innamorati?»

«Ci amavamo, sì.» Gabriel ricambia lo sguardo di Donald Glossop. Ha l'eloquio chiaro e forbito della sua classe sociale, incurante dell'esame del mare di occhi che lo scrutano. Sarà anche sul banco dei testimoni, sul punto di vedere la sua vita privata fatta a pezzi, ma sono pari, l'avvocato e lui, è questo che dice il suo sguardo.

« Ma la relazione è finita. Come mai? »

Mi ritrovo a fissare attentamente Gabriel, ora, trattenendo il respiro in attesa che riprenda a parlare.

« È finita senza un valido motivo. Malintesi. »

« Un falso finale, in un certo senso? »

Gabriel tace per qualche istante, come se quelle parole l'avessero turbato. « Sì », dice poi, a voce più bassa. « È esattamente così, un falso finale. »

« E quando ha rivisto Beth Johnson dopo tutti questi anni provavate ancora qualcosa l'uno per l'altra? »

Vedo Gabriel lanciare un'occhiata al banco degli imputati. Non sa delle mie quotidiane confessioni a Frank nei mesi prima che andasse in prigione. Se doveva amarmi di nuovo, dicevo, allora doveva sapere tutto ciò che avevo fatto. C'erano volte in cui non voleva ascoltare, mi supplicava di smettere, ma io andavo sempre fino in fondo. Niente segreti, avevamo detto. Niente di nascosto, tutto condiviso. Frank sa tutto quel che c'è da sapere su Gabriel e me, dal nostro inizio alla nostra fine brutale.

« In fondo in fondo, sì. Ma nessuno dei due voleva ammetterlo. Beth era felicemente sposata. So che amava suo marito. »

« E, nonostante questo, ha iniziato una relazione con lei. »

La si percepisce chiaramente, una nuova attenzione nella galleria del pubblico: è ciò per cui la gente è venuta fin qui.

« Sì, sapevo che era sbagliato. E me ne pento profondamente. Ma l'amavo... l'ho sempre amata. »

Per un attimo chino il capo, mi guardo le ginocchia. *Oh, Gabriel*, penso, mentre l'inevitabile tristezza mi travolge. Non ha senso desiderare che le cose fossero andate diversamente, ma lo faccio lo stesso.

« Quand'è iniziata la relazione? »

« Lo scorso settembre. Subito dopo il matrimonio di Jimmy e Nina Johnson. »

Disappunto e disapprovazione serpeggiano nell'aula. Per il fatto che avessimo cominciato una relazione in modo così spietato dopo una gioiosa festa in famiglia. Che lo sposo fosse morto di lì a una settimana.

« Ora vorrei passare al 28 settembre dello scorso anno. La sera dello sparo. Beth Johnson, mi risulta, è venuta a casa sua per avvertirla che Jimmy era scomparso e aveva con sé un fucile da caccia. »

Ogni minuto di questo processo conta. Conta tantissimo. Nulla è mai stato così importante. E allora perché non riesco a concentrarmi sulla voce di Gabriel mentre inizia a raccontare alla corte la sua versione degli eventi di quella tragica sera? Penso a tutti i 28 settembre prima di quello, giorni di sole, risate, sesso o litigi, passati mungendo le mucche o dando da mangiare alle pecore, cucinando, pulendo, cambiando le lenzuola, giorni in cui Bobby era ancora vivo e giorni in cui non lo era più, frammenti di tempo che non lasciavano presagire ciò che questa data avrebbe finito per significare. Penso all'assurdità di tutta la situazione, che Frank, che voleva bene a suo fratello quanto se ne può volere a qualcuno, e ancora di più, sia accusato di averlo ucciso. Penso che c'è l'uomo sbagliato sul banco degli imputati e che non avrei mai dovuto permettere che si arrivasse a questo punto.

« Come le è sembrata Beth quando l'ha vista? » domanda il pubblico ministero.

« Era preoccupata. Frank le aveva detto che Jimmy voleva farmela pagare per la relazione. Era in cerca di sangue, ha detto. Sulle prime non l'ho presa sul serio. Mi pareva piuttosto inverosimile. Ma Beth sembrava convinta che Jimmy potesse davvero presentarsi a casa mia. Nel giro di qualche minuto, è arrivato. »

Ascolto Gabriel raccontare del terrore di suo figlio quando Jimmy ha sparato alla finestra della cucina. Il vetro in frantumi. Noi tre che urlavamo sotto shock. Il grosso buco nella finestra e mio cognato appena fuori che ricaricava il fucile con una nuova cartuccia.

« Perché ha corso il rischio ed è uscito? Non aveva paura? » chiede Mr Glossop.

« Volevo proteggere mio figlio. » Gabriel abbassa la voce. « E Beth. Volevo tenerli al sicuro. Volevo che Jimmy se ne andasse. Pensavo solo a questo. »

« Sono piuttosto scettico, Mr Wolfe, sul perché Jimmy, che aveva sparato contro di lei attraverso la finestra della cucina, sarebbe dovuto salire in auto con lei, mansueto come un agnellino. »

« Mansueto non direi proprio. Ho detto a Jimmy che l'avrei riaccompagnato a casa, e lui mi ha detto di andare al diavolo. Stava ancora brandendo il fucile, ed era ubriaco fradicio. Era spaventoso. Dovevo farmi venire in mente qualcosa per convincerlo a salire in auto.

Così gli ho detto che tra me e Beth era finita. Che avevamo chiuso la relazione. »

« Ed era vero? »

« No, non in quel momento. »

« Sta dicendo che ha mentito, Mr Wolfe? »

« Sì », sbotta Gabriel. « L'ho fatto d'impulso. Era una situazione stressante. Cercavo di pensare in fretta. »

Donald Glossop annuisce ma non dice nulla, lasciando che l'ammissione di Gabriel venga assimilata.

« Perché Beth Johnson non è venuta in auto con voi? Non sarebbe stato più sensato? Avrei pensato che lei sarebbe stata più in grado di calmarlo. »

« Uno di noi doveva rimanere con mio figlio. Era traumatizzato, credeva che sarei stato ucciso. »

« Cos'è successo quando siete arrivati a Blakely Farm? »

« Frank era nel cortile quando noi siamo entrati, ed è venuto subito vicino alla macchina per prendere Jimmy e portarlo in casa. Quella è stata l'ultima volta che l'ho visto. »

« Fermiamoci per un istante. Era la prima volta che vedeva Frank Johnson da quand'era venuto a sapere della sua relazione con sua moglie? È così? »

« Sì. »

« Doveva essere molto arrabbiato con lei... »

« Se lo era, non l'ha dato a vedere. Anzi, Frank sembrava grato che avessi portato a casa Jimmy... » Gabriel esita, poi si riprende. « ... Tutto intero. Mi ha ringraziato. »

« L'ha *ringraziata*. »

Dopo l'annuncio che Donald Glossop QC, cioè avvocato del Queen's Counsel o avvocato della Corona con toga di seta, sarebbe stato il pubblico ministero, mia sorella ha passato un'intera giornata alla British Library per informarsi sulle cause che aveva vinto. « È un intrattenitore », mi aveva detto. « Recita a favore dei giurati e li porta dalla sua parte. Li diverte, li fa ridere, li culla in un falso senso di sicurezza. Poi sgancia la bomba. È il suo marchio di fabbrica. »

« Non sono sicuro che nella stessa situazione io l'avrei 'ringraziata', Mr Wolfe. Se si fosse trattato di mia moglie, il mio vocabolario sarebbe stato alquanto colorito. »

Nell'aula risuona qualche risatina, diversi giurati sorridono. La donna con i capelli grigi e gli occhiali blu elettrico. Avevo già notato quella montatura appariscente, mi ero chiesta che cosa volesse dire. L'uomo in gessato, che tra me e me chiamo « Elegantone », si mette una mano davanti alla bocca per nascondere il sogghigno.

« Frank Johnson non ha mai mostrato rabbia nei miei confronti, neanche una volta, nonostante l'ovvia provocazione di essere stato a letto con sua moglie », dice Gabriel con voce calma. « Jimmy era irascibile e incline agli scatti di violenza. Ma Frank no, non per quella che è la mia esperienza. »

L'uomo in questione guarda fisso davanti a sé, inespressivo, come ha fatto per tutta la mattina. Se Frank fosse un giocatore di poker, vincerebbe ogni mano. Il suo viso è imperscrutabile, privo di sentimento. So più di chiunque altro quanto si strugge per suo fratello, quanto ha pianto, con singhiozzi laceranti che gli sgorgavano dal petto a notte fonda, per quanto lui cercasse di nasconderli. Frank, che da quando lo conosco non ha praticamente mai pianto, ha versato fiumi di lacrime per Jimmy. Ma questo la giuria non lo sa.

« Lei sta pagando le spese legali per Frank Johnson, non è così? »

Gabriel esita, spiazzato. Nessuno di noi si aspettava che la cosa venisse fuori durante il processo.

« Devo ripetere la domanda? »

Gabriel scuote la testa, irritato. « Me lo posso permettere. E i Johnson no. »

« Molto generoso da parte sua, sicuramente », commenta Mr Glossop con tono mieloso. Si volta di nuovo verso la giuria. « Mi dicono che le spese legali possono essere terribilmente costose. »

Altre risate, la giuria si sta divertendo. È un momento di tregua dalla cupa realtà di un processo per omicidio.

« Mi chiedo se non ci sia un'altra motivazione. Ha ammesso alla corte di amare Beth Johnson, la moglie dell'imputato, e che l'ha sempre amata. È corretto dire che le stanno a cuore i suoi interessi? »

« Sì. No. Non nel senso che intende lei. »

« Io credo che lei non abbia la minima idea di che uomo sia Frank Johnson, visto che lo conosce a malapena. La sua relazione era con sua *moglie*. Una relazione molto *intima*. Sembra improbabile che Frank

Johnson volesse passare anche un solo minuto in sua compagnia.»

La giuria sogghigna nuovamente, pronta per un'altra dose di sarcasmo, un'altra esibizione. Ma Donald Glossop fa uno dei voltafaccia per cui è famoso, e quando riprende a parlare la sua voce è appena meno di un grido. «Io dico che è il senso di colpa ad averla portata qui oggi, Mr Wolfe. Il senso di colpa perché la sua storia d'amore con Beth Johnson è stata lo sventurato catalizzatore nella morte di Jimmy Johnson.»

«Non vedo come i miei sentimenti a proposito della mia relazione con Beth possano avere una qualche rilevanza con questo caso. Sono stato chiamato a testimoniare perché sono una delle ultime persone ad aver visto Jimmy Johnson vivo.» La voce di Gabriel è tesa, adesso. Alla corte forse può sembrare spazientito. Un uomo che cerca di tenere a bada l'irritazione. Ma io sento solo la desolazione di Gabriel, il piccolo cambiamento nella voce quando pronuncia il mio nome.

«È così, infatti. Ed è la sua validità come testimone che ora metto in discussione. Pochi minuti fa, lei ha ammesso senza problemi di essere un bugiardo. Io credo che non possiamo credere a una sola parola di quello che dice.» Si concede un'ultima, significativa pausa prima di congedare il testimone con tono sprezzante e annoiato, come se Gabriel non fosse che un'inutile perdita di tempo. «Non ho altre domande, vostro onore.»

1968

Dopo che la data del processo è stata fissata, Eleanor è venuta a stare da noi alla fattoria. In quanto avvocato, era stata in tribunale centinaia di volte, conosceva la procedura. Sera dopo sera, sedevamo accanto al fuoco mentre Eleanor spiegava quello che sarebbe successo. Ci illustrava tutti i ruoli e dove ciascuno si sarebbe seduto, segnando ogni posto con una croce su una piantina dell'aula. « Il cancelliere siede qui », diceva, brandendo un pennarello. « Questi sono i banchi destinati alla stampa, saranno zeppi mentre Gabriel testimonierà. » Ricordo di aver fissato il disegno del banco degli imputati, con la cupa scritta *Frank* e di aver pensato: *Non è possibile che stia succedendo davvero. Non a noi.*

Eleanor ha torchiato Frank sugli eventi di quella sera, facendogliela ripercorrere minuto per minuto, finché lui non ha implorato una pausa. Lei era implacabile. « Lo so che fa male pensarci, Frank. Ma farà molto più male quando affronterai Donald Glossop in tribunale. Credimi, è aggressivo come un cane rabbioso. Devi essere inoppugnabile, a prova di bomba. »

Quante volte gli ha fatto rivivere quell'ultima, fatidica scena? Jimmy fuori di testa per l'alcol che insulta e maltratta Frank mentre cerca di strappargli il fucile.

Una colluttazione tra i due fratelli che si è conclusa con la morte.

Il nocciolo del caso è questo: Frank, dopo quegli ultimi momenti di provocazioni da parte di Jimmy, aveva intenzione di arrecare un grave danno al fratello, il che avrebbe reso la morte di Jimmy un omicidio? Oppure, come sostiene Frank, si è trattato di un gesto di autodifesa che è sfociato in una terribile tragedia?

Robert Miles, il nostro avvocato difensore, è giovane per la toga di seta del Queen's Counsel. Ha poco più di quarant'anni, è snello e ha un viso fresco, quasi l'antitesi del suo avversario. M'immagino Robert che corre lungo il Tamigi all'alba, mentre Donald Glossop dorme ancora per smaltire l'ennesima serata a base di porto e stilton. Robert è aggraziato, elegante, cortese; il pubblico ministero ha la stazza di un giocatore di rugby e l'atteggiamento che ne consegue.

Prima d'incaricare Robert, Gabriel ha parlato con tutti i suoi conoscenti nell'ambiente legale, e anche con qualcuno che non conosceva, amici di amici, padri di amici, zii, fidanzati, fratelli. Quello di Robert era il nome che veniva indicato più spesso.

Gabriel è visibilmente rilassato mentre aspetta il controinterrogatorio. Robert è sul libro paga, dopotutto. E il supplizio di Gabriel è quasi finito.

« Non vedo il motivo di rivangare di nuovo i particolari della sua relazione con Mrs Johnson », esordisce Robert. « M'interessa molto di più sapere qualcosa dello stato d'animo di Jimmy nel lasso di tempo che ha trascorso con lui, sia nel giardino di casa sua, sia in auto nel tragitto verso la fattoria. »

« Era aggressivo. Pieno di livore. Ma, allo stesso tempo, talmente ubriaco che quel che diceva non aveva alcun senso. »

« Ma si è sentito minacciato da lui? » Gabriel non risponde subito, e Robert aggiunge: « Un uomo ubriaco e vendicativo in possesso di un'arma da fuoco potrebbe rappresentare una seria minaccia, suppongo ».

Tanto valeva che dicesse: *Questa è la tua occasione per avallare la teoria dell'autodifesa, ricordi?*

« Sì, sentivo che eravamo in una situazione molto pericolosa. Jimmy aveva sparato alla finestra della nostra cucina. Chiunque di noi avrebbe potuto essere ferito. Per questo volevo lui e il suo fucile fuori dalla mia proprietà. Dovevo tenere al sicuro mio figlio. Qualsiasi padre si sentirebbe così. »

« All'inizio, lei è riuscito a calmare Jimmy dicendogli che la sua relazione con Beth era finita. Era ancora calmo quando l'ha portato a casa? »

Questa volta Gabriel coglie l'imbeccata. « Inizialmente sì. Sembrava sfinito da tutta la situazione. Ma mentre ci avvicinavamo alla fattoria era come se avesse dimenticato quello che gli avevo detto a proposito di me e Beth. Ha ricominciato con le minacce. Era di nuovo aggressivo e violento, non c'è dubbio. »

Guardo Frank sul banco degli imputati, vedo il dolore che gli attraversa il viso, ma dubito che chiunque altro se ne accorgerebbe. Jimmy è stato un sacrificio necessario affinché la nostra storia reggesse.

« Sembra una miscela esplosiva con cui Frank doveva avere a che fare una volta rientrato in casa con Jimmy », commenta Robert, ma, prima che Gabriel possa rispondere, Donald Glossop balza in piedi.

« È una congettura, vostro onore. Mr Wolfe non può sapere che cosa sia successo all'interno della casa o quale fosse lo stato d'animo di Jimmy Johnson in quegli ultimi momenti. »

Il giudice Miskin QC, per citare il titolo esatto, alza stancamente una mano in segno di assenso. Dev'essere estenuante sopportare questo continuo battibecco tra avvocati, quasi come sovrintendere a una interminabile rissa da cortile.

Robert chiede scusa al giudice. « Mr Wolfe », continua poi. « Lei è stato l'ultima persona a vedere Jimmy Johnson vivo, a parte il fratello. Crede che quella sera del 28 settembre rappresentasse un pericolo per sé stesso o per gli altri? »

« Assolutamente sì. Era ubriaco, in possesso di un'arma letale e con l'intenzione di fare del male. »

Gabriel è un testimone importante, e una delle condizioni della libertà su cauzione di Frank era che noi due non c'incontrassimo durante i mesi prima del processo. Ma in quei primi, terribili giorni sembrava impossibile che io e Gabriel non ci vedessimo mai più. C'era così tanto di non detto tra noi. Una mattina, mentre Frank era fuori a lavorare nella fattoria, l'ho chiamato e gli ho chiesto d'incontrarci.

« Ma dove? Se qualcuno ci vede... »

Gli ho detto di un posto in cui io e Bobby andavamo a giocare a nascondino, un campo a metà strada tra Meadowlands e Blakely Farm con un grande ippocastano a un'estremità. Amavamo quell'albero, io e Bobby, quasi quanto la vecchia quercia alla fattoria. Quand'era piccolo portavo qualche libro di favole e un piccolo cesto per un picnic e trascorrevamo là qualche ora, leggendo le storie di Peter Coniglio o scavando per cercare vermi, una delle attività preferite di Bobby.

Sono arrivata all'albero prima di Gabriel e l'ho aspettato. Era una giornata limpida, fredda, con un sole splendente. Avrei voluto essere chiunque tranne me. E che Gabriel fosse chiunque tranne lui. Non avrei saputo dire se l'ansia che mi ronzava nelle vene fosse dovuta al fatto che stavo per rivederlo o alle cose che dovevo dirgli.

Qualche minuto dopo è sbucato da dietro l'albero. « Eccoti qui. »

Solo a guardarlo ho provato come un piccolo attacco di cuore.

Aveva perso peso, le guance erano incavate e sotto gli occhi c'erano cerchi scuri. Ma era ancora il bellissimo ragazzo di cui mi ero innamorata tanto tempo prima.

« Beth », ha detto. Nient'altro per un minuto buono, solo il mio nome. Poi mi è venuto vicino, la schiena contro l'albero, e tutti e due siamo rimasti a fissare la distesa di erba fradicia. Ormai erano i primi di novembre, erano passate settimane dall'ultima volta che ci eravamo visti, da quella terribile sera.

Ho chiesto a Gabriel di Leo e lui mi ha detto che aveva gli incubi, il che per me era un'altra freccia avvelenata. Ho ripensato a lui che tremava accanto a me mentre ci riparavamo sotto il tavolo, l'odore della sua paura nelle mie narici. Un ragazzino che credeva che il padre stesse per essere ucciso. Avevamo così tanto da rimproverarci, io e Gabriel.

« Come sta Frank? » mi ha chiesto.

Come potevo descrivere il relitto ambulante che era mio marito? « Malissimo », ho sussurrato.

Gabriel mi ha preso la mano. « Mi dispiace così tanto. Per tutto. »

« Lo so. Dispiace anche a me. Mi do la colpa per ogni cosa. »

« Ti direi che non devi, se non fosse che lo faccio anch'io. Lo farò sempre. »

Siamo rimasti in silenzio per un po', ognuno immerso nei propri pensieri. Io pensavo a Gabriel e al fatto che era uno dei pochi a riconoscere sempre se le cose erano sbagliate o cattive, senza cercare di migliorarle o di scaricare la colpa. È una cosa rara, credo. La maggior parte delle persone si precipita a lenire il tuo senso di colpa con banalità fuori luogo, e questo non aiuta.

Quello che aiuta, ho imparato con anni di ritardo, è accettare la responsabilità delle cose che si sono fatte. Significa saper renderne conto, suppongo.

« Mi rammarico profondamente di tutto quello che è successo e più di tutto vorrei poter cambiare le cose.

Ma non dimenticherò mai il tempo che tu e io abbiamo passato assieme », gli dico.

« Suona così definitivo, detto in questo modo. »

« Ti amerò sempre, Gabriel. »

« Per favore, non dire altro, davvero. Non sono sicuro di aver bisogno di sentirtelo dire. »

« Ma io ho bisogno di dirlo. Per me stessa. Per Frank. Mi dispiace. » Mi sentivo male a costringere Gabriel ad ascoltare. Ma era quello che dovevo fare. « Ti ho amato per tanto tempo, e so che se certe cose non fossero andate male all'epoca saremmo ancora assieme. Stare con te ha significato tutto per me. Mi sono innamorata di te, ancora una volta. Dicono che non si possono amare due persone allo stesso tempo, ma è possibile, ed è quello che è successo a me. Amo te. E amo Frank. Ma è con Frank che devo stare. Anche se Jimmy non fosse morto, io dovrei comunque stare con Frank. È la nostra storia. Tutto quello che abbiamo passato assieme. Frank ha bisogno di me. E io ho bisogno di Frank. So che con il tempo troverai tutto questo con qualcun altro. Mi rattrista molto non poter essere io. Sei un brav'uomo, Gabriel. Lo sei davvero. » Ho stretto la sua mano.

Tutti e due guardavamo fisso davanti a noi.

« Credi che possa allontanarmi da te così facilmente? Io non so come stare senza di te. Non l'ho mai saputo. »

« Diventerà più facile. Con il tempo. Lo sappiamo entrambi. »

« Vorrei che avessimo avuto più tempo. Vorrei che tu fossi ancora con me. »

« Meriti qualcuno di meglio, molto meglio. »

« Lascia che sia io a giudicare. » C'era una certa leggerezza nella sua voce, e ci siamo voltati a guardarci davvero per la prima volta. Abbiamo sorriso. « Adesso vado », ha detto.

« D'accordo. »

Ha lasciato andare la mia mano, che senza la sua stretta calda è rimasta a ciondolare inerte e fredda lungo il fianco.

« Non dirò addio. »

« Non diciamolo mai. »

Sono rimasta lì, appoggiata al vecchio ippocastano, con le palpebre chiuse contro il sole invernale splendente, ad ascoltare il rumore dei suoi passi che si allontanavano verso la strada.

Eleanor mi aveva avvertita di aspettarmi una folla davanti al tribunale, ma è comunque uno shock vedere quanti fotografi sono in attesa di Gabriel. Venti? Trenta? Sembrano un esercito, mentre sgomitano e si allungano per scattare meglio: sicuramente prima o poi uno di loro finirà a terra.

« Beth! Beth! Da questa parte! »

« Non voltarti. Guarda dritto davanti a te », sibila Eleanor.

Ma davanti a me c'è Gabriel, forse solo un metro o due ci dividono. Se volessi potrei allungare la mano e toccarlo. E in un certo senso lo vorrei. Desidero tanto avere l'opportunità di dirgli: *Grazie. Hai fatto tutto quello che potevi. So che l'hai fatto per me.*

« Gabriel, guarda, Beth è proprio dietro di te. »

Istintivamente, Gabriel si volta.

Ci vuole un momento, cinque secondi, forse dieci, prima che si riprenda. Io e lui, nessun altro; il resto del mondo, il clamore, i flash, le grida, mia sorella accanto a me... tutto, semplicemente, svanisce.

Per questo minuscolo istante assorbo la sua immagine. E penso che lui faccia lo stesso. Nessun sorriso, nessun cenno, non ce n'è bisogno. I nostri occhi parlano per noi. *Sei tu.*

Quando Gabriel si gira, un giornalista gli si para davanti. È alto, come Gabriel, e i loro volti sono distanti pochi centimetri. Gabriel lo sposta premendogli il palmo sul petto, e il tizio barcolla. « Indietro. Ho detto 'no comment'. » La sua voce stilla rabbia, non l'ho mai sentita così.

« La ami ancora? » grida qualcuno, ma Gabriel ha visto un taxi libero dall'altra parte della strada.

Lo osservo mentre attraversa di corsa, una mano tesa per fermare l'auto. Spalanca di scatto la portiera, balza dentro. E se ne va.

« Peggio di tutte le altre volte », dice Eleanor mentre giriamo l'angolo camminando così in fretta che mi manca il fiato. « Ma non hanno ottenuto niente. Non preoccuparti. »

Ovviamente si sbaglia. Sono bravi nel loro lavoro, questi fotografi, pronti ad agire in fretta. La foto che uscirà su tutti i giornali del mattino dopo è quell'unico, fugace istante in cui io e Gabriel ci guardiamo.

Pensavo che i nostri volti fossero inespressivi, ma non è così che appare nelle fotografie.

«Lo sguardo dell'amore?» titola il *Mirror*. Il *Sun* è più preciso, con le sue due parole: «Cuore spezzato». Persino il *Daily Telegraph* dà il suo tocco personale alla nostra storia, citando le parole dalla testimonianza di Gabriel: «Sapevo che era sbagliato... Ma l'amavo... L'ho sempre amata».

Le macchine fotografiche hanno catturato qualcosa che io non mi ero neanche resa conto di provare, ma è chiaro ed evidente nei miei occhi: sembro così felice di vederlo. Dovrebbe sorprendere? Siamo coinvolti in questo caso esattamente allo stesso modo, la vergogna che provo riflette la sua, siamo i soli a sapere come ci si sente a essere responsabili di una morte. Non Frank, l'uomo sul banco degli imputati.

L'espressione di Gabriel è diversa dalla mia. Tutto ciò che si vede mentre mi fissa, esposta per una manciata di secondi, è la sua indicibile tristezza.

Io ed Eleanor abbiamo una specie di rituale ogni volta che torniamo nel suo appartamento spazioso e pieno di luce a Parson's Green a fine giornata. Scalciamo via le scarpe, crolliamo sul divano e discutiamo su chi deve preparare il tè. Se chiudo le palpebre, gli anni svaniscono e riesco a immaginare quasi nei dettagli le ragazzine che eravamo.

Da adolescenti tornavamo a casa da scuola prima che i nostri genitori rientrassero dal lavoro. Preparavamo il tè e diverse fette di pane tostato e imburrato – che immancabilmente bruciavamo sotto il grill –, e mettevamo il nostro disco preferito sul grammofono. Le nostre fisse cambiavano ogni mese: Little Richard, Bing Crosby, Doris Day, Frank Sinatra, li adoravamo tutti. Mi basta ascoltare *Sisters* di Rosemary Clooney per essere trasportata indietro all'innocenza di quei giorni. Io ed Eleanor avevamo imparato a memoria quella canzone e, quando i nostri genitori tornavano a casa, facevamo uno spettacolino per loro, scuotendo i capelli e volteggiando in sincrono mentre cantavamo la devozione tra sorelle.

Adesso beviamo il tè in silenzio, sentendo il peso della giornata scivolare via. Il più delle volte sono troppo esausta per parlare. Immagino Frank nella sua cella, steso su un materasso sottile a fissare il soffitto. Non vuole che vada a trovarlo in prigione, ha detto che sopporterà meglio il tutto sapendo che non l'ho visto là dentro.

Eleanor ci è andata una volta senza avvertirlo.

« Com'è? » le ho chiesto.

Sapevo che non avrebbe cercato d'indorare la pillola, non è il suo modo di fare. « Come lo immagini, ma dieci volte peggio », mi ha detto.

« E Frank? Come sta? »

« Come immagini, ma dieci volte peggio. Stoico. A pezzi. »

Domani toccherà a Frank salire sul banco dei testimoni. Un inizio morbido con l'interrogatorio di Robert, ma comunque non riesco a pensare ad altro. I giorni passano senza che io possa parlargli, toccarlo, dirgli che lo amo, rassicurarlo che qualsiasi cosa accada staremo bene. Ma è proprio vero? Né Frank né io abbiamo voluto prendere in considerazione la possibilità che sia giudicato colpevole. Se la giuria decide per l'omicidio, gli sarà inflitta la condanna a vita di trent'anni e non potrà chiedere la libertà sulla parola per almeno dieci. Frank rinchiuso in una cella per anni, con la breve passeggiata in cortile come unico esercizio. Un uomo che ha passato tutta la sua vita nell'immensità degli spazi aperti. Che cosa gli farebbe? Come potrebbe resistere? E come potrei resistere io?

« Anche se la Corona punta all'omicidio volontario, l'opzione dell'omicidio colposo tra i capi d'imputazione indebolisce la tesi accusatoria », mi dice Eleanor. « Stanno cercando di salvaguardarsi. In sostanza, non hanno abbastanza elementi per sbattere Frank in galera. »

Ogni sera mi ripete la stessa cosa. « Abbi fede. Andrà tutto bene. »

Ogni sera faccio del mio meglio per crederle.

Ho visto molti testimoni prestare giuramento nei giorni scorsi, ma è completamente diverso quando sul banco c'è tuo marito. Guardo Frank posare la mano sulla Bibbia, ascolto il timbro e il tono della sua voce mentre giura di dire tutta la verità e nient'altro che la verità. Sembra sicuro e fiducioso. Nelle ultime due settimane Robert l'ha preparato per questo momento; Frank sa che non ci saranno domande a sorpresa. È del controinterrogatorio che dobbiamo preoccuparci.

« Mr Johnson, può descrivere alla corte gli eventi che hanno portato all'uccisione di suo fratello Jimmy la sera del 28 settembre? »

« Mio fratello aveva un problema con l'alcol », esordisce Frank, e per un momento la sala sembra ondeggiare.

È qualcosa che non mi sarei mai aspettata che dicesse. Questo è il nuovo Frank, la persona che è diventato durante i mesi di riflessione.

« Non era sempre così. Poteva rimanere stabile per molto tempo, poi all'improvviso qualcosa lo faceva scattare. Percepivo che era peggiorato di nuovo, ma l'ho ignorato. Credo che stessi cercando d'illudermi che Jimmy stesse bene. La notte in cui ha scoperto che mia moglie Beth aveva una relazione era stato al pub. È tornato alla fattoria furibondo e ha tirato giù dal letto me e Beth. Voleva sapere se era vero. Gli ho detto di sì e la cosa lo ha sconvolto. »

Non importa quante volte sento questo racconto, non diventa mai più facile da sopportare. Jimmy è morto ed è colpa mia, e nulla potrà mai cambiare le cose.

« Jimmy voleva sapere che cos'avessi intenzione di fare al riguardo, come mi sarei vendicato di Gabriel. Gli ho detto che non avrei fatto nulla. Per quanto mi riguardava, Beth e Gabriel potevano andare avanti. È stato questo a farlo arrabbiare. »

« Perché aveva deciso così, Mr Johnson? Sua moglie aveva una relazione e a lei andava bene che continuasse? »

« Se la rendeva felice, volevo che lo facesse. Perché sentivo di aver rovinato la sua vita. Le avevo portato via la sola persona che amava più di chiunque altro. E, senza di lui, la sua vita era diventata troppo dura. »

La voce di Robert è bassa, gentile. « Sta parlando di vostro figlio, Bobby, vero, Mr Johnson? Che è morto in un terribile incidente tre anni fa, travolto da un albero che stavate abbattendo. »

Il volto di Frank ora è segnato dal dolore. « Sì. Beth mi aveva fatto promettere che avrei vegliato su Bobby e l'avrei tenuto al sicuro mentre abbattevamo la quercia. » La sua voce si affievolisce, non riesce a continuare.

Non si sente un fiato nell'aula, né un colpo di tosse e nemmeno un crepitio di carta, tutti gli occhi sono puntati sull'uomo che cerca di combattere la sua commozione sul banco dei testimoni.

« Sapevo che era pericoloso, eppure non l'ho sorvegliato. Ero troppo preso dal lavoro, capisce. Gli avevo detto di restare fermo in un posto sicuro, ma non mi ha ascoltato. Be', aveva nove anni. E, quando l'albero è caduto, lui, Bobby, è finito in mezzo. »

Vedo molte delle giurate donne passarsi furtivamente un dito sotto gli occhi. Forse anche loro sono madri. Riescono a immaginare fin troppo bene la perdita devastante, il peso della colpa di Frank. Come tutto questo avrebbe potuto distruggere un matrimonio, una vita. Il nostro matrimonio, la nostra vita.

Robert si concede una lunga pausa, dando a Frank il tempo di riprendersi, poi ricomincia a parlare. « Mr Johnson, andiamo ora al momento dello sparo. Devo chiederglielo, perché il mio illustre collega ne parlerà molto nel controinterrogatorio. Lei ha dichiarato che l'incidente è avvenuto per autodifesa. Stava cercando di proteggere sé stesso, e anche suo fratello, da un ferimento. »

« Sì. Mio fratello era troppo ubriaco per maneggiare il fucile. Volevo toglierglielo. »

« Inizialmente, ha detto alla polizia che sia lei sia Jimmy tenevate il fucile, e che nella colluttazione è partito il colpo. È esatto? »

« Sì. »

« E ha pensato che avesse sparato a distanza ravvicinata? »

« Credevo che fosse così, sì. Ma è successo tutto talmente in fretta che non potevo esserne certo. »

« Il rapporto del medico legale ha stabilito che Jimmy è stato colpito da una certa distanza. A quel punto, lei ha detto alla polizia che tutti e due avevate barcollato all'indietro quand'è partito il colpo. Potrebbe sembrare che lei abbia cambiato la sua versione per adattarla alle nuove prove. »

« È successo tutto in una frazione di secondo. Ero completamente sotto shock. Mio fratello era a terra, sanguinante, e io ero inginocchiato accanto a lui con le mani premute sulla ferita per cercare di fermare il sangue... ma sapevo, anche allora... »

Ora Frank piange apertamente. Mi si spezza il cuore

a guardarlo. Una volta gli ho chiesto, a notte fonda, quando nessuno dei due riusciva a dormire: «Ne vale la pena?» Non serviva che dicessi altro, lui sapeva cosa intendevo. Aveva senso che noi due andassimo avanti? Perché ci sarebbe dovuto importare? Avevamo perso tutte le persone che amavamo di più.

Frank aveva riflettuto a lungo prima di rispondermi. «Io e te siamo custodi di qualcosa di più grande della famiglia. Dobbiamo preservare la terra per il futuro. Che cosa ne sarebbe se noi non ci fossimo?»

Il giudice Miskin si sporge in avanti. «Ha bisogno di una pausa, Mr Johnson? La corte comprende bene che per lei sia difficile.»

Frank scuote la testa. «Vorrei continuare, per favore, vostro onore. Per rispondere alla domanda, se ho sbagliato nel riferire i fatti è stato perché in quel momento ho avuto un vuoto di memoria, e dopo era troppo difficile ricordare esattamente com'era andata.»

Robert riprende la parola. «Nella dichiarazione resa alla polizia, lei ha detto che suo fratello la stava provocando. Ha indirizzato a sua moglie epiteti piuttosto sgradevoli che non è necessario ripetere qui. Devo chiederglielo: l'ha fatta arrabbiare?»

«In realtà no. Sapevo che non diceva sul serio. E comunque il mattino dopo non se ne sarebbe ricordato. Sapevo quanto Jimmy volesse bene a Beth, la considerava una sorella.»

«Lei voleva far del male a suo fratello quella sera, Mr Johnson?»

«No. Stavo cercando di proteggere entrambi. Per

tutta la mia vita ho sempre e solo voluto tenere mio fratello al sicuro. »

Finalmente siamo arrivati al punto cruciale del processo: il controinterrogatorio dell'imputato da parte dell'accusa. Mio marito è sotto attacco, non c'è modo di aiutarlo. La giuria scruta attentamente per cogliere ogni minimo cambiamento nella sua voce, nella sua espressione. Tra pochissimo sarà ritenuto colpevole o innocente. E questi minuti contano più di qualsiasi altro.

Donald Glossop esordisce con un tono leggero, come se stesse facendo conversazione. « Mr Johnson, quando ha imparato a sparare? »

Dal modo in cui esita capisco che Frank è spiazzato dalla domanda, lancia un'occhiata a Robert al tavolo degli avvocati, cercando di capire come rispondere al meglio.

« Mi permetta di semplificarle la domanda. Essendo cresciuto in una fattoria, suppongo che abbia imparato a cacciare in giovane età, giusto? »

« A circa sei o sette anni, credo. »

« E ha trasmesso questa capacità a suo figlio? »

« Mio padre ha insegnato a Bobby a sparare. »

« Alla stessa età, sei o sette anni? »

« Sì. »

« Sarebbe corretto dire che le armi erano parte integrante della vita alla fattoria? »

« Sì. »

Il « sì » di Frank è cauto. Sa che è in arrivo un colpo ma non sa quale sia.

« Armi cariche lasciate nel portico, armi in giro per la cucina, armi nella stalla, armi nel recinto delle pecore. Un intero arsenale di armi, insomma, e neanche una era chiusa a chiave per sicurezza. »

Robert balza in piedi, ma prima ancora che possa obiettare il giudice dice: « Non siamo qui per discutere della sicurezza nella detenzione di armi, Mr Glossop. Vuole venire al punto? »

« Sto solo dipingendo il contorno, vostro onore. Mr Johnson, quante volte ha sparato in vita sua, più o meno? Cinquemila? Diecimila? Diciamo innumerevoli volte. Com'è possibile, quindi, che non sapesse di chi era il dito sul grilletto quando il fucile che teneva in mano ha ucciso suo fratello? »

Per qualche istante Frank non reagisce, non sapendo bene se quella di Donald Glossop sia una domanda. « Io so di aver afferrato la canna. Credo che strattonando con troppa forza l'arma sia partito un colpo. »

« Lei è un bugiardo, Mr Johnson? »

« No. »

« Eppure ha cambiato la sua versione dopo che è arrivato il rapporto del medico legale, non è così? Si è 'inventato' una storia secondo cui forse potrebbe aver barcollato. »

Odio quest'uomo. Per il suo sarcasmo vellutato, per le virgolette che si sentono nel suo discorso.

« Tutti e due stringevamo il fucile, questo è quel che ricordo. E poi è partito il colpo. »

« Certo, certo. » Il tono del pubblico ministero, adesso, è sprezzante. « Così abbiamo sentito. Lei era arrabbiato con suo fratello, non è vero? »

« No. »

« Lui l'aveva umiliata. »

« No. »

« Lui sapeva qual era il suo tallone d'Achille, non è così? » Donald Glossop si volta verso la giuria. È di spalle rispetto a me, ma sento il sorriso nella sua voce. « I fratelli sono quelli che ci conoscono meglio, non è vero? Sanno esattamente dove colpire per far male. » Fa un mezzo giro per guardare in faccia Frank. « Suo fratello l'ha insultata quella sera, non è così, Mr Johnson? »

« Jimmy era ubriaco. Diceva un sacco di sciocchezze. Non gli ho dato peso. »

« Lei ama sua moglie, vero? »

Frank appare confuso quanto me dal cambio di tattica. « Sì. »

« La ama da molto tempo? Quanto? »

« Da quando avevo tredici anni. »

« *Tredici anni.* » Donald Glossop ha addolcito la voce, culla, blandisce. Non m'inganna. « E ha continuato ad amarla anche in momenti piuttosto difficili, come la corte ha avuto modo di ascoltare. Il figlio che avete perduto in un incidente del quale sua moglie la incolpa. La sua successiva relazione con Gabriel Wolfe. Ma nulla ha fatto vacillare il suo amore per lei, giusto? »

« Sì. » La voce di Frank è tranquilla. Si sta preparando. Ha visto abbastanza esibizioni di Donald Glossop, con i repentini passaggi da luce a oscurità, da sapere che sta per arrivare qualcosa di feroce.

« Quando Jimmy ha insultato Beth, lei non ci ha più visto, non è così? »

« No. »

« Lui l'ha offesa e lei si è infuriato. »

« No. »

« Non è stato offensivo? » Donald Glossop dà un'occhiata agli appunti che ha in mano, ma io capisco che è solo una finta. Non si prende il tempo per leggerli. « Secondo la dichiarazione che ha reso alla polizia, Jimmy l'ha chiamata 'sgualdrina'. Io lo definirei un linguaggio piuttosto offensivo, lei no? »

Il termine ingiurioso rimbomba in tutta l'aula sette.

Osservo attentamente la giuria mentre Donald Glossop si scalda per il colpo di grazia. La donna con gli occhiali blu elettrico contrae le labbra in una linea colma di disapprovazione. Elegantone si acciglia udendo l'insulto. Persino il giovanotto in prima fila, quello con i capelli lunghi da hippy e la camicia larga, sembra scioccato.

« Lui ha dato della *sgualdrina* a sua moglie e lei ha perso la testa, vero? »

« No. »

« Lei era su tutte le furie quando ha afferrato l'arma, non è così? »

« No. Non è andata così. »

« Lei ha afferrato il fucile e ha sparato a suo fratello, non è vero, Mr Johnson? Era suo il dito sul grilletto, vero? L'istinto del cacciatore, tutti quegli anni a sparare a creature indifese. L'ha fatto senza pensare.»

«No.»

Donald Glossop alza la voce in un grido teatrale. «Lei ha ucciso suo fratello, non è così, Mr Johnson? Era accecato dalla rabbia e gli ha sparato.»

«No, no, per l'ultima volta, *no.*» La voce di Frank è troppo alta, troppo agitata, un uomo provocato. Esattamente quello che voleva il pubblico ministero.

Vedo la giuria che scruta Frank, prendendo atto della prima crepa nella sua corazza, un barlume della rabbia che c'è sotto.

Questo processo è basato sulla performance, non sui fatti. Donald Glossop è entusiasmante quanto qualsiasi attore shakespeariano, può essere Amleto, Macbeth e Re Lear contemporaneamente, manipola il suo pubblico verso una frenetica e adrenalinica accettazione del suo discorso.

Sapevo che era bravo. Ma nel controinterrogatorio è eccezionale. Temo che sia imbattibile.

Siamo di nuovo in aula, io, i miei genitori e mia sorella, in attesa delle arringhe finali. Mia madre, Eleanor e io abbiamo assistito al massacro di mio padre sul banco dei testimoni mentre si esponeva per difendere il carattere di Frank. Non sono mai stata più fiera di lui, né più devastata. Mi ha detto che era il minimo che potesse fare, che non era niente. Non sembrava che fosse così. Quando l'accusa ha finito, sembrava che gli avessero strappato il cuore dal petto.

Il giudice ha un annuncio da fare. « La difesa ha chiesto il permesso di portare un ultimo testimone alla sbarra, e io gliel'ho accordato. »

« Strano », sussurra Eleanor. « Dev'essere davvero una cosa dell'ultimo minuto, altrimenti Robert me ne avrebbe accennato ieri. »

Eleanor e Robert parlano al telefono ogni sera. Lui le dice come sta Frank – « Molto bene, tutto considerato » – e che cosa pensa delle udienze della giornata.

« Ho buone sensazioni », ha detto ieri sera. « È stata dura per Frank, ma era prevedibile. L'ha gestita bene. »

Sto guardando mio marito sul banco degli imputati mentre il giudice Miskin dice: « È pronto a far entrare il suo testimone, Mr Miles? »

Ed è il suo volto che vedo accartocciarsi quando Nina sale sul banco dei testimoni. L'ultima volta che l'ho vista è stata al funerale di Jimmy, ma non abbiamo scambiato una sola parola, neanche uno sguardo. I suoi genitori avevano fatto sapere che Nina non voleva avere più niente a che fare con me... o con Frank, per associazione. Era giusto, era quello che mi aspettavo, quello che meritavo, ma quanto mi è mancata. Quanta forza mi ci è voluta per rispettare il suo volere, per non chiamarla e dire mi dispiace, mi dispiace, mi dispiace. Tutti i « mi dispiace » del mondo non saranno mai abbastanza, lo so.

La fisso avidamente mentre presta giuramento e,

quando torno a guardare Frank, vedo che anche lui è rapito, immerso nella vista di questa donna cui entrambi abbiamo voluto un mondo di bene fin dal primo giorno.

« Mrs Johnson », inizia Robert, e mi stordisce. Il suo cognome da sposata, lo stesso che porto io. Le donne Johnson che dovevamo essere. Oh, se solo... « Lei ha deciso di farsi avanti come testimone per la difesa solo ieri sera. Come mai? »

Guardo Nina lanciare un'occhiata a Frank sul banco degli imputati, un secondo o due, non di più. Dubito che lo veda davvero. « Ho seguito il processo dai giornali. E ho sentito forte dentro di me, in un modo che non potevo più ignorare... » Nina è partita con sicurezza, la voce chiara e forte; ora si ferma per riprendersi. « Ho sentito che Jimmy, mio marito, avrebbe voluto che parlassi a favore di suo fratello. Anzi, sono sicura che l'avrebbe voluto. E non avrei potuto vivere in pace con me stessa se non l'avessi fatto. »

« Grazie Mrs Johnson. Vorrei complimentarmi con lei per il suo coraggio. Non dev'essere stata una decisione facile. »

Nina si limita a un piccolo cenno del capo.

« Com'era Jimmy nei giorni precedenti la sera in questione? Lei aveva idea che avrebbe potuto perdere il controllo com'è stato descritto alla corte? »

Nina sospira. « In un certo senso, no. Eravamo follemente felici. Avevamo avuto un matrimonio meraviglioso. Stavamo provando ad avere un bambino. La vita era tutta davanti a noi. Ma Jimmy era molto vulnerabile, e io ero preoccupata per lui. Il suo alito sapeva di alcol anche se non aveva alcun motivo per bere.»

«Suo marito era instabile, Mrs Johnson?»

Vedo che Nina è scossa dalla domanda, si fa forza per rispondere. «Sì, lo era. A volte molto.»

«Qual è stata la sua reazione quand'è venuto a sapere della relazione tra sua cognata e Gabriel Wolfe?»

«Aveva il cuore spezzato. All'inizio non voleva credere che fosse vero. Nessuno di noi due voleva crederci. Beth e Frank erano tutto per noi.»

Guardo le gocce di lacrime che mi cadono sulle ginocchia e la mano di mio padre che ci si posa sopra. Non c'è niente di nuovo in questa quotidiana dose di vergogna. È un dolore molto particolare scoprire in quanti modi diversi sono riuscita a ferire ogni membro della mia famiglia.

«Era arrabbiato?» domanda Robert.

«Sì. Era fuori di sé. Soprattutto con Gabriel. Immagino che fosse più facile prendersela con lui. Ma si è arrabbiato anche con Frank, quando ha capito che non avrebbe fatto niente al riguardo. Jimmy non riusciva a capire come Frank potesse accettare la cosa.»

«Quindi in che condizioni era Jimmy la mattina del 28 settembre?»

«Stordito dall'alcol. Probabilmente era ancora ubriaco. Aveva bevuto quasi un'intera bottiglia di whisky... l'ho trovata solo dopo, nascosta dietro il frigorifero. Non abbiamo parlato molto, era molto presto. Ma era ossessionato da Gabriel, continuava a dire che qualcuno gli doveva dare una lezione.»

«Quella è stata l'ultima volta che l'ha visto?»

«Sì.» La sua voce è debole e afflitta.

«So che è doloroso, Mrs Johnson. Non la tratterrò ancora a lungo. Può dire alla corte come ha saputo della morte di suo marito?»

«Beth ha telefonato al pub.»

«Le ha detto che Jimmy era morto?»

«Piangeva così tanto che non riuscivo a comprendere quello che diceva. Ma continuava a ripetere 'Jimmy, Jimmy'... così ho capito. Ha detto che c'era stato un incidente alla fattoria. E che Jimmy era rimasto ferito.»

«Queste sono le sue parole? C'era stato un incidente?»

«Sì.»

«È stata una sorpresa per lei scoprire che era un incidente con un'arma da fuoco?»

«Non esattamente. Beth si preoccupava sempre molto per le armi lasciate in giro, ma questo risale a quando Bobby era vivo. Io ci ero abituata.»

«Dopo che ha saputo che Frank Johnson era stato arrestato per omicidio che cos'ha pensato?»

«Che era assurdo. La cosa più inverosimile che avessi mai sentito. Non c'è una sola persona al mondo che amasse Jimmy più di Frank, me compresa.»

Finalmente, Nina si volta a guardare Frank. Si fissano per la prima volta dopo otto mesi, uno sguardo che sembra non finire mai, un nastro di emozioni crude che scorre avanti e indietro, dal banco dei testimoni al banco dell'imputato.

« Crede che Frank Johnson abbia ucciso suo marito, Mrs Johnson? »

Nina alza la testa. « So che non l'ha fatto. È impossibile che sia successo. »

Quando nell'appartamento di Eleanor il telefono suona alle sette in punto come concordato, afferro il ricevitore al primo squillo.

« Eri seduta accanto al telefono, vero? » Frank ride.

« Frank... » Sto piangendo, anche se mi ero ripromessa di non farlo.

« No. Ti prego, non piangere. »

« Mi manchi », ansimo.

« Anche tu. »

« Ti amo. »

« Pure io. Sai che ti amo. »

Ci sono così tante cose che vorrei dirgli. *Stai bene? E se il risultato non sarà quello che vogliamo? Come farò? Come farai?* Ma so che non è quello di cui ha bisogno da me stasera. Ci aspettiamo il verdetto per domani, dobbiamo essere forti tutti e due.

Abbiamo solo pochi minuti per la telefonata, e i secondi passano in silenzio. Ma è un silenzio pieno di noi.

« Nina », dice lui alla fine.

« Lo so. È stato molto gentile da parte sua. »

« Ma vederla... »

« Incredibile. È stata così forte. »

« Lui... sarebbe così fiero di lei. »

« Sì, lo sarebbe davvero. E anche di te. »

« Non dire così... »

« Lo sarebbe, invece. »

Ascolto Frank che cerca di riprendere fiato e mi chiedo quanti uomini in prigione piangano telefonando ai loro cari. Probabilmente la maggior parte.

« Frank... »

« Sì? »

Esito. C'è qualcosa che voglio dirgli, qualcosa su cui ho un sospetto, ma se mi sbagliassi?

Qualche mese fa, ho preso la storica decisione di buttare via il diaframma. All'epoca avevo rotto con Gabriel e io e Frank stavamo cercando di rimettere assieme i pezzi. Ci eravamo detti tutto, tutte le cose brutte, come a dire: eccomi, sono io al mio peggio, nelle condizioni peggiori, sei sicuro che sia quello che vuoi? Quando finalmente abbiamo fatto l'amore, allungando le mani esitanti nel buio, è stato quasi come la prima volta. Il piacere sorprendente di quel momento, in quei giorni cupi, è diventato un piccolo bagliore di luce, di speranza. Ma, a ogni mese che passava e il ciclo arrivava, cominciavo a disperare. Desideravo tanto un altro bambino, per Frank ancor più che per me, e ho cominciato a pensare di aver aspettato troppo.

Negli ultimi giorni ho sentito qualcosa, una nausea che non è legata al costante senso di terrore, una repulsione per certi gusti e certi odori, che mi ha ricordato il « prima ». Ma se lo stessi solo immaginando? Non sopporterei di alimentare le speranze di Frank e poi infrangerle. Non adesso che siamo appesi a un filo.

«Ti amo.»

Frank ride. «L'hai già detto.»

«Ho paura.»

«Lo so. Anch'io.»

«E se trovassero...» Parte il *bip*, tempismo perfetto.

«Sono finiti i soldi. Ti amo.»

«A domani», dico.

«A domani.»

La comunicazione s'interrompe e io rimango lì a lungo, con la cornetta appiccicata all'orecchio come se Frank fosse ancora all'altro capo del filo.

Il verdetto

« Tutte le parti del caso Corona contro Frank Johnson nell'aula sette. »

Stiamo aspettando il verdetto da quasi ventiquattr'ore. Ieri il giudice Miskin ha riassunto il nocciolo del caso per la giuria. L'accusa sostiene che Frank Johnson sia stato provocato e abbia sparato al fratello in un accesso d'ira. La difesa sostiene che sia stata legittima difesa: Frank stava cercando di proteggere sé stesso e il fratello. Per una condanna per omicidio volontario, ha detto il giudice Miskin, la giuria deve ritenere, oltre ogni ragionevole dubbio, che Frank Johnson voleva intenzionalmente causare seri danni al fratello quando l'arma ha sparato. Per una condanna per omicidio colposo, la giuria deve stabilire all'unanimità che si è verificata una condotta imprudente, in questo caso l'uso imprudente dell'arma che l'ha ucciso. Se secondo la giuria era Frank a tenere in mano il fucile, con il dito sul grilletto nell'istante in cui è partito il colpo, si tratterebbe di omicidio colposo.

« Prendetevi tutto il tempo necessario per valutare le prove », ha detto. « E vi esorto nuovamente a non tenere conto della copertura stampa di tutta questa vicenda. »

Robert ci ha spiegato che a volte le giurie arrivano a una decisione nel giro di un'ora. Quando succede, spesso è un buon segno, ha detto. Perciò, mentre il pomeriggio si trascinava senza un verdetto, ci sentivamo sempre più sconfortati. Eravamo esausti per l'attesa e per i giorni di tensione che l'avevano preceduta; volevo solo che finisse.

Ora che la decisione incombe su di noi, il mio corpo si pietrifica in segno di ribellione. Le mie membra rifiutano di muoversi. Il sangue mi ronza nel cervello. Tutta la paura e l'ansia che ho cercato di reprimere montano per schiacciarmi.

« Non ce la faccio », ansimo.

« Sì che ce la fai. » Mio padre mi mette un braccio attorno alle spalle. « Frank ha bisogno di te, là dentro, adesso più che mai. »

Mia madre, accanto a me dal lato opposto, m'impone di guardarla. « Ricordati, tesoro, noi siamo qui, a ogni passo. E ci saremo sempre. Non sei sola. »

« Frank non è colpevole. Uscirà di qui da uomo libero », dice Eleanor con un tono fiducioso che non m'inganna. « Vedrai. »

Oggi in aula c'è un silenzio che dà la nausea, l'aria è densa di aspettativa. Sembra che nessuno parli, né i giornalisti tra i banchi della stampa, né gli avvocati, e neanche la gente che si è messa in fila dalle otto del mattino per accaparrarsi un posto nella galleria l'ultimo giorno del processo. Guardo i volti che mi circondano e mi chiedo che cosa li porti qui. Questo frammento di dramma umano, un marito e una moglie le cui vite sono state distrutte non una, ma due volte dalla morte. In mezzo anche un famoso scrittore. Una relazione segreta che è diventata un argomento di conversazione nazionale. Quando il processo sarà finito, torneranno alle loro vite e si dimenticheranno di noi.

I giurati entrano in fila, l'uno dopo l'altro, e io sono così tesa che fatico a non urlare. Esamino i loro volti mentre prendono posto. Sembrano più cupi del solito? Si sono vestiti bene per il loro ultimo, e più importante, giorno in aula. Un giorno in cui il potere è tutto loro. Persino il giovane hippy è in giacca e cravatta. Elegantone, che è stato eletto capo della giuria, indossa una camicia a righe con colletto bianco. Occhiali blu elettrico porta un vestito con due grossi fiocchi sulle spalle.

Nessuno di loro guarda Frank sul banco degli imputati. Mi sembra un presagio sinistro, come se non potessero sopportare di guardare l'uomo che stanno per dichiarare colpevole. D'altronde, lo hanno guardato a malapena per tutto il processo, tranne quand'era sul banco dei testimoni.

Il capo della giuria si alza in piedi. Il mio cuore si accartoccia.

« Membri della giuria, avete raggiunto un verdetto unanime? » chiede il cancelliere.

« Sì », risponde il portavoce.

« Ritenete l'imputato colpevole o non colpevole per il primo capo d'imputazione, l'accusa di omicidio volontario? »

La pausa dura sì e no un secondo. Ma non sai quanto può sembrare lungo un secondo quando tuo marito è accusato di omicidio.

« Non colpevole. »

Devo aver trattenuto il respiro, che ora fuoriesce in un'ondata di sollievo. Di fianco a me, Eleanor grida: « Sì! » E mio padre si volta verso di me e ripete: « Grazie a Dio, grazie a Dio, grazie a Dio ». Il modo in cui lo dice sembra la formula di un incantesimo.

Dai banchi della stampa si leva un brusio, frammenti di conversazione.

« Silenzio in aula, per favore », ordina il giudice.

Il cancelliere attende che torni il silenzio per proseguire. « Ritenete l'imputato colpevole o non colpevole per il secondo capo d'imputazione, l'accusa di omicidio colposo? »

Passa un altro frammento di tempo. Dentro ci sono vite, mondi interi.

« Colpevole. »

La parola è un colpo di pistola nell'aula.

« No! Nooo! » La mia calma e fredda sorella sta gridando nel silenzio.

Attorno a me c'è un boato di sgomento, da parte di Eleanor, di mio padre, di mia madre, e di tutte quelle persone per le quali il verdetto non ha la minima importanza.

Mi alzo in piedi, grido il suo nome, mi divincolo dai miei genitori e da mia sorella che cercano di farmi rimettere seduta. Mi sporgo dalla balaustra, con mio padre che mi tira per il polso, e finalmente Frank alza gli occhi e mi guarda. È già in piedi, affiancato da due guardie carcerarie, ma tiene gli occhi nei miei finché può. Addirittura sorride – ma come ci riesce? – e mi rivolge un singolo cenno del capo prima che lo portino via.

28 settembre 1968

Io e Leo siamo ancora rannicchiati sotto il tavolo quando sentiamo la porta d'ingresso che si apre e passi di corsa nell'atrio.

Sono di Gabriel o di Jimmy?

« Beth! » Leo urla terrorizzato e io lo stringo ancora di più.

« È tutto a posto », dice Gabriel, entrando in cucina. « Puoi uscire, Leo. Andrà tutto bene. »

Nella luce intensa della cucina, per qualche istante rimaniamo tutti e tre in piedi a guardarci.

« Grazie a Dio », dico, intendendo *Sei vivo*, e Gabriel allunga una mano, come ha fatto prima, per toccarmi il viso.

« Accompagno Jimmy in auto alla fattoria, ma verrà solo se vieni anche tu. Credo che voglia assicurarsi che torni da Frank. »

Leo si aggrappa a me. « Non se ne parla. Tu non mi lascerai. »

« Leo, ascoltami. Non ci metterò molto. Sarai al sicuro qui. Chiuderò la porta a chiave », cerca di rassicurarlo Gabriel.

« No. No. No. » Leo ha le palpebre chiuse e scuote la testa avanti e indietro, avanti e indietro. Sta visibilmente tremando.

« Può venire anche Leo », dico. « Non possiamo lasciarlo qui da solo così. Siederemo assieme sul sedile posteriore. »

Fuori, Jimmy è appoggiato al cofano della Wolseley azzurra di Gabriel, il corpo inclinato verso sinistra, come se potesse accasciarsi a terra da un momento all'altro. È uno spettacolo assurdo, questo allevatore malconcio e rosso in viso con indosso i vestiti di ieri, stravaccato su un'auto così lucente e immacolata che pare appena uscita dalla concessionaria.

« Forza, sali in macchina », dice Gabriel. Il tono è secco, quasi tagliente, sembra la voce di un genitore irritato, non di un coetaneo.

Jimmy alza la testa a guardarlo. « Parli con me? »

« Sì. Diamoci una mossa, d'accordo? »

Non ho mai conosciuto questo lato di Gabriel.

« Ma chi credi di essere? » La voce di Jimmy è impastata per l'alcol, biascica come un ubriaco da cartone animato. « Puoi andare affanculo. »

« Ho portato anche Beth, come volevi. Quindi ti prego. Fai un favore a tutti. Sali in auto. »

Con mia grande sorpresa, Jimmy obbedisce. Forse reagisce al tono di Gabriel, che è secco e autoritario; forse è esausto e vuole solo che sia tutto finito.

Gabriel mi lancia un'occhiata, alzando appena un sopracciglio: non si aspettava che fosse così facile. *Il peggio è passato,* dice il suo sguardo.

Il viaggio da Meadowlands a Blakely Farm dura solo pochi minuti, ma stasera sembra dieci volte più lungo. Jimmy, accasciato sul sedile davanti, continua a ripetere la stessa domanda. « Perché l'hai fatto, Beth? Perché hai dovuto farlo? »

« Mi dispiace, Jimmy, mi dispiace tanto. »

« Non è giusto. Dopo tutto quello che tu e Frank avete passato. Perché l'hai fatto? »

Non so come rispondergli, se non che tutto quello che abbiamo passato è il motivo. Io lo so. E lo sa anche Frank. Il giorno in cui Bobby è morto ha posto fine a qualcosa di più della sua vita.

Leo mi stringe la mano così forte che comincia a farmi male. Ha undici anni, è ancora un bambino, in realtà, e ha visto fin troppo.

« Eccoci arrivati », dice Gabriel, in tono fintamente allegro, mentre svoltiamo nel nostro cortile.

L'ultima volta è stato qui per il matrimonio. Esattamente una settimana fa, è quasi impossibile farsi una ragione di quante cose sono successe da allora. Da quando Jimmy era in piedi nel fienile, con suo fratello accanto, a guardare la sua promessa sposa andare verso di lui camminando su un tappeto rosso.

Gabriel parcheggia davanti alla casa e io balzo fuori per aiutare Jimmy.

« Ecco », gli dico, porgendogli una mano.

Jimmy mi guarda con un sorriso pigro e ubriaco, le palpebre semichiuse. « Stanco adesso », biascica, piegando il capo.

Lo tiro verso di me, ma lui resiste, e ricade sul sedile.

« Aspetta, ti aiuto. » Gabriel spegne il motore, poi si volta verso suo figlio sul sedile posteriore. « Ci vorrà solo qualche secondo. »

Noto che Frank sussulta vedendoci entrare in cucina, io e Gabriel, con Jimmy in mezzo. È la prima volta che ci vede assieme da quando ha saputo della storia.

« Ho sprecato un giorno intero e mezza serata a cercarti, idiota », dice, rivolto al fratello. Mentre parla con Jimmy, la voce di Frank è calda e amorevole. Non guarda noi due. « Quando la smetterai di farmi morire di spavento? Sei un uomo sposato, adesso. Prima o poi sarai padre. »

« Scusa. » Jimmy si lascia cadere tra le braccia tese di Frank e appoggia la fronte contro quella del fratello. Si abbracciano a lungo.

« Non farlo più, okay? Il mio cuore non regge », lo rimprovera dolcemente Frank.

« Allora io vado », dice Gabriel, e Frank lo guarda per la prima volta.

« Grazie per averlo portato a casa. »

Frank che ringrazia l'uomo che è stato a letto con sua moglie. Non so come, eppure la sua voce è controllata. Sembra davvero grato.

Ma su Jimmy l'effetto è incendiario, come se l'avessero schiaffeggiato. « Questo è troppo », sbotta. Si volta così bruscamente che finisce ad appena una ventina di centimetri da Gabriel. La sua voce, ora, è stranamente chiara. « *Grazie* di niente. Hai rovinato la vita di mio fratello. »

« Ascolta, non ricominciamo. Ti ho già detto quanto sono dispiaciuto », replica Gabriel.

Sento di tutto nella sua voce: frustrazione, tristezza, rimpianto. Ma Jimmy coglie solo la nota di lieve condiscendenza, o almeno è quello che immagino. È impossibile sapere cosa stia pensando Jimmy in queste condizioni, non si può sapere neanche se stia effettivamente pensando.

Allunga la mano e afferra il collo di Gabriel e stringe con forza, come per strangolarlo.

Da me si leva un urlo, lungo e agghiacciante. I miei nervi vanno in pezzi.

Frank grida: « Jimmy, no... » E si lancia verso di lui.

« Va bene, va bene, tieni... » Jimmy lascia andare il collo di Gabriel e fa un passo indietro; il resto della frase si perde, e proprio in quel momento la porta si spalanca di botto.

È Leo.

Leo con un fucile puntato contro Jimmy.

Leo, che barcolla all'indietro per la forza del rinculo.

Sono secondi di orrore, niente ha senso. Jimmy sul pavimento, muto, immobile, con il sangue che si allarga sulla sua camicia chiara. Frank, in ginocchio accanto a lui, con i palmi premuti sulla ferita, che cerca di trattenere i singhiozzi quanto basta per soffiare aria nei polmoni del fratello. Le grida del ragazzino. Strilla ripetute. Il suo volto bianco come il gesso per lo shock, il fucile che gli pende lungo il fianco. Gabriel che non si muove per confortarlo, non subito. È come se fossimo congelati in un quadro orrendo, e per qualche istante nessuno di noi riesce a liberarsi.

« Chiamo un'ambulanza », grido, tornando in me.

Ma Frank si alza da terra. È coperto di sangue, sulle mani, sul volto. La manica sinistra è inzuppata fino al gomito. « Non ancora, mi serve un minuto per pensare. È andato. Jimmy è morto, Beth. »

A queste parole, Leo inizia a piangere. « L'ho ucciso? Papà? L'ho ucciso io? »

Gabriel prende in braccio il figlio, e Leo gli circonda i fianchi con le gambe, come un bambino piccolo. Nasconde il volto nell'incavo della spalla di Gabriel. « Va tutto bene », gli sussurra, accarezzandogli la schiena.

Ma non va tutto bene. Non andrà mai più tutto bene.

Anche Frank sta piangendo. Le lacrime gli scorrono lungo le guance, ma la sua voce è brusca, pratica. « Porta via il ragazzo », dice a Gabriel.

« Ma che stai dicendo? Dobbiamo chiamare la polizia. »

« Mi dispiace », geme Leo. « Mi dispiace, papà, non volevo. »

« Beth. » La voce di Frank è tagliente. « Falli uscire di qui e vai con loro. Qui mi arrangio io. Dirò che è stato un incidente. »

« Io non ti lascio. »

« Subito. Dico sul serio. Devi fare come ti dico. *Per favore*, Beth. » Grida per farmi capire, cercando di farsi strada nel mio shock, e forse anche nel suo.

« Dobbiamo dire la verità su com'è andata... » s'intromette Gabriel, ma Frank lo interrompe.

« No. Il ragazzo finirà in tribunale. Ha undici anni, vero? Lo faranno testimoniare. È questo che vuoi? » Abbassa gli occhi sul corpo di Jimmy. « È mio fratello, lasciami fare a modo mio. »

Durante il tragitto per tornare a Meadowlands, Gabriel continua a chiedere perché. « Perché Frank dovrebbe farlo? Perché vuole prendersi la responsabilità di qualcosa che non ha fatto? »

Io piango troppo per rispondergli.

Il mio sciocco, nobile marito, con il suo mal riposto senso di colpa.

1969

L'agricoltura non concede tempo libero per tragedie, dolori strazianti o periodi di detenzione: sono esausta fisicamente, mentalmente ed emotivamente mentre mi trascino per la nostra terra, ma per noi è una delle stagioni più impegnative. A consolarmi ci sono gli agnelli nati mentre ero via, e alcune pecore che ancora devono partorire. Controllo il loro posteriore per scoprire eventuali segni di travaglio, premo i palmi sul loro ventre alla ricerca di un probabile parto podalico, e per me il gesto adesso è abitudinario e meditativo come lo era per Jimmy e Frank le prime volte che li vedevo all'opera. Mescolo il mangime e le pecore mi sciamano attorno, permettendomi di passare le dita sui loro ispidi velli di lana. Dopo i giorni in tribunale, la liberazione di essere qui è come un'iniezione di adrenalina.

È passato poco più di un anno da quando un cane ha fatto irruzione in questo pascolo e ha attaccato i nostri agnelli, innescando una serie di eventi che nessuno di noi avrebbe potuto immaginare. Che sarebbe apparso Leo, vagamente somigliante al bambino che avevo perso, bisognoso di una madre mentre io desideravo ancora così tanto esserlo. Che io e Gabriel saremmo stati ancora assieme giorno dopo giorno e ci saremmo resi conto che i sentimenti che avevamo tenuto sotto chiave dentro di noi erano ancora lì, in attesa di ricomparire. Che l'uomo da cui ero ossessionata, il ragazzo che un tempo mi aveva fatto scoprire il desiderio e poi mi aveva abbandonata, o almeno così pensavo, si sarebbe rivelato non il cattivo che avevo creato nella mia mente ma qualcuno cui tenevo ancora, qualcuno che ancora amavo.

Quando vedo Gabriel risalire il campo verso di me mi dico che forse è un'apparizione, una sorta di allucinazione della mia mente stanca e fragile. Ma l'uomo continua a camminare, e la sua silhouette alta e snella è per me inconfondibile.

« Beth. » Si ferma a mezzo metro da me.

Tiro indietro una ciocca di capelli con una mano ricoperta di mangime per pecore.

« Dovevo venire. »

« Okay », dico, anche se non è affatto okay, è proprio il contrario. Non sono pronta a vedere Gabriel, non sono pronta a vedere nessuno.

« Non avrei mai pensato che sarebbe finito dentro. Robert doveva essere il migliore, tutti pensavano che avrebbe vinto. Mi dispiace tanto, Beth. Ti ho deluso. »

Non voglio fare questa conversazione. Questa conversazione inutile e senza senso.

« Quanto credi che gli daranno? » mi chiede.

« Robert dice di aspettarsi otto anni. Ma potrebbe uscire prima. Magari anche dopo cinque, se siamo fortunati. » Faccio una smorfia a questa parola, e anche Gabriel. Fortunati non lo siamo proprio.

« Mi dispiace. Non avrei mai dovuto lasciare che Frank lo facesse. All'epoca non volevo. Ricordi... » S'interrompe, annaspando per trovare le parole.

Io sono un muro di silenzio. So che devo parlare. Devo aiutare Gabriel ad affrontare il suo senso di colpa. È solo che sono così stanca. Stanca di tutto questo.

« Anche Robert ci ha deluso », dice.

« Questo è ingiusto. Ha fatto quello che ha potuto. La storia non ha mai davvero retto. Lui non era a conoscenza di tutti i fatti. »

« Non capirò mai perché Frank l'ha fatto. Perché si è voluto prendere la colpa al posto di un bambino che non è suo? »

Dev'essere la stanchezza, non ho più la forza di combattere. Niente più resistenza. Le parole cominciano a formarsi nella mia testa, parole che non devo dire, ma stanno salendo, non invitate, nella mia gola, nella mia bocca, poi sgorgano fuori impetuose e si librano nell'aria. « Non è riuscito a salvare tuo figlio. »

« Ma di che parli? Lui l'ha salvato. È andato in prigione al posto suo. »

Il cuore mi martella così forte che quasi mi sento svenire. « Il tuo primo figlio. »

Basta un secondo, niente di più.

« Bobby? » chiede, con la voce che vacilla pronunciando il suo nome.

Inclino appena la testa, un minuscolo cenno di conferma. È tutto ciò che riesco a fare.

« Mio *figlio*. Era mio figlio? »

Ruggisce per il dolore. Non ho mai sentito nulla di

simile. Questo ululato. Questo prolungato grido di tormento e rabbia e dolore mentre, alla fine, tutti i pezzi vanno al loro posto.

« Gabriel. »

Faccio un passo verso di lui, ma lui si tira indietro. « Non ti avvicinare. »

Lo guardo mentre si copre il volto con le mani e inizia a singhiozzare. Questa cosa tra di noi, questa cosa sconvolgente e nascosta, è imperdonabile. L'ho sempre saputo. E anche Frank.

Mi guarda di nuovo, asciugandosi le guance. « Leo somiglia a Bobby, non è così? Me ne rendo conto adesso, la tua fotografia, quella che a Leo piaceva tanto. Cristo, povero Leo. L'hai privato di un fratello con l'inganno. E hai privato me di un figlio. L'hai rubato. L'avete rubato tu e Frank. »

« Era anche figlio mio. E tu non eri lì per me, ricordi? »

« Ma... » La voce di Gabriel diventa un gemito. « Io sarei rimasto accanto a te! Io ti amavo. Perché non me l'hai detto? »

« Volevo farlo. Tua madre lo sapeva. E ho sperato che te lo dicesse al posto mio. »

« Mia madre lo sapeva? Mia madre? » L'orrore sul suo viso.

Sono quasi troppo spaventata per continuare. « Non gliel'ho detto io, l'ha capito da sola. Pensavo che avrebbe voluto aiutarmi, sapendo che portavo in grembo tuo figlio. Ma a lei importava solo proteggere la tua reputazione. Mi ha fatto promettere che non te l'avrei mai detto. Mi ha pagato per farmi stare zitta, Gabriel. Un sostanzioso assegno in cambio della mia discrezione. »

« No. No, no, no. Non mi avrebbe mai fatto questo. » Il dolore nella sua voce, il dubbio, è straziante.

« Sai che l'avrebbe fatto. Quando mai a tua madre è importato di qualcuno che non fosse sé stessa? »

Un lungo silenzio. Poi Gabriel mi guarda con occhi di ghiaccio. « Tutte quelle storie che mi raccontavi su Bobby. Era il tuo senso di colpa, vero? L'avevi tenuto lontano da me per tutti quegli anni e pensavi di gettarmi qualche briciola per sentirti meglio. »

La rabbia scoppia dentro di me. L'ultimo frammento di rabbia repressa si libera. Una donna folle, folle, che grida in mezzo al suo pascolo per le pecore. « Frank è in prigione perché *tuo figlio* ha ucciso suo fratello. Si è preso la colpa così che non dovesse farlo Leo. Così che *tu* non dovessi vedere tuo figlio testimoniare in tribunale. Così che non lo portassero via *a te*. E, sì, l'ha fatto perché lui ha potuto essere il padre di Bobby e tu no. E, sì, si è sentito in colpa per questo, soprattutto dopo che Bobby è morto. Ma dov'eri tu quando avevo bisogno di te? Dov'eri quando mi hanno ordinato di lasciare la scuola, incinta e non sposata a diciassette anni? Frank ha preso me e il bambino di un altro uomo senza pensarci due volte. Perché mi amava. » Ormai sto piangendo a dirotto. « E Frank è stato il miglior padre per Bobby. Meglio di quanto non avresti mai potuto essere tu. » Cado in ginocchio e mi copro il viso con le mani.

Dopo quel fatidico colpo di fucile, abbiamo fatto del nostro meglio, Gabriel, Frank e io, per convincere Leo che era stato un incidente. Gli abbiamo detto che sapevamo che non aveva mai avuto intenzione di uccidere Jimmy. Non stava forse cercando di proteggere suo padre? Qualsiasi figlio avrebbe fatto lo stesso.

Ma, nonostante questo, a mano a mano che i mesi passavano e il processo si avvicinava Leo era sempre più depresso. Alla fine, Frank era andato a trovarlo a Meadowlands. Sapeva che era rischioso in un paese pronto a spettegolare, perché era una violazione dei termini della libertà su cauzione, ma l'ha fatto lo stesso.

« A che serve che io faccia tutto questo se il senso di colpa lo avvelena comunque? » aveva detto Frank. « Voglio fargli capire, una volta per tutte, che è solo un ragazzino sfortunato che è rimasto invischiato in un pasticcio tra adulti che va al di là della sua comprensione. »

« Mi dispiace », borbotto a Gabriel continuando a coprirmi il volto con le mani. Non riesco a trovare il coraggio di guardarlo. La rabbia se n'è andata, provo solo vergogna. « Sono una persona orribile. Faccio cose orribili. Non mi stupisce che tu mi odi. Mi odio da sola. »

Sento Gabriel inginocchiarsi sull'erba umida, sento le sue mani che scostano delicatamente le mie per scoprirmi il viso.

Il modo in cui mi guarda, uno sguardo in cui c'è tutto: dolore e tristezza e passione e perdita, innocenza e rabbia e una luce che piano piano svanisce. Una bugia che è stata al centro di tutto. Una bugia che è sempre stata troppo grande per meritare l'assoluzione. Eppure, quello che leggo negli occhi di Gabriel non è odio o biasimo, come mi aspettavo, ma amore.

Ci abbracciamo, anzi, in realtà ci aggrappiamo l'uno all'altra, mentre attorno a noi il cielo si fa lentamente più scuro e le pecore gemono e borbottano e gli uccelli si fiondano nei nidi, nel posto in cui Bobby, nostro figlio, amava di più stare.

Prima

So di essere incinta prima ancora di saltare il ciclo. Non perché i miei seni sono sensibili o perché ho la nausea quando mi sveglio al mattino o per qualsiasi altro segno rivelatore di cui ho letto di nascosto in biblioteca. Lo so e basta.

L'ultima volta che abbiamo fatto l'amore – quanto fa male ricordarlo – è stato a notte fonda quand'ero a casa di Gabriel a Oxford. È stata un'intimità magica e semicosciente, con i nostri corpi che hanno preso il comando prima che la mente potesse rendersene conto, cercandosi come in un sogno. Dopo, non sono riuscita a ricordare se avevo il diaframma. Una volta a casa, mi rendo conto che non l'avevo, il diaframma è lì placido nella sua scatolina, ma a quel punto sono ormai troppo addolorata per curarmene. Tra me e Gabriel è finita e tutto ciò che voglio, tutto ciò cui riesco a pensare, è trovare la strada che mi riporta a lui.

Mentre i giorni passano senza che arrivi il ciclo e con nuove prove inconfutabili – i seni gonfi e striati di vene blu, il costante bisogno di fare pipì, l'avversione per odori che ho sempre amato, come il bacon che frigge, il caffè e persino il profumo – so che devo dirlo ai miei. Ma, chissà come, non riesco a trovare le parole.

Penso a Gabriel continuamente o quasi. Alzo il telefono per chiamarlo cento volte, duecento. Ma lui non si è fatto sentire da quando abbiamo rotto e io temo che ci sia solo una ragione per questo: è innamorato di Louisa. Senza rendermene conto, gli ho dato il finale che voleva.

Che cosa penserebbe Gabriel della mia gravidanza? È una persona onesta con un grande senso dell'onore, questo lo so. Potrebbe offrirsi di sposarmi. Ma io potrei sposarlo, sapendo che ama un'altra?

La notte gli scrivo lettere in cui riverso il mio rimpianto e la mia tristezza. Quanto sono dispiaciuta per le cose che ho detto. Quanto vorrei potermele rimangiare. Quanto disperatamente sento la sua mancanza. *E poi c'è un'altra cosa che dovresti sapere...*

Penso di essere incinta.

Non importa quante volte scrivo quella frase, le parole sembrano sempre troppo scioccanti, troppo definitive. Ogni volta, strappo la lettera in pezzetti piccolissimi.

Dopo due settimane d'indecisione, vado a Meadowlands e busso alla porta prima di poter cambiare idea.

Mi aspetto che Gabriel sia a casa per le vacanze di Natale, e invece è Tessa ad aprire, e sembra sorpresa di vedermi. «Beth. Che cosa posso fare per te?»

«Speravo di poter parlare con Gabriel.»

«Temo che non sia qui.»

«Oh», riesco solo a dire, e mentre cerco di capire che fare mi si forma un groppo in gola. Non avevo pensato alla possibilità che lui potesse non essere a casa.

Il mio respiro accelera, e forse Tessa se ne accorge,

visto che d'un tratto dice: « Perché non entri, Beth? » Si volta e si dirige verso l'interno della casa, e io la seguo automaticamente.

Nel salottino rosa in cui una volta io e Gabriel ci siamo stesi sul divano a bere vino, Tessa indica la poltrona davanti al camino. « Siediti. »

Resto appollaiata goffamente sulla punta del sedile e aspetto mentre lei mi scruta senza parlare.

« Quando arriva Gabriel? » riesco infine a chiedere, per rompere il silenzio.

« La prossima settimana, immagino. Comunque, devo ammettere che sono un po' sorpresa di vederti. Mi risulta che tu e lui non stiate più assieme. »

Mi mancano le parole. Sono ferita dalla sua casuale conferma della nostra rottura. E dal fatto che lo sappia.

Non so cosa fare. O a chi rivolgermi. Avevo sperato che Gabriel fosse qui e di potergli dire della gravidanza, e che assieme avremmo deciso che cosa sarebbe successo dopo.

Senza pensare, mi poso un palmo sul ventre. Penso all'embrione che cresce dentro di me. Lungo non più di sei o sette millimetri, secondo il libro della biblioteca.

Alzo di nuovo lo sguardo e Tessa mi sta osservando con le palpebre socchiuse.

« Per l'amor del cielo. Sei incinta, Beth? È di questo che si tratta? »

Prima ancora di rendermi conto di quel che dico, mi esce un flebile « Sì ».

Subito dopo averlo ammesso, mi sento sollevata. Qualcun altro oltre a me sa la verità. Sicuramente Tessa vorrà aiutarmi, adesso che sa che sto aspettando un bambino da suo figlio.

« Com'è successo? »

« Io... cioè noi non siamo stati attenti a Oxford. »

Tessa schiocca le labbra. « Che irresponsabili. Sono sorpresa che Gabriel non abbia pensato di dirmelo. »

« Non lo sa ancora. »

È strano come il volto di Tessa improvvisamente s'illumini. Si sporge a darmi un buffetto sulla mano. « Lo stai tenendo nascosto a Gabe: ragazza giudiziosa. Non dobbiamo dargli questa preoccupazione, vero? »

« In realtà avevo intenzione di dirglielo oggi. Per questo sono qui. »

Tessa si alza e comincia a camminare per la stanza in piccoli cerchi. « Lasciami pensare per un momento. I tuoi genitori lo sanno? »

« Per ora no. »

« Ancora meglio. »

« Tra un po' potrebbero cominciare a notarlo. »

Altro cambio repentino nel bel volto di Tessa. « Certo non starai pensando di tenerlo, vero? »

« Che altro dovrei fare? »

« Mia cara, a volte dimentico che sei una ragazza di campagna e non hai ancora visto niente del mondo esterno. Ci sono posti in cui possiamo andare per sistemare la faccenda. Niente di clandestino, non preoccuparti. Tutto quel che serve sono soldi e la volontà di fare un viaggetto all'estero. Sono contenta che tu abbia deciso di parlarmene. »

Fisso Tessa, sconvolta. « Sta parlando di aborto? »

Sussurro la parola, come se solo a dirla a voce alta potessi offendere il mio bambino non ancora nato. Sono stata cresciuta da cattolica; non una molto ligia, è vero, e la mia gravidanza ne è la prova, ma gli anni d'indottrinamento mi hanno resa certa di una cosa. Questo piccolo ovulo fecondato dentro di me un giorno diventerà un bambino. E io amerò quel bambino e gli darò la vita migliore che posso.

« Esatto. È molto più facile di quel che pensi. Non c'è bisogno che tu o Gabe vi roviniate la vita per un piccolo, stupido errore. »

« Io non credo che questo bambino rovinerà la mia vita... o quella di Gabriel. »

Silenzio.

« Sembri determinata a dirglielo. »

« Lei non crede che lo vorrebbe sapere? Magari vorrebbe essere coinvolto, è di suo figlio che stiamo parlando. »

« Ah. Ora comincio a capire dove vuoi arrivare. Pensavi di poter convincere Gabriel a sposarti? Non vedo come possa accadere, Beth, davvero. Non prenderla male, ma Gabe sembrava piuttosto sollevato quando ha detto che vi eravate lasciati. In tutta onestà, credo che sia stato stressante per lui cercare di far andare avanti la cosa mentre non vi vedevate mai. E naturalmente ha una nuova vita a Oxford. Moltissimi nuovi amici. »

Il mio proposito di essere coraggiosa è svanito. « Sta ancora con Louisa? » chiedo, con voce strozzata.

A questo punto, sul viso di Tessa passa fulminea un'espressione che non riesco a leggere. È confusione?

O sollievo? O qualcos'altro? «Sono solo all'inizio, certo, ma sono una bella coppia. E il padre di Louisa può fare molto per la carriera da scrittore di Gabriel. Sono certa che non vorresti essere d'intralcio.» Fa una risatina falsa e acuta. «Magari dopo Oxford si trasferiranno a Hollywood. Magari ci trasferiremo tutti. Ce ne andremo da questo clima infame.»

Rabbrividisco, nonostante il calore del fuoco. Non sarei mai dovuta venire. Ho bisogno di allontanarmi il più possibile da Tessa Wolfe. Ho bisogno di stendermi in una stanza tranquilla e piangere per tutto quello che ho perduto.

«Oh, te ne vai?» mi chiede, quando vede che mi alzo.

Annuisco.

«Aspetta due secondi, ho una cosa per te.»

Guardo Tessa sedersi alla sua scrivania sotto la finestra. Ricordo che la prima volta che ho visto questa scrivania, con i graziosi inserti in madreperla, i cassetti segreti nascosti con delicati pomoli dorati, l'ho desiderata e mi sono detta: *Un giorno, mi comprerò una scrivania come questa e la riempirò di tesori. Lettere d'amore e piume rare, sassolini dalle forme bizzarre, poesie segrete. Nastri, francobolli, boccette d'inchiostro dai colori vivaci.*

Tessa attraversa la stanza e mi porge una busta. «Non devi aprirla adesso. Ma ti sarà d'aiuto, qualsiasi cosa tu decida.»

Naturalmente la apro. Dentro c'è un assegno di mille sterline, il campo del destinatario è in bianco. Sussulto. È più di quanto i miei genitori guadagnino in un anno. «È troppo.»

«Sciocchezze. Insisto che tu lo accetti. Molte ragazze nella tua situazione scelgono di dare il bambino in adozione. Posso raccomandarti un'ottima agenzia a Knightsbridge.»

Fisso il tappeto rosa mentre dentro di me si agitano sentimenti pericolosi. La *mia* situazione. Non quella di Gabriel. È così che funziona nel suo mondo.

«Beth?» Tessa aspetta che la guardi. «In cambio ti chiedo solo una cosina. Promettimi che non dirai a Gabriel della gravidanza. La sua vita a Oxford è appena iniziata, non sopporterei che questo rovinasse le sue prospettive. E, se decidi di tenerlo, potresti essere discreta su chi è il padre di questo bambino?»

Non le rispondo. Non ci riesco. Se la mia vita va a rotoli non importa, basta che quella del suo prezioso figlio rimanga intatta.

«È un 'sì'?»

Annuisco. È l'unico modo per uscire da questa stanza, da questa casa, dall'intero universo tossico della famiglia Wolfe.

Fuori, mi fermo qualche momento sui gradini e contemplo gli ettari paradisiaci, il lago su cui scivolano i cigni bianchi, una cornice meravigliosa per la nostra brevissima storia d'amore. Alla fine, si scopre che era solo un'illusione.

Inspiro per riempirmi i polmoni di aria fresca. Espiro tutte le brutture degli ultimi trenta minuti.

È finita. È finita. È finita.

L'ultimo giorno del trimestre vengo convocata nell'ufficio della direttrice.

« E ora che c'è? » fa Helen, preoccupata.

È la mia migliore amica e le ho sempre detto tutto, ma il segreto che cresce nel mio ventre è solo mio, per ora.

Non penso più a Shakespeare, alle sorelle Brontë o al St Anne's College di Oxford. Non m'interessa Charles Dickens e la sua rappresentazione della rivoluzione industriale. Non m'importa delle feste di Natale cui sono stata invitata né dei vestiti che le mie compagne pensano d'indossare. Guardo fuori dalla finestra della classe, sapendo che la mia vita sta per cambiare per sempre. Ma, per un momento, ci siamo solo noi due in questa mia bolla privata, io e il mio bambino. In un certo senso è qualcosa di sacro. Non voglio condividerla.

Busso alla porta della direttrice pensando a quanto sono cambiata in poche settimane. Adesso non c'è nulla che possa dire per ferirmi. È strano, ma mi sento protetta da questo minuscolo, prezioso segreto che custodisco dentro di me.

« Elizabeth. Entra, siediti. » Indica la sedia di fronte alla sua scrivania.

Nell'ufficio c'è un piccolo albero di Natale che alcune bambine del primo anno hanno addobbato con decorazioni rosse, argentate e dorate. Una volta, ero una di quelle bambine, avevo undici anni ed ero elettrizzata perché ero stata invitata nell'enclave privata di suor Ignatius.

« Avevo pensato di chiedere a padre Michael, il dirigente scolastico, di partecipare a questo incontro, ma poi ho ritenuto che, date le circostanze, la discrezione fosse la scelta migliore. Questa faccenda rimane tra te e me.»

Per un momento restiamo a guardarci, io e la suora, e in testa mi girano mille domande. Lo sa? Come potrebbe? Solo due persone al mondo sanno che sono incinta. Io e Tessa Wolfe. Non può averglielo detto la madre di Gabriel. Le premeva solo tenere nascosta la mia gravidanza il più a lungo possibile.

«Questo pomeriggio ho scritto ai tuoi genitori per informarli che purtroppo non tornerai a scuola il prossimo trimestre, Elizabeth.»

«Non capisco.»

«Io credo di sì.»

«Per favore, mi spieghi.»

«Sei coraggiosa, ti ammiro per questo. La scuola ha deciso che non è più appropriato tenerti qui. I posti sono a nostra discrezione e molto richiesti, come sai. Abbiamo deciso di offrire il tuo posto a un'alunna che sia in grado di aderire al codice di condotta morale della scuola. Ci aspettiamo che le ragazze più grandi forniscano solidi esempi per le allieve più giovani. E tu non hai fatto alcun tentativo di nascondere il tuo comportamento indecoroso, Elizabeth, al contrario. In ogni caso, questa non è un'espulsione vera e propria, e l'ho spiegato ai tuoi genitori. T'invitiamo a tornare il prossimo giugno per sostenere gli esami finali, se lo desideri.» Mi fissa. «Anche se credo che sarà piuttosto improbabile. Non credi anche tu?»

«Chi gliel'ha detto?»

«Ieri ho ricevuto la visita di una persona che ha fatto una generosa donazione per le nuove aule di scienze. Si è tanto raccomandata che a scuola non si venisse a sapere della tua delicata situazione. Meglio allontanarti da qui in fretta, prima che la voce cominci a girare.»

«Ha comprato anche me», dico, con le lacrime che mi pungono gli occhi. «Puoi farlo quando sei ricca.»

Con mia grande sorpresa, suor Ignatius ride. Una risata genuina che sembra contenere vero affetto. «Secondo me, starai meglio senza persone così. Sai, Elizabeth, non sono preoccupata per te. Sei intelligente. Sei piena di grinta. Alla fine ne uscirai vincitrice. Non ho il minimo dubbio.»

Frank arriva al nostro cottage qualche giorno dopo Natale. Sembra così diverso senza l'uniforme della scuola, come se la banalità del blazer nero e dei pantaloni grigi nascondesse la sua forma ben fatta. I capelli sono ancora umidi dopo il bagno, e il profumo del sapone aleggia sulla sua pelle.

«C'è qualcosa che vorrei mostrarti», dice.

«Che cosa?»

Quando Frank sorride, le palpebre si strizzano tanto che gli occhi quasi scompaiono. Non l'avevo mai notato. «Se te lo dicessi rovinerei la sorpresa, no?»

Parcheggiata davanti al cottage c'è una vecchia Land Rover, il cui colore originario è quasi del tutto nascosto da diversi strati di fango secco.

Osservo le mani di Frank sul volante, abbronzate e forti, ma con dita sorprendentemente eleganti, le unghie corte. Quando cambia marcia, i muscoli dell'avambraccio guizzano sotto la pelle.

Imbocchiamo una lunga strada sterrata che porta alla casa dei Johnson, Blakely Farm. So dove abita Frank, anche se non ci sono mai stata.

« Andiamo a casa tua? »

« No. » Parcheggia la Land Rover accanto a un cancello di ferro e sorride. « Siamo arrivati. »

Lo seguo lungo il perimetro di un campo che si estende in pendenza fino a una grande quercia all'estremità. « Che albero », dico, per essere educata. « È enorme. » Se Frank Johnson pensa che io sia una di quelle ragazze che abbracciano gli alberi, rimarrà deluso.

Indica un buco scuro sul tronco, appena sopra il livello dei miei occhi. « Guarda dentro. Ma non avvicinare troppo il viso. »

All'inizio è così buio che non vedo niente, ma poi, non appena gli occhi si abituano, scorgo la sagoma di un nido con dentro due uccellini coperti di lanugine, i minuscoli becchi gialli aperti.

« Un nido? Non è il periodo sbagliato dell'anno? Fa troppo freddo. Che uccelli sono? »

« Merli, probabilmente. Sono arrivati presto. Credo che siano stati abbandonati. È un paio di giorni che li tengo d'occhio per vedere come stanno. Sono affamati. »

« Moriranno? »

« Non se noi li salviamo. »

« Noi? »

Frank sorride. « O tu? Pensavo che magari ti piacerebbe occupartene. All'inizio è praticamente un lavoro a tempo pieno. E io sono impegnato tutto il giorno alla fattoria. Ma mi porterò il nido a casa e farò un tentativo. A meno che non voglia provarci tu. »

« Lo faccio io », dico, decisa. « Perché non li prendiamo adesso? Rischiano di non passare la notte, qui fuori al freddo. »

« Lo sapevo che avresti detto così. Ho tutto quello che ci serve nel baule della Land Rover. »

Fa per andarsene, ma lo fermo posandogli una mano sul braccio. « Mi ami, Frank? »

Non pare affatto sorpreso dalla domanda, anche se gliel'ho fatta di punto in bianco.

« Sì. Ma mi accontenterei di essere amici. »

« Mi piacerebbe. »

« Amici, intendi? »

« O più che amici. Quando ci conosceremo meglio. »

Sembra così naturale e innocente, la sua risata improvvisa. *Quindi questo è Frank Johnson, con la sua vita sana e semplice,* mi dico, vagamente malinconica.

Frank viene a prendermi al cottage ogni giorno dopo il lavoro. Per prima cosa, controlliamo i miei uccellini, che stanno crescendo bene, mettendo su peso e nuove piume giorno dopo giorno. Poi giriamo in macchina per le vie di campagna nel buio fitto dell'inverno, e parliamo. Parliamo delle nostre famiglie, degli amici di scuola che ci piacciono e di quelli che non ci piacciono. Di musica, dei nostri dischi preferiti, e ci sorprendiamo scoprendo di avere gusti simili. Frank non mi chiede di Gabriel o perché ho lasciato la scuola, o se intendo ancora andare a Oxford. Io non chiedo a Frank perché non è rimasto per gli esami finali.

Noto che è più vivace se parla della fattoria, anche di cose noiose come la pecora smarrita che ha impiegato ore a ritrovare o di come sia così abituato alla puzza di letame che ormai non ci fa più caso. Capisco che questo è il suo mondo, il suo ossigeno, e che fuori da lì fa fatica a sentirsi sé stesso.

« Fammi vedere », gli dico una sera.

« Farti vedere cosa? »

« Il tuo posto preferito della fattoria. »

Quel suo sorriso, così largo e rassicurante, come una ventata di euforia. Mi sento felice solo a guardarlo, vorrei continuare a premere l'interruttore.

« La domenica pomeriggio sono libero. Devi vederlo di giorno. »

Avrei dovuto saperlo che mi avrebbe portata di nuovo alla quercia.

In piedi sotto l'albero, guardiamo un paesaggio spoglio che sembra rigido per il freddo, ma vedo come il campo digrada dolcemente offrendo una vista di ciò che c'è più in là, un mosaico di quadrati marroni e ocra legati da siepi, la sagoma di una collina in lontananza, una sensazione d'infinito. Capisco perché gli piaccia tanto.

« Tutta questa terra appartiene alla fattoria? » gli chiedo, ma Frank non mi risponde.

Dice il mio nome. Sottovoce.

Dal modo in cui mi guarda capisco subito cosa sta per succedere. Tutto il mio corpo è vigile, persino l'aria è densa di aspettativa.

Frank si avvicina, tra noi ci sono solo pochi centimetri. Sta per baciarmi.

« Aspetta. » Alzo una mano. « Non è che non voglio », aggiungo subito dopo, vedendo il suo volto deluso. « Lo voglio, davvero. Ma prima devo dirti una cosa. »

« Va bene. » Aspetta, calmo. Sereno.

« Sono incinta. E ho intenzione di tenerlo. »

L'espressione di Frank non cambia. Annuisce, riflettendo su quello che gli ho detto. Si prende il tempo che gli serve. Passano i secondi, forse un intero minuto.

« E l'altro tizio? Non ne vuole sapere, immagino. »

« Non lo sa. E non lo saprà mai. Ci siamo lasciati, e... »

« Ah. Capisco. Be', in questo caso... » Mi sorride e alla fine mi ritrovo a sorridere anch'io. Sorridiamo come due idioti quando pensavo di non aver motivo di sorridere, sotto una vecchia quercia in un pomeriggio d'inverno. « Non abbiamo qualcosa da festeggiare? »

Frank apre le braccia, un invito. E ride mentre io mi ci accomodo.

PARTE QUINTA

Grace

1975

Grace scende serpeggiando lungo il campo con due pecore e un gruppo di agnellini nati da poco. Sa come andare avanti e indietro nel campo in un lento zig-zag, assicurandosi che i suoi piccoli camminino nella direzione giusta. Sa quando fermarsi e aspettare, così che gli agnelli restino vicino alle loro madri. Chiacchiera con loro senza sosta, proprio come faceva suo zio, e anche suo fratello Bobby. Ha cinque anni.

Per Grace, uno di quegli agnellini è più speciale degli altri, perché ieri l'ha fatto nascere lei, da sola. Quando le zampe davanti hanno iniziato a spuntare, si è inginocchiata accanto alla pecora e le ha prese tra le manine, aspettando che la contrazione successiva spingesse l'agnellino un po' più fuori.

« Adesso tira forte, Gracie. Metticela tutta », l'ha esortata mio padre dopo che è comparso il nasino nero dell'agnello.

Sapevo che stava tenendo a bada l'istinto di aiutarla. Per me era lo stesso.

Grace ha tirato forte, con un grugnito simile a quello di un pugile dei pesi massimi e finalmente l'agnello è scivolato fuori. Vorrei aver avuto la macchina fotografica. La sua espressione. Avrei voluto che Frank la vedesse, quel misto di orgoglio e stupore quando si è girata per sorridermi e farmi il gesto con il pollice alzato.

Non è nata sul pavimento della cucina come suo fratello, ma al Dorchester Hospital otto mesi dopo la fine del processo. Prima di dire a Frank che aspettavo il suo bambino ho atteso che passasse il periodo più a rischio di aborto precoce. Sapevo quanto avrebbe significato per lui un altro figlio, stavolta carne della sua carne.

« Indovina? » gli ho detto, nella successiva telefonata. « Sono incinta. Tredici settimane ieri. Avremo un bambino, Frank. »

Nel breve silenzio che è seguito me lo sono immaginato nella cabina telefonica del carcere mentre cercava di tenere a bada l'emozione. Ho sentito il suo respiro veloce, la sua voce roca quando ha chiesto: « Com'è successo? »

« Ho buttato via il diaframma qualche mese prima del processo. Non ho voluto dirtelo nel caso non fosse successo. »

« Avremo un bambino? Sei incinta? Avremo un altro bambino? » A quel punto Frank gridava. Gridava e rideva. Continuava a ripetere la notizia finché non l'ha assimilata.

Ricordare la gioia nella sua voce nel momento in cui gliel'ho detto mi dà conforto nelle notti in cui mi sento più sola.

Vedendo nostra figlia per la prima volta, ho provato un'ondata di euforia. Era nata proprio nel momento giusto per essere donna.

« Per te, il mondo sta per cambiare », ho sussurrato alla creaturina che stringevo al petto.

Quello stesso pomeriggio ho scritto a Frank. *Hai una figlia. È la cosa più bella che tu abbia mai visto. Vuoi sceglie-re tu il nome?*

La sua risposta è arrivata subito. *Chiamiamola Grace.*

Ho pensato: *Sì, Frank ha capito. È la nostra seconda grazia divina. È il nostro nuovo inizio.*

Speravo che Frank mi permettesse di fargli visita in prigione dopo la nascita di nostra figlia. Ma ogni volta che glielo chiedevo mi diceva di no.

« Ti prego, Beth, lasciami fare a modo mio. »

Qualche volta mi sono arrabbiata. « Perché importa solo quello che vuoi tu? E io? E il mio bisogno di vederti? » gli ho urlato in una delle nostre telefonate della domenica sera. « Ti vergogni di farti vedere da me là dentro? Preferisci non vedere tua moglie o non tenere in braccio tua figlia per anni solo perché ti vergogni di quello che potrei pensare? E allora sono io a vergognarmi se hai una così bassa opinione di me. »

Gli ho appeso il telefono in faccia prima che potesse rispondere e ho passato il resto della serata in preda al rimorso. Avevo rovinato la nostra telefonata. E, peggio ancora, l'avevo turbato. E ora dovevo aspettare un'intera settimana prima di potergli parlare di nuovo.

Due giorni dopo è arrivata una lettera.

Cara Beth,

ho questa immagine nella mia mente, ed è la sola cosa che mi sostiene ogni singolo giorno. Mi vedo tornare alla fattoria in un luminoso pomeriggio di primavera. Un giorno freddo, frizzante, assolato, il tipo di tempo che è sempre stato il nostro preferito. Ci sono nuovi agnelli nel pascolo e tutti gli uccelli più amati da Bobby sono tornati per l'estate, cinguettando e facendo chiasso.

Entro nella nostra terra e inspiro tutto quel che mi circonda. Sono a casa, mi dico. Sono a casa. Ed è a quel punto che vedo te e Grace per la prima volta... ed è tutto così puro, Beth. Non voglio che questo posto entri nella tua testa, o nella sua. So di essere egoista. Ti prego, cerca di capire... Puoi?

FRANK

Mio padre va a trovare Frank ogni mese per tenerlo aggiornato sulla fattoria.

Quando Frank è stato condannato a otto anni da scontare nel carcere di Wandsworth, i miei genitori si sono immediatamente licenziati dai loro posti da insegnanti in Irlanda. Nel giro di tre mesi sono tornati nel Dorset per aiutarmi a mandare avanti la fattoria.

È stata una gioia vedere come la fattoria li ha cambiati. E come loro hanno cambiato la fattoria. Mia madre, che non avrei mai potuto immaginare senza i suoi libri e i suoi temi da correggere, è nei campi con noi tutto il giorno. Ormai vive in un vecchio paio di pantaloni di velluto di mio padre ed è sempre abbronzata. Sembra molto più giovane.

Tra i documenti della fattoria ha scovato una vecchia ricetta scritta a mano per fare il cheddar. Ha passato mesi a perfezionare la sua versione del Blakely Cheddar e poi ha iniziato a venderlo al mercato del sabato in paese. Il formaggio ha un gusto deciso e salato, ma è cremoso, si distingue per il suo rivestimento di cera viola; ogni settimana va esaurito nel giro di un'ora. Adesso abbiamo trasformato un capannone in un caseificio, investito nei macchinari e il formaggio si vende in tutta la nazione. Questo piccolo esperimento è diventato la nostra principale fonte di reddito.

A mio padre piace tenere da parte i problemi per sottoporli a Frank. Quando qualcosa ci lascia interdetti, solitamente qualche attrezzo che si rompe, dice sempre: « Non importa, Frank saprà come aggiustarlo. Vado a fargli una visitina, che dite? » In questo modo, cerca di coinvolgere Frank nella nostra vita alla fattoria.

A parte papà, le due persone che hanno fatto visita a Frank più spesso sono Gabriel e Leo.

Ci è voluto molto tempo prima che Gabriel riuscisse a parlare di nuovo con me, ma lo capivo.

Un pomeriggio si è presentato alla fattoria, di punto in bianco.

Era andato mio padre ad aprire la porta, e quand'è tornato in cucina la sua espressione era assai eloquente. « È Gabriel. »

Per parlare con lui sono uscita in cortile, chiudendomi la porta alle spalle. Sulle prime siamo rimasti lì a guardarci. Era la prima volta che lo vedevo dopo mesi.

« Devo chiederti una cosa, ma non ti piacerà », ha detto alla fine.

« Dimmi. »

« Mi piacerebbe dire a Leo che Bobby era suo fratello. Credo che capire perché Frank ha fatto quello che ha fatto potrebbe aiutarlo a elaborare ciò che è successo. La cosa peggiore per Leo è sapere che Frank è in prigione quand'è convinto che dovrebbe esserci lui. »

La nostra era una storia complicata con molti pezzi che dovevano incastrarsi. In qualche modo eravamo tutti da biasimare: io e Gabriel, Frank, Leo, e anche Jimmy. Ognuno di noi aveva avuto un ruolo nella tragedia.

E, a scavare bene in profondità, tutto in realtà riguardava Bobby.

Gabriel e Leo andavano a trovare Frank ogni settimana, e per un'ora parlavano di Bobby. All'inizio faceva male a Frank passare del tempo con l'uomo che per un breve periodo gli aveva rubato la moglie. Ricordare i giorni passati alla fattoria con Bobby. Raccontare a Leo cos'era successo esattamente il giorno dell'incidente. E perché si sentiva responsabile. Piano piano, però, ha cominciato ad attendere con ansia quelle visite. Piano piano, ha iniziato a guarire. E Leo ha finalmente capito che cosa avesse spinto Frank a fare quel gesto nobile e sciocco. Salvare Leo era in realtà un modo per salvare sé stesso.

Una domenica, durante la telefonata settimanale, Frank mi ha detto: « Sono pronto a lasciarlo andare ».

Si sarebbe potuto riferire a Jimmy, ma sapevo che non era così.

« Aaah », ho risposto, ma era più lo sfogo di un'emozione che una parola. Tristezza o felicità, probabilmente tutte e due.

Quella notte ho iniziato a scrivere una poesia per Frank, per la prima volta dalla morte di Bobby ho sentito il bisogno di mettere mano alla penna. Pensavo che avrebbe parlato di Grace e del nostro nuovo inizio, invece poi non è andata così.

Il romanzo di Gabriel è uscito un anno dopo il processo, l'ho trovato un libro piuttosto triste. Non c'era dentro nulla di me e di lui, del ragazzo e della ragazza che eravamo quando ha avuto l'idea per la prima volta, ma era permeato dal desiderio struggente e dal rimpianto, una ricerca di seconde possibilità. Quello sì ci apparteneva. Temevo che la pubblicità negativa sulla nostra relazione avrebbe avuto ripercussioni sulla sua carriera, ma non è andata affatto così. Scandali e cattiva fama sono ottimi per vendere libri, a quanto pare.

Gabriel e Leo ora vivono in California. Leo frequenta un liceo americano. Mi scrive cartoline sul baseball e sugli hamburger, e per Natale ha mandato a Grace una T-shirt degli Yankees che lei rifiuta di togliersi. Adesso Leo ha diciassette anni e dalle rare foto che ogni tanto Gabriel ricorda di spedire è bello come lo era suo padre quando l'ho conosciuto.

A volte, mentre passeggio con Grace, passiamo davanti a Meadowlands sulla strada verso il bosco. C'è un punto in cui si riesce a vedere attraverso gli alberi e si ha una visuale quasi perfetta del lago. Rimango lì per qualche istante, ricordando il ragazzo e la ragazza che una volta si sono perdutamente innamorati. Non sembrano più me e Gabriel. La loro innocenza mentre nuotano tra le ninfee e preparano il caffè su un fornelletto da campeggio ritenendosi creature molto fortunate è troppo toccante, e non riesco a guardarli a lungo.

Non molto tempo fa, Leo ha compiuto un gesto nobile: è andato a trovare Nina. Non ci ha chiesto il permesso di raccontarle la storia, ma prima di cominciare le ha fatto giurare di mantenere il segreto. Nessuno vuole che Frank rischi una nuova condanna per falsa testimonianza.

Ero nel cortile a lavare gli stivali di gomma con la canna dell'acqua quand'è arrivata Nina. L'ho guardata stupita scendere dall'auto, e ancora più stupita mentre si raddrizzava e ho visto il pancione. Era incinta di sette mesi. Avevo sentito parlare del nuovo uomo che Nina aveva conosciuto una sera al Compasses: un contabile con un ufficio a Salisbury.

« Lo so », ha detto.

Non c'era bisogno di chiederle che cosa sapesse: il suo volto diceva tutto.

« La storia di Frank non ha mai avuto senso. Mi dispiace averti odiata. »

« Ne avevi tutto il diritto. »

Ci siamo abbracciate a lungo, piangendo.

Nina ha avuto una bambina. E, benché sua figlia appartenga a un altro uomo e non a Jimmy, non posso fare a meno di sentire che c'è una certa simmetria in tutto questo. Sono successe troppe cose perché io e Nina possiamo recuperare un'amicizia, ma chissà, magari le nostre figlie un giorno diventeranno amiche. Jimmy ne sarebbe contento, ovunque sia. E anche Bobby. Ha sempre adorato Nina.

Grace è a metà del campo, ora, e sta parlottando alle pecore proprio come facevano Bobby e suo zio Jimmy. Una volta ho raccontato a Grace che suo fratello dava un nome a tutte le pecore, così ora lei fa la stessa cosa. Bugs Bunny. Madame Butterfly. Mavis. La sento rimproverare dolcemente quest'ultima perché è troppo lenta: « Vuoi farci aspettare tutto il giorno, Mavis? »

Oltre Grace scorgo un lampo blu scuro. C'è un uomo al limitare del nostro campo. Lo guardo poggiare una mano sulla staccionata e superarla con un balzo, veloce e leggero. Frank sembra alto e forte nel vestito del matrimonio, mentre cammina sulla sua terra, per tornare a casa da me, da Grace, verso l'inizio di un nuovo giorno. Sapevo che sarebbe uscito presto, ma non così presto. Ha sempre detto che voleva farci una sorpresa.

« Vedi quell'uomo che cammina nel campo? » grido a Grace.

Lei si volta a guardare schermandosi gli occhi. « Chi è? »

« Non indovini? »

Ha una foto di Frank attaccata con lo scotch sulla parete della sua cameretta. Gli dà sempre la buonanotte, è l'ultima cosa che fa prima di addormentarsi.

Sta ferma per un paio di secondi, scrutando l'uomo che risale il campo verso di noi. Poi grida: « Papà! » E parte di corsa, abbandonando le sue pecore.

La guardo correre attraverso il campo, ondeggiando i gomiti. Indossa pantaloncini rosa e stivali di gomma rossi, e i capelli scuri svolazzano dietro di lei come una nuvola. Guardo Frank che spalanca le braccia e lei che si butta. Lui la tira su e la fa roteare in aria. Li sento ridere. Guardo Frank gettare indietro la testa e gridare alle nuvole grigie che attraversano il cielo: « Sono a casa. *Sono a casa* ». Ci prova anche Grace, appoggiando il collo contro la spalla di suo padre, il viso rivolto verso il cielo. « *Sono a casa. Sono a casa.* » E ridono, e gridano, e poi ridono ancora, questo padre e questa figlia che s'incontrano per la prima volta. Poi si girano verso di me. Frank allunga il braccio destro e Grace, che ha capito al volo, allunga il sinistro. Un gigantesco spaventapasseri fatto da un uomo e una bambina.

Lancio un'occhiata a mio padre, in piedi vicino al rubinetto, che fa finta di riempire un secchio di acqua per le pecore ma in realtà osserva tutto. Mentre li guarda piange. È sempre stato così, il mio papà. Sono lacrime di gioia.

« Corri, tesoro. Corri », mi dice.

Frank resta fermo dov'è, le braccia aperte, in attesa. Più magro di come lo ricordavo, e un po' invecchiato, ma sempre Frank.

« Corri, mami », grida la mia bimba, sempre ridendo.

E io corro.

Per Frank,
con amore, Beth

Se lui potesse sentirmi, gli direi questo:
è stato un attimo, papà
è stato un attimo.
Nessun dolore
il dolore è stato tutto tuo.
Ora basta.
Questo gli direi.

Le vite dovrebbero essere misurate in intensità.
Ricorda la mia
per la sua splendida scia di luce e meravigliosa bellezza.
Il mondo che abbiamo amato e vissuto
è terra
è polvere
è me, papà.

RINGRAZIAMENTI

Grazie innanzitutto alla mia eccezionale agente Hattie Grünewald per aver creduto nel romanzo sulla base di una sinossi di diecimila parole e per avermi aiutato con la tua attenta revisione a dargli la forma che abbiamo concordato. Grazie per i tuoi garbati e saggi consigli e per la tua costanza; è stata una gioia lavorare con te.

Alle inarrestabili Liane-Louise Smith e Kathryn Williams di Blair Partnership per aver promosso il libro in tutto il mondo; è stato davvero grandioso vedervi all'opera! E a Jordan Lees, Alex Ford e Rhian Parry per la guida e il sostegno continui.

Alle mie editor Jocasta Hamilton e Abi Scruby di John Murray e Carina Guiterman di Simon & Schuster US, per il meticoloso lavoro sul testo e per essere le persone più gentili del mondo dell'editoria. A Belinda Jones, per la sensibile e raffinata revisione. E a Sara Marafini per la splendida copertina da sogno.

Agli editori stranieri che si sono innamorati di *Terra di anime spezzate* e hanno scritto lettere così belle per dirlo. Il vostro apprezzamento significa molto per me.

Ai contadini che mi hanno permesso di osservare da vicino la loro vita quotidiana durante la fase di ricerca. La vostra passione e la vostra istintiva conoscenza della terra e degli animali sono state il carburante di cui avevo bisogno per scrivere il romanzo.

Ad Al Sykes, Lisa e Frank Reeve e Peter Shallcross. E, naturalmente, a Keith e Nina Maidment, che da mezzo secolo coltivano i campi attorno a casa mia.

A Graham Bartlett, ex detective diventato autore di gialli, per aver risposto così gentilmente alle mie infinite domande sulla polizia e sulla giustizia penale.

A Will Self, che mi ha fatto da tutor in un corso Arvon quando la fiducia in me stessa era scarsa. Con il tuo gentile incoraggiamento, sono venuta a capo del libro del mio cuore.

Terra di anime spezzate mi ha inaspettatamente fatto conoscere alcune donne di grande ispirazione: Elizabeth Gabler e Marisa Paiva di Sony 3000 Pictures, Reese Witherspoon, Sarah Harden, Lauren Neustadter e Ashley Strumwasser di Hello Sunshine; grazie per il vostro calore e la passione con cui avete accolto il libro. E Josie Freedman di CAA; grazie per aver reso possibile un sogno che ho coltivato a lungo!

Agli amici scrittori che mi sostengono, mi motivano e mi fanno ridere ogni giorno: Niki, Rachael, Jo, Heather, Lou, Kate e Fliss.

E a Laura Pearson, che ha continuato a chiedere notizie dei «miei contadini» mentre un anno diventava quattro anni, senza mostrare il minimo stupore per il fatto che ci volesse così tanto. Finalmente, Laura, i miei contadini sono qui.

Ho scelto di pubblicare *Terra di anime spezzate* con il nome di Clare Leslie Hall per onorare i miei genitori che non ci sono più, Jean Leslie e William Hall. Non li ho avuti accanto a me abbastanza a lungo, ma il segno che hanno lasciato nella mia vita e in quelle delle mie sorelle resterà per sempre. Grazie a Jane e ad Anna, come sempre, per essere le mie rocce.

Grazie a John, letteralmente per tutto. Per la tua incrollabile fiducia e per il tuo grande cuore; sono così fortunata ad averti al mio fianco.

E a Jake, Maya e Felix, siete cresciuti diventando tutto ciò che speravo foste e molto di più. Sono fiera di voi.

L'ultimo ringraziamento va a Felix, il mio ultimogenito, che ha ispirato questo romanzo con il suo attaccamento al cucciolo Magnus. È stato un lungo viaggio – ora sei quasi un adulto – ma ho voluto scrivere questa storia per te.

GRAFICA VENETA
CARBON NEUTRAL

Fabbricato da Grafica Veneta S.p.A.
con un processo di stampa e rilegatura
certificato 100% carbon neutral
in accordo con PAS 2060 BSI

PEFC
PEFC/18-31-226
Certificato PEFC
Questo prodotto è realizzato con materia prima da foreste gestite in maniera sostenibile e da fonti controllate
www.pefc.it

Fotocomposizione Editype S.r.l.
Agrate Brianza (MB)

Finito di stampare
nel mese di aprile 2025
per conto della Casa Editrice Nord s.u.r.l.
da Grafica Veneta S.p.A. di Trebaseleghe (PD)
Printed in Italy